唐 李思训 九成避暑图页

唐 阎立本 步辇图

唐 周昉 簪花仕女图（局部）

明 仇英 仿明皇幸蜀图轴

唐诗陕西

大唐三百年

杨乾坤 注释

陕西新华出版传媒集团
陕西人民出版社

图书在版编目(CIP)数据

唐诗陕西·大唐三百年/杨乾坤注释. —西安:陕西人民出版社,2022.4

ISBN 978-7-224-14409-3

Ⅰ.①唐… Ⅱ.①杨… Ⅲ.①唐诗-诗歌欣赏 Ⅳ.①I207.227.42

中国版本图书馆CIP数据核字(2022)第028021号

主　　编: 宋亚萍

出 版 人: 赵小峰
策划编辑: 李晓锋　张孔明　彭　莘
责任编辑: 王彦龙
整体设计: 杨亚强

唐诗陕西·大唐三百年
TANGSHI SHAANXI DA TANG SANBAI NIAN

选 注 者　杨乾坤
出版发行　陕西新华出版传媒集团　陕西人民出版社
(西安市北大街147号　邮编:710003)
印　　刷　陕西天地印刷有限公司
开　　本　880毫米×1230毫米　1/32
印　　张　7.5
插　　页　4
字　　数　186千字
版　　次　2022年4月第1版
印　　次　2022年4月第1次印刷
书　　号　ISBN 978-7-224-14409-3
定　　价　58.00元

如有印装质量问题,请与本社联系调换。电话:029-87205094

序

孔　明

今生今世，无论是谁，做了陕西人，都应该感到庆幸。不说黄帝、炎帝，不言周秦西汉，单道唐朝盛世，陕西都堪称泱泱中华的一方风水宝地。陕西遇着了唐朝，而且拥有了京畿之地；陕西遇见了唐诗，而且独占了唐诗高地。如同大唐盛世在中国王朝史上居于峰巅一样，唐诗在中国文学史上无须赘言，自然巍峨。古代中国享有“诗国”之美誉，不能说是唐诗所赐，却可以说唐诗的浓墨重彩为中国披上了绚丽的诗衣。在唐诗版图上，唯独陕西得天独厚，无论唐诗数量抑或质量，只有第一，没有第二。博读唐诗，诗魂悠悠，在诗行里游走，浸淫既久，人被诗化，出口不是诗，也是歌了。唐诗的魅力、魔力与感化力，于此可想而知！

唐诗林里，古代陕西的人文大观、人情风土、人物风流以及田园山水、名胜古迹等，都是绕不过去的，就如同皓月当空，谁也不能无视一样；就如同“万绿丛中一点红”，人不惊艳，怎么可能？那种独有的风景、风情、风物、风韵、风骨，仿佛春风扑面，又如花香袭人，不期然已身临其境而叹为观止；遍游陕西，旮旯犄角都有唐朝遗韵，稍不留神就有唐诗馀韵，驻足流连就有唐诗人物形影足迹可觅，洗耳恭听就有唐诗本事耳熟能详。咦！人道是陕西一阈，呈现的却是大唐王朝的盛世气象与博大情怀，更兼备中国人文地理的国家特征与民族图腾。因此之故，饱读唐诗，读进去了，很容易“惚兮恍兮，其中有象；恍兮惚兮，其中有物”，此中美妙，一言难尽。就好像是旧地重游，眼前似曾相识，又恍若隔世，忍不住要抚今追昔、缅怀古人了。或许自己的祖先就曾生活在陕西，也或许祖上某个人物曾在陕西宦游，更或许追根问底，自己原本就是陕西的唐人！

如果不读唐诗呢？那就不无遗憾了！不读唐诗，就不能领略陕西的人文丰厚；不读唐诗，就无法读懂陕西的前世今生；不读唐诗，就难以真正感悟陕西何以成为皇天后土的代名词。最大的遗憾是，不读唐诗，今生今世极可能与陕西皇天后土失之交臂，对话都少了一种资本，毕竟在这方神奇的故土里，播撒了太多唐贤的种子，抓一把泥土就像抓了一把唐魂，就等同于与唐贤握手。妙乎哉，不妙乎？

话说到这份上了，再说《唐诗陕西》丛书呼之欲出，真不是夸张；说其水到渠成，真不是自作多情；说其应运而生，真不是欺世盗名。

呈现在读者（唐人后裔）面前的《唐诗陕西》，分册有五：一曰《大唐三百年》，二曰《京城长安》，三曰《天府关中》，四曰《秦岭风情》，五曰《人文纵横》。顾名思义，就足见选注者只眼不俗，匠心独具，用心何其良苦，其视野在云横秦岭之上，其学识如云破月来花弄影，其钩沉直似学海爬梳，梳理出来的都是唐诗里的一串串珍珠，都带有陕西的胎记。一套《唐诗陕西》在手，唐诗陕西便横空出世，唐朝陕西更一览无馀。

《大唐三百年》，唐诗三百年。盛世之治，安史之乱，都在陕西地面上演；兴而盛，盛而衰，都有唐诗陕西为证。杜子美诗云："忆昔开元全盛日，小邑犹藏万家室。稻米流脂粟米白，公私仓廪俱丰实。"所谓国富民强，此之谓也！太史公曰："仓廪实而知礼节，衣食足而知荣辱。"唐人气度，唐人风度，唐人大度，唐人美誉度，俱从此而来。这样的国度，不被歌唱，那才叫怪了；既然被歌唱，唐诗焉能不蔚然成风？唐朝诗人辈出，唐诗登顶称雄，也就见怪不怪了。在唐朝，即使乡村野老，甚至妇孺文盲，不出口成章，也能吟出时尚韵句，那真道是一代风流，已惠及田间地头。那时候，唐诗之流行，一如当今之流行歌曲，人皆能哼哼几句，不哼哼那还是唐人么？

《京城长安》，真可谓诗城、诗都！读唐诗，真能读出一座城来，此城天下独一无二，那就是唐都长安。盛世繁华，长安为证；万国来朝，长安见证；自信风度，长安明证；前无古人，后无来者，唐诗足可自证。在长安，诗仙李白，曾经傲视王侯；在长安，诗圣杜甫，曾经怀抱美梦；在长安，诗魔白居易一曲《长恨歌》，千年传唱。长安，借杨乾坤先生一句话，足可以自美："地域之美，时代之美，格局之美，气度之美，文化之美，科举之美……"美中不足的是，唐长安诸般美轮美奂，后人大抵只领略了皮毛。想要全方位领略，那就非读唐诗不可。读《京城长安》，就算管中窥豹，也必喜出望外！那可是唐诗里的长安啊！

《天府关中》，有诗为证，那只能是唐诗。杜子美云：“回首可怜歌舞地，秦中自古帝王州。”秦中，即关中也！关中地面上能雄起周秦汉唐，岂偶然乎？至少唐以前的天府之国，不在蜀，而在秦，读罢《天府关中》，心中若还有疑问，那就去恶补国史吧！读这一本唐诗，始信关中的神奇不是吹的，确信天府之桂冠不是自封的。八百里秦川，在唐代诗人韩琮眼里竟然是“秦川如画渭如丝”，这样的目光，这样的胸襟，这样的诗句，唯独唐人才能吟出！倘近距离观赏，跃入眼帘的却是这样的画面：“万户楼台临渭水，五陵花柳满秦川。”哦，这是崔颢的诗！崔颢是谁？就是写下唐人七律第一《黄鹤楼》的那位主儿！李白称羡曰：“眼前有景道不得，崔颢题诗在上头。”想来，也只有天府关中，才配得韩琮、崔颢的诗句！

《秦岭风情》，一定是别有风情，也是有唐诗为证。当今之世，谁人不知，何人不晓，秦岭不仅是中华脊梁，而且是国中后花园，享有“中国肺”之清誉。秦岭横亘东西，居然把中国分为南北，把黄河、长江劈为两大水系，作为华夏儿女，岂能不顶礼膜拜？读罢《秦岭风情》，那风情在唐诗里温润香郁如美酪，婉转婀娜如歌舞，醍醐灌顶如雷音，不拍案惊奇，也当掩卷回味，只恨晚生了千馀年，没赶上那人人挺胸凸肚、神气活现的如花怒放时代。然而，虽说沧海桑田只能咏叹，但能读唐诗而故国神游，也可谓三生有幸了！今夕何夕，竟能与唐诗相遇？今夕何夕，竟能在唐诗里饱阅秦岭风情？说白了，那正是唐人风情！秦岭如画，秦岭如歌，秦岭如诗，那一定是唐诗！千年诗国，首推大唐；万首唐诗，首推秦岭。美乎哉，真美也！壮乎哉，真壮也！奇乎哉，真奇也！

《人文纵横》，纵横人文，人文第一，非唐诗而何？唐诗里有浪漫主义，如李白；唐诗里有现实主义，如杜甫；唐诗里有魔幻现实主义，如李贺、李商隐。说唐诗是中国传统文学的登峰造极，至今罕有异议；说唐诗是华夏文明开出的一朵奇葩、结出的一枚神果，至今罕有质疑。唐人风流，有诗为证："虢国夫人承主恩，平明骑马入宫门。却嫌脂粉污颜色，淡扫蛾眉朝至尊。"即使讽喻，也难掩唐人审美高调。唐人多情，有诗为证："杨柳青青江水平，闻郎江上唱歌声。东边日出西边雨，道是无晴却有晴。"也只有唐朝，才会如此道情：直白如画，有隐喻，更有欢快。唐人风趣，有诗为证："两人对酌山花开，一杯一杯复一杯。我醉欲眠卿且去，明朝有意抱琴来。"呵呵，那是怎样的人文环境，使唐人活得如此怡然自得！唐诗里更有《登科后》的年少轻狂："昔日龌龊不足夸，今朝放荡思无涯。春风得意马蹄疾，一日看尽长安花。"只有人文包容，才有学子及第的如此张扬！人生得意，莫此为甚；人文底蕴，非此而何？人间万种风情，凭借人文东风，在唐诗里被发挥得淋漓尽致！到陕西来，品唐人诗，领略的是陕西风情，更是唐朝风情的硕果仅存！

选注者杨乾坤先生，何许人也？读《布鼓集》，便能见识他才思之敏捷；读《中国古代文字狱》，便知他学识之渊博；读

《司马迁与史记》，便服膺他学问之深厚；读《楹联趣话》，便敬佩他读书之博闻强记。他的记性奇好，加之口才出众，给他一个话头，他就能灵感喷涌，左右逢源，引经据典就像清风翻书，旁征博引就像天女散花，道不尽的源远流长，说不完的掌故出处。眼见他信手拈来，又见他拈花微笑；他貌似信口开河，实则是“黄河之水天上来”，滔滔不绝是因为腹藏学海，取之不尽，用之不竭也！出于对他人品学养的敬重，陕西人民出版社礼聘他为《全唐五代诗》的特约编辑。与陕西人民出版社合作有年，他的奉献有目共睹，很多高难度的图书编辑，例如《关中方言大词典》等，都借助了他这个“呼之即来”的“活字典”。一半敬重，一半信任，合璧而促成我们向他再次约稿，委托他选注了这套《唐诗陕西》。

《唐诗陕西》是陕西人民出版社出版的《全唐五代诗》的副产品。如果说《全唐五代诗》是一座山，那《唐诗陕西》就是这座山的峰巅；如果说《全唐五代诗》是一条河，那么《唐诗陕西》就是这条河的支流。读唐诗，陕西如影随形，不领略都不得行；游陕西，唐诗如魂附体，不阅读那等于白游了。

把《唐诗陕西》置于枕边，诗有了，梦也有了；把《唐诗陕西》置于案头，风有了，雅也有了；把《唐诗陕西》置于书架，陕西有了，唐朝也有了。岁月悠悠，诗意悠悠，拥有《唐诗陕西》，夫复何求？夫复何求？

2021 年 6 月 6 日

这是中国封建社会的黄金时代，这是中国历史上的伟大王朝。历史，成就着大唐盛世；王朝，创造着历史辉煌。盛世和辉煌，共同塑造出一个大唐三百年！

大唐的气象，大唐的自信，大唐的威势，永远彪炳于青史中，鲜活在唐诗里。

初唐的定鼎，开一代伟基；贞观之治，不仅是唐朝的第一个治世，更是被后世奉为治国之准的；永徽之治，开唐代最广大之疆域；武则天“上承贞观，下启开元”，为盛唐的出现奠定了基础；开元之治，是中国历史上傲岸挺拔的时期，是中国封建社会最为繁荣的阶段，是中华文明辉煌称雄的盛世；肃宗、代宗平定安史之乱，宪宗元和中兴，宣宗收复河湟，在本书所选诗作中都有浓墨重彩的歌颂。唐代涉及政治、时事之诗，亦时见于书中，安史之乱、朱温篡唐等，在本书中亦被揭露。

以唯物史观观之，唐朝，我们历史上的骄傲——经济发达，国力强盛，文化繁荣，国际地位超迈往古，它是中华民族历史上一个光辉灿烂的时代。

黄云捧日瑞升平（权德舆），宫殿参差列九重（王　涯）。

万里山河唐土地（罗　隐），齐将万岁及春风（韩　翃）。

目　录

李世民

李世民（599—649），唐朝太宗皇帝，李渊次子，公元626—649年在位。隋末随父于太原起兵，推翻隋王朝。李渊建唐称帝后，被封为秦王。武德九年（626），他发动“玄武门之变”，迫使李渊传让皇位，次年改元贞观。在位期间，推行均田制、租庸调法和府兵制度，兴修水利，加强吏治，发展科举，选贤任能，“从谏如流”，使社会经济有所恢复，被史家誉为“贞观之治”。著有文集四十卷，《全唐诗》编其诗一卷。

帝京篇十首（选二首）[①]

一[②]

秦川雄帝宅，函谷壮皇居[③]。绮殿千寻起，离宫百雉馀[④]。连甍遥接汉，飞观迥凌虚[⑤]。云日隐层阙，风烟出绮疏[⑥]。

①《帝京篇十首》，可能是被直臣虞世南所“逼”而成，由此更改变了李世民的诗风。《唐诗纪事》载：“帝尝作宫体诗使虞世南赓和。世南曰：‘圣作诚工，然体非雅正，上有所好，下必有甚；臣恐此诗一传，天下风靡，不敢奉诏。’帝曰：‘朕试卿尔！’后帝为诗一篇，述古兴亡，既而叹曰：‘钟子期死，伯牙不复鼓琴，朕此诗何所示耶！’敕褚遂良即世南灵坐焚之。”其中所言“述古兴亡”之诗，即《帝京篇十首》，诗前有序道之甚明。《帝京篇》系李世民临御后所作，通过对帝

京的描写，自见其雄主情怀。这是以诗表达皇权至上的文化思想。其扶正祛邪之雅志，“中和美”之艺术观，都在这组诗中得到了艺术阐释。明胡应麟《诗薮》评之云：“唐初惟文皇《帝京篇》藻赡精华，最是杰作。”唐诗别于绮靡的六朝诗，于此诗可见；唐诗格律的逐渐形成，自此诗始。“帝京”，指京城长安。

② 本篇是该组诗的第一首，写帝京之壮丽。

③ 这两句写帝京之气势。“秦川”，自大散关以北达于岐山凤翔，夹渭水南北岸，至于潼关，沃野千里，以秦之故国，故称秦川。“函谷”，关名。秦时故关，在今河南灵宝市东北，东自崤山，西至潼津，深险如函，故名。汉元鼎三年（前 114）徙关于新安县东，去旧关三百里。东汉建安年间，废除新安之关，始在今陕西潼关建关，因关西一里有潼水，故名之曰“潼关”。“帝宅”“皇居”，皆言帝王宫殿。

④ 这两句写帝宫之壮丽。“寻”，古长度单位，七尺或八尺为寻。“离宫”，古代帝王于正式宫殿之外别筑宫室，以便随时游处，谓之离宫，言与正式宫殿分离。“雉（zhì）”，计算城墙面积的单位。一雉之墙长三丈，高一丈。引申为城墙。

⑤ 以下四句写宫阙之壮观。“甍（méng）”，屋脊。“汉”，河汉，指天河。“飞观（guàn）”，高耸的宫阙。“迥”，远。“凌虚”，升于空际。

⑥“层阙”，形容宫阙高耸。“绮疏”，雕饰花纹的窗户。

二①

以兹游观极②，悠然独长想。披卷览前踪，抚躬寻既往③。
望古茅茨约，瞻今兰殿广④。入道虑高危，虚心诚盈荡⑤。

奉天竭诚敬，临民思惠养[⑥]。纳善察忠谏，明科慎刑赏[⑦]。六五诚难继，四三非易仰[⑧]。广待淳化敷[⑨]，方嗣云亭响[⑩]。

①本篇是该组诗的第十首。强调要学习古代圣君，以德政治天下。

②“兹”，指《帝京篇》之前九首诗。

③“披卷”，开卷，看书。“抚躬”，即反躬，反求诸己。躬，自身。

④“茅茨”，茅屋。《韩非子·五蠹》：“尧之王天下也，茅茨不翦，采椽不斲（zhuó，砍，削）。”“兰殿”，薰以椒兰香的宫殿。

⑤“入道”，指其皇帝之位。“虑高危”，忧虑位置的至高无上（而独断专行）。魏徵《谏太宗十思疏》：“虑高危则思江海下百川。”“盈荡”，喻自满而不可一世。盈，充满。荡，摇动。

⑥“奉天”，奉尊上天。《尚书·泰誓》：“惟天惠民，惟辟奉天。”“竭”，尽。“诚敬”，诚恳敬慎。“临民”，管理统治人民。临，统管，治理。“惠养”，恩养。

⑦“科”，法令、律条。

⑧这两句写其志存高远，要向古代圣明君主看齐。“五”，指五帝。相传上古有五帝，属圣君。关于五帝，说法不一，据《史记·五帝本纪》记载，则是黄帝、帝颛顼（Zhuān xū）、帝喾（Kù）、帝尧、帝舜。“三”，指三王，即古代三位明君：夏禹、商汤、周文王。此处的“六”和“四”，是数字的使动用法，即要使五帝变成六帝，三王变为四王。所加入的“一帝”“一王”，就是李世民。

⑨“淳化”，敦厚的教化。“敷”，遍。

⑩“嗣（sì）”，接续，继承。“云亭”，云云、亭亭二山的合称。相传神农、尧、舜等封泰山，禅云云；黄帝封泰山，禅亭亭。见《史记·封禅书》。“响”，声音，声调。这两句是说，待到德政遍布天下，才能继承古代圣君们所开创的盛世。

正日临朝①

条风开献节，灰律动初阳②。百蛮奉遐赆，万国朝未央③。
虽无舜禹迹④，幸欣天地康。车轨同八表，书文混四方⑤。
赫奕俨冠盖，纷纶盛服章⑥。羽旄飞驰道，钟鼓震岩廊⑦。
组练辉霞色，霜戟耀朝光⑧。晨宵怀至理，终愧抚遐荒⑨。

①“正日”，正月初一日。即元日。在唐代，“皇帝元正、冬至受群臣朝贺而会”。(《新唐书·礼乐九》)这是一年中百僚咸聚、万国来朝的盛大朝会，展现的正是大邦气象。

②“条风”，春天的东北风。“献节”，祭献之节，指郊祭。“灰律”，灰管，也称灰琯。古时占气候的器具。以葭莩之灰置于律管中，故名。律气应则灰飞。“初阳”，指冬至以后立春以前的一段时间，时阳气初动，故称。

③“百蛮”，《诗经·大雅·韩奕》：“以先祖受命，因时百蛮。”古代南方少数民族的总称。后也泛称其他少数民族。“遐赆（xiá jìn）”，远方纳贡的财礼。遐，远。赆，临别时所赠财物。“万国”，极言多国。“未央”，汉宫名，此处指太极宫中的太极殿。

④“舜禹迹”，舜和禹为古时明君。舜禹迹，指其治绩。

⑤这两句说车同轨，书同文，谓天下一统。《礼记·中庸》：“今天下车同轨，书同文。”“八表”，八方之外，指极远的地方。“混四方”，犹言四方统一。

⑥“赫奕（hè yì）”，光显，盛大。“俨”，整齐貌。“冠（guān）盖”，冠，礼帽；盖，车盖。官吏的服饰和车乘，借指官吏。“服章”，指表

示官吏身份品秩的服饰。

⑦“羽旄”，羽旗。“岩廊”，高峻的廊，汉以后用来比喻庙堂和朝廷。

⑧“组练”，即组甲、被练，皆指将士的衣甲服装，此处指军士之武装军容。“霜戟”，戟色白而刃利，故云。

⑨“晨宵”，即日夜。“终愧”句，谦言君临万方乏术，故曰“愧”。“遐荒”：边远广大的地方，犹言地域辽阔。

春日玄武门宴群臣①

韶光开令序，淑气动芳年②。驻辇华林侧，高宴柏梁前③。紫庭文珮满，丹墀衮绂连④。九夷簉瑶席，五狄列琼筵⑤。娱宾歌湛露，广乐奏钧天⑥。清尊浮绿醑，雅曲韵朱弦⑦。粤余君万国，还惭抚八埏⑧。庶几保贞固，虚己厉求贤⑨。

① 玄武门是太极宫宫城北面的正门（其后所建的大明宫，宫城北面的正门亦曰玄武门）。武德八年（625），高祖李渊以次子秦王李世民功高，屡许以为太子。太子李建成惧废，与齐王李元吉欲谋害李世民，未发。武德九年（626）六月，李世民伏兵于玄武门，乘建成、元吉入朝，杀之。世民立为太子。八月，太子即皇帝位，李渊称太上皇，次年改元贞观。此次宴群臣，是在贞观年间。

②“韶光”，犹韶景。谓美好时光。也指春光。“令序”，美好的季节。序，季节。“淑气”，温和之气。

③“华林”，唐时上林苑（即禁苑），在长安城北，东西二十七里，南北三十三里，面积达二百二十平方公里。“柏梁”，即柏梁台。汉武帝时

所建，故址在玄武门之西（即今西安汉长安城遗址内）。

④“珮”，玉佩，佩带的饰物。“丹墀（chí）”，古代宫殿前的石阶，漆成红色，称为丹墀。“衮（gǔn）服”，古代帝王及公侯的礼服。

⑤“九夷”，对异族的贬称。多用于东方民族。古时谓东夷有九种，《论语·子罕》：“子欲居九夷。”“篴（zào）”，荟萃。“瑶席”，以玉饰以坐席，状华贵之意。“五狄”，古代对我国北部五个民族的泛称。一月氏，二秽貊（Mò），三匈奴，四单于，五白屋。“琼筵”，喻珍美的筵席。

⑥“湛露”，《诗经·小雅》篇名，《序》谓天子宴诸侯之诗。“钧天”，指天上的音乐。

⑦“尊”，酒杯。“绿醑（xǔ）”，新熟的美酒。醑，美酒。新酿的米酒，未过滤时，酒面浮渣，微显绿色，故称。

⑧“粤”，句首语气词。“余”，我。“君万国”，统治许多国家。据《新唐书·太宗本纪》记载，贞观四年（630），李靖奉帝命伐东突厥，战而灭之；三月甲午，李靖俘突厥颉利可汗以献；四月戊戌，西北君长请上号为“天可汗”。“八埏（yán）”，八方的边际。

⑨“庶几（jī）”，也许可以。表示希望或推测之词。“厉”，振奋。这两句说，要使治国清正，自己要谦虚以求诸贤的辅佐。李世民有“贞观之治”，一个重要原因就在于虚己求贤。

幸武功庆善宫[①]

寿丘惟旧迹，酆邑乃前基[②]。粤予承累圣，悬弧亦在兹[③]。
弱龄逢运改，提剑郁匡时[④]。指麾八荒定，怀柔万国夷[⑤]。
梯山咸入款，驾海亦来思[⑥]。单于陪武帐，日逐卫文榥[⑦]。

端扆朝四岳，无为任百司[8]。霜节明秋景，轻冰结水湄。芸黄遍原隰，禾颖积京畿[9]。共乐还乡宴，欢比大风诗[10]。

① 此诗作于贞观六年（632），自见了作者的踌躇满志。“武功”，县名。古属邰国，后稷封地，秦孝公置武功县，今属陕西。《新唐书·礼乐十一》云：“太宗生于庆善宫，贞观六年幸之，宴从臣，赏赐闾里，同汉沛、宛。帝欢甚，赋诗，起居郎吕才被之管弦，名曰功成庆善乐。《乐府诗》题作《唐功成庆善乐舞词》。一曰《九功舞》，殿庭朝会所奏文舞也。以童儿六十四人舞之。《旧唐书·礼乐志》曰，庆善乐，太宗所造也。名九功之舞，舞蹈安徐，以象文德洽而天下安乐也。冬正亨燕乐及国有大庆，与《七德舞》皆奏于庭。”

② 寿丘，古地名。故地在今山东曲阜东北，传说为黄帝诞生地。“酆（Fēng）邑”，周文王得姜尚后，国都由周原（今陕西岐山一带）迁于酆，《诗经·大雅·文王有声》：“文王受命，有此武功；即伐于崇（崇国），作邑于酆。”这两句说以黄帝和周文王作为自己效法的楷模。

③“粤”，助词，用在句首或句中。与“曰”通。“予”，我。“累圣”，过去所有的圣主。“悬弧”，古代风俗，家生男于门左挂弓一张。（见《礼记·内则》）后因称生男为悬弧。以示男子志在四方。“兹”，这里。这两句意谓继承列圣之自信。

④“弱龄”，少年。“运改”，此指隋末战乱。“郁”，蕴结。“匡时”，挽救危难的时局。

⑤“指麾”，发令调遣，同“指挥”。“八荒”，八方边远的地方。“怀柔”，招来安抚。语出《诗经·周颂·时迈》。后称统治者笼络外国及国内兄弟民族为“怀柔”。“夷”，平。

⑥“梯山”，缘梯攀登险山。“驾海”，即航海。梯山驾海，喻长途跋涉。

"款"，条目，事项。"思"，语助。

⑦"单（chán）于"，汉时匈奴称其君长为单于，此处指北部及西部诸国的首领。"日逐"，匈奴王号，位次于左贤王。"文槐（pí）"，文阁。槐，屋檐前板，此处代指庆善宫。

⑧"扆（yǐ）"，帝座后的屏风。端扆，言君主正然而坐于御座。"四岳"，传说为尧舜时的四方部落首领，此处指四方诸侯。"无为"，儒家指以德政感化人民，不施行刑治。"百司"，朝廷大臣、王公以下百官的总称。

⑨这四句言时在秋末冬初。"水湄"，水边。"芸黄"，花枯黄。芸，黄色深浓的样子。《诗经·小雅·苕之华》："苕之华，芸其黄矣。""原隰（xí）"，广平低湿之地。"禾颖"，引申为粮食。颖，带芒的谷穗。"京畿"，国都所在地及其行政官署所管辖地区。

⑩"大风诗"，汉高祖刘邦称帝后过故乡沛县，召故人父老欢宴，帝自击筑，作歌曰："大风起兮云飞扬，威加海内兮归故乡，安得猛士兮守四方。"（见《汉书·高帝纪》）

元日[①]

高轩暖春色，邃阁媚朝光[②]。彤庭飞彩旆，翠幌曜明珰[③]。
恭己临四极，垂衣驭八荒[④]。霜戟列丹陛，丝竹韵长廊[⑤]。
穆矣熏风茂，康哉帝道昌[⑥]。继文遵后轨，循古鉴前王[⑦]。
草秀故春色，梅艳昔年妆。巨川思欲济，终以寄舟航[⑧]。

①"元日"，正月初一。诗中既表达了李世民坐拥天下之尊，亦表达了效

法圣君之志。

②“暧（ài）”，昏暗不明。此系早朝后所作诗。“邃”，深。

③“彤庭”，即朝廷。“彤”，朱红色，宫殿饰色。“旆（pèi）”，旗。“珰”，上品珠。

④“恭己”，圣人敬德之语。《论语·卫灵公》“无为而治者，其舜也与！夫何为哉？恭己正南面而已矣。”“临四极”，即君临天下。“四极”，四方极远之地，泛指四方。“垂衣”，即垂衣裳。《易·系辞下》：“黄帝尧舜垂衣裳而天下治，盖取诸乾坤。”后成为称颂帝王无为而治的套语。“八荒”，八方荒远的地方。

⑤“霜戟”，谓警卫兵士所持之戟刃锋利而色白。戟，古兵器名，合戈矛为一体，可以直刺和横击。“丹陛”，涂成朱色的台阶，指天子所居。“丝竹”，弦乐器和竹管乐器。也泛指音乐。

⑥“穆”，温和。“熏风”，和风。指东南风或南风。“茂”，盛。“昌”，兴盛。“康”，富足。

⑦“继文”“循古”，皆言继承古代圣君之作为。“遵后轨”，遵循前车之轨迹，即不越轨。“鉴前王”，以前古圣君之事作为借鉴。

⑧这两句对朝臣们寄予厚望。《尚书·说命上》载，殷王武丁以傅说（yuè）为相，命之曰：“若济巨川，用汝作舟楫。”此处即用此义。“巨川”，大河。“济”，渡过。

咏风①

萧条起关塞，摇飏下蓬瀛②。拂林花乱彩，响谷鸟分声。
披云罗影散，泛水织文生③。劳歌大风曲，威加四海清④。

① 此诗是李世民贞观时作，咏风而申威加海内政治清明之得意。

②“萧条”，闲逸。“摇飏（yáng）”，摆动飞扬。“蓬瀛”，即蓬莱、瀛洲，皆山名，相传为仙人所居。

③ 这四句写风之状。“花乱彩”，因风拂林木枝条动也；“鸟分声”，因风响山谷分鸟音也。“罗影散”，因云披风而散也；“织文生”，因风吹皱水面也。罗，分布、排列。文，同“纹”。

④ 这两句以风喻政。“劳歌”，劳作之歌。“大风曲”，即《大风歌》，见《幸武功庆善宫》注⑩。“四海清”，喻太平时世。

李隆基

李隆基（685—762），唐朝玄宗皇帝，亦称唐明皇。因其谥号曰至道大圣大明孝皇帝，故有是称。系唐睿宗李旦第三子，712—756年在位。景龙四年（710）与太平公主合谋发动政变，拥立睿宗即位，被立为皇太子。延和元年（712）受禅即皇帝位。即位之初，他励精图治，任用姚崇、宋璟为相，整顿武则天以来之弊政，使得唐代的经济文化在开元年间发展到高峰，达到了盛唐之最，被史家誉为“开元之治”。后来他宠杨贵妃惑迷于内，任用李林甫、杨国忠而政荒于外，遂使吏治腐败，中央政权不断削弱，西北、北方各镇节度使形成割据势力。天宝十四载（755）安禄山反叛朝廷，起兵范阳，于次年攻入长安，他踉跄奔蜀。诸将拥立太子李亨（肃宗）即位，他被尊为太上皇。史家论其窜身失国之由，正是因其“侈心一动，穷天下之欲不足为其乐，而溺其所甚爱，忘其所戒”（《新唐书·玄宗本纪》）。可谓一针见血之至论。《全唐诗》编其诗一卷。

春日出苑游瞩①

三阳丽景早芳辰，四序佳园物候新②。梅花百树障去路，垂柳千条暗回津③。鸟飞直为惊风叶，鱼没都由怯岸人。惟愿圣主南山寿④，何愁不赏万年春。

①这首诗写其出禁苑春游之所见。题下原注：“太子时作。”

②“三阳”，春天开始。阴历十一月冬至日，昼最短，此后昼渐长，古人以为阴气渐去而阳气始生，称冬至一阳生，十二月二阳生，正月三阳开泰。“四序”，即四季。“物候”，景物，风物。

③“津”，渡口。

④“圣主”，指睿宗李旦。景龙四年（710），韦后弑中宗，矫诏立李重茂为帝，临朝称制。李隆基与太平公主合谋，联络禁军入宫，诛杀韦后及其亲党，拥睿宗即位。睿宗立隆基为皇太子。“南山寿”，《诗经·小雅·天保》：“如南山之寿，不骞不崩。”后来沿用为祝寿的颂词。

千秋节宴①（并序）

节令肇开，情兼感庆。率题八韵，以示群臣。

兰殿千秋节，称名万寿觞②。风传率土庆，日表继天祥③。

玉宇开花萼，宫县动会昌[④]。衣冠白鹭下，帟幕翠云长[⑤]。献遗成新俗，朝仪入旧章[⑥]。月衔花绶镜，露缀彩丝囊[⑦]。处处祠田祖，年年宴杖乡[⑧]。深思一德事，小获万人康[⑨]。

①“千秋节”，系唐玄宗因朝臣之请而为自己诞辰所设的节日。他多次说过：“朕生于仲秋，厥日惟五。”（《旧唐书·玄宗本纪》）也就是八月五日。开元十七年（729），尚书左丞相源乾曜、右丞相张说率百官上表，请以诞圣之辰为嘉节，得到了玄宗的批准，于开元十八年（830）起实行。所谓“千秋节”，取万岁千秋之意。此诗作于开元十八年千秋节之当日。

②“兰殿”，即猗兰殿。汉殿名，武帝生于此，代指玄宗。“万寿”，皇帝生日，取《诗经·小雅·南山有台》“万寿无疆”之义，称圣节或万寿节，简称万寿。“觞（shāng）”，酒杯，代指饮酒。

③“率土”，谓境域以内。《诗经·小雅·北山》：“率土之滨，莫非王臣。”“日表”，日晷（guǐ）。即日景，日光。

④“花萼（è）”，指兴庆宫中的花萼楼。千秋节盛宴在此举行。“宫县”，县，通“悬”。古时钟、磬等乐器，悬挂于架上，悬挂的形式，根据身份地位而不同。帝王悬挂四面，象征宫室四面的墙壁，故名宫悬。“动”，指奏乐。“会”，指千秋节宴会。“昌”，美好，盛大。

⑤“衣冠”句，言祝寿之百官。“衣冠”，士大夫，官绅。“白鹭”，鸟名，象征着高贵与纯洁。晋张华注师旷《禽经》“鸿仪鹭序”云：“鹭，白鹭，飞有次序，百官缙绅之象。”“帟（yì）幕”句，言花萼楼下广场中供百官宴饮的帐幕排列极长。帟幕，帐幕。

⑥“献遗（wèi）”，献，指群臣向皇帝敬献寿礼。遗，赠予，致送。指皇帝对群臣的赏赐。据有关史料记载，群臣献的是甘露醇酒，皇帝赐四

品以上者金镜、珠囊、缣彩，赐五品以下者束帛。

⑦这两句写玄宗所赐时间是宴后的傍晚，故有“月”，与“露”。“花绶镜”，玄宗赐四品以上官员之镜，命名曰“千秋镜”，镜衔长绶带。长绶，取长寿之义。其绶为花绶，系“桃花绶”的简称。原指汉九卿二千石的印绶，为桃花缥，三采。二千石为郡守的俸禄等级。唐之州郡长官，为四至三品，故曰“花绶”。绶丝带，用来系帷幕或印环。古代常用不同颜色的丝带，标识官吏的身份和等级。“彩丝囊”，以彩色丝所做的珠囊。

⑧“祠田祖”，祭祀农神。田祖，始耕田者，传说的农神。“宴杖乡”，宴请六十岁以上的老人。“杖乡”，《礼记·王制》：“六十杖于乡。”后因用作六十岁的代称。

⑨“一德事”，指千秋节。开元十八年，礼部奏请，秋社并就千秋节，先赛白帝（酬谢五天帝之一的西方天帝白帝，因西方属金，金属秋，玄宗诞于八月，故赛白帝），报田祖，然后坐饮散之，故诗云云。

旋师喜捷①

边服胡尘起，长安汉将飞②。龙蛇开阵法，貔虎振军威③。
诈虏脑涂地④，征夫血染衣。今朝书奏入，明日凯歌归⑤。

①开元、天宝时期，唐与边疆各族诸如回纥、突厥、契丹、吐蕃（bō）时战时和，这首诗写某次唐军打胜仗后向朝廷驰书报捷。李隆基见此，喜而命笔。“旋师”，指征师凯旋。题一作《平胡》。

②“边服”，边疆地区。古代王畿之外，每五百里为一区划，按距离的远

近分为五服，即侯服、甸服、绥服、要服、荒服。服，服侍天子。“胡尘起”，指少数民族对唐王朝发动战争。“汉将飞”，指唐将军率兵奔驰战场。唐人常以“汉”代“唐”。

③这两句是说唐军阵法熟练，军威大振。“貔（pí）虎”，貔与虎皆猛兽名，故以喻勇士。

④“诈虏”，奸诈的敌人。虏，对敌人的蔑称。“征夫”，指唐军将士。

⑤“书”，指捷书。

送日本使①

日下非殊俗②，天中嘉会朝③。念余怀义远，矜尔畏途遥④。
涨海宽秋月，归帆驶夕飙。因惊彼君子，王化远昭昭⑤。

①“日本使”，指藤原清河。诗题下有注：“日本高僧传云，天平胜宝四年，藤原清河为遣唐大使。至长安见元（玄）宗。元（玄）宗曰：‘闻彼国有贤君，今观使者趋揖有异，乃号日本为礼仪君子国。’命晁衡（即日人在唐为官的阿倍仲麻吕）导清河等视府库及三教殿。又图清河貌纳于藩藏中，及归赐诗。”

②“日下”，指日本。“殊俗”，不同的习俗。这句是说，日本受汉文化影响很深，故习俗相同。

③“天中”，天的正中，指唐朝。“会朝”，诸侯或群臣朝会盟主或天子。

④“余”，指玄宗。“矜（jīn）”，怜悯。

⑤“彼君子”，指当时日本国主。“王化”，君王的德化。“昭昭”，明亮。

李　适

李适（kuò）（742—805），唐朝德宗皇帝，代宗长子，公元779—805年在位。善属文，尤长于篇什，每当学士言诗于浴堂殿，夜分不寐。四方贡艺者，帝多亲试，或有乖谬，浓点笔抹之。称旨，即翘足朗吟，诧宰相："此朕门生。"无不服帝之藻鉴焉，在位二十六年，庙号德宗。《全唐诗》编其诗十五首。

中春麟德殿会百僚观乐诗一章章十六句[①]

芳岁肇佳节，物华当仲春[②]。乾坤既昭泰，烟景含氤氲[③]。
德浅荷玄贶，乐成思治人[④]。前庭列钟鼓，广殿延群臣[⑤]。
八卦随舞意，五音转曲新[⑥]。顾非咸池奏，庶协南风熏[⑦]。
式宴礼所重，浃欢情必均[⑧]。同和谅在兹，万国希可亲[⑨]。

①此诗作于贞元十四年（798）二月初一。诗前有《序》云："朕以中春之首，纪为令节。听政之暇，韵于歌诗。象中和之容，作中和之舞，聊复成篇。其诗八韵，中书门下谢赐诗，请颁示天下，编入乐府。"中和节，唐德宗贞元五年（789），根据李泌建议，下诏废止正月晦日（月终）之节，以二月初一为中和节，与上巳、九日为三令节。"麟德殿"，大明宫内殿名。因包括前殿、中殿和后殿三部分，故典籍中也称三殿、三院。唐代皇帝接待远人或召见臣僚，常在此设宴。

②"芳岁"，指春天。"肇（zhào）"，开始。"佳节"，指中和节。"仲春"，二月。仲，位次在中，指其月在春的中间。

③"乾坤"，天地。"昭泰"，清明安泰。"烟景"，春天的美景。"氤氲"，

气或光色混合动荡貌。

④“荷”，承当，担任。“玄”，神妙。“贶（kuàng）”，赐予，加惠。“乐”，指音乐歌舞。“治人”，治理天下的杰出人物。“思治”，一作“恩洽”。

⑤“延”，引进，接待。

⑥“八卦”，八佾（yì）行列。八佾，古代天子用的一种乐舞，排列成行，纵横都是八人，共六十四人。以谐八卦，演为象征自然和社会发展变化的六十四卦。“五音”，宫、商、角、徵、羽。是古乐五声音阶的五个阶台。也称五声。

⑦“顾”，回首，回视。“咸池”，古乐名。《周礼·春官·大司乐》：“舞咸池以祭地示。”相传为尧乐，舜增修沿用。“庶”，将近。“协”，相合，相同。“南风”，古诗名。相传虞舜作五弦琴，歌《南风》。中有句云：“南风之薰（温和，“薰”同“熏”）兮，可以解吾民之愠（忧愁）兮；南风之时兮，可以阜吾民之财兮。”这两句说，宴间的音乐和歌舞与古代名君所爱者相仿佛，都是天地间的正声。

⑧“式”，发语词，无义。“浃（jiā）”，普遍，周遍。

⑨“同和”，和顺，谐和。依该诗序中所称，此处当指“中和”。儒家中庸之道，认为能“致中和”，则无事不达于和谐之境界。《礼记·中庸》：“喜怒哀乐之未发谓之中，发而皆中节谓之和，……致中和，天地位焉，万物育焉。”“谅”，确实，要实。“兹”，这里。“万国”，天下的所有国家。万，极言多。

麟德殿宴百僚[1]

忧勤承圣绪，开泰喜时康[2]。恭己临群后，垂衣御八荒[3]。
务闲春向暮，朝罢日犹长。紫殿初筵列，彤庭广乐张[4]。

成功归辅弼，致理赖忠良[5]。共此欢娱事，千秋乐未央[6]。

①贞元四年（788），唐德宗“宴群臣于麟德殿，设九部乐，内出舞马，上赋诗一章，群臣属和”。“诗一章”，即指此诗。“麟德殿”，见《中春麟德殿会百僚观乐诗一章章十六句》注①。

②“承圣绪”，继承前辈帝王的世业。“圣”，君主时代对帝王的尊称。“绪”，世业，功绩。“开泰”，亨通安泰。

③“恭己”，指帝王以端正严肃的态度约束自己。“临群后”，立于帝王之列。后，古代天子和列国诸侯皆称后。“垂衣”，即“垂衣裳”。《周易·系辞下》：“黄帝、尧、舜垂衣裳而天下治。”后来称颂帝王无为而治曰垂衣裳。“御”，治理，统治。“八荒”，八方边远的地方，犹天下。

④“紫殿”，紫禁城之殿，此指麟德殿。“彤庭”，汉皇宫以朱色涂中庭，称彤庭。后泛指皇宫。“广乐张”，音乐声大作。

⑤这两句是对百僚的褒扬。“辅弼”，佐助。常指宰相等大臣。“致理”，达到。

⑥“未央”，未尽。解作宫殿名，以汉宫代指唐宫殿，亦通。

中和节日宴百僚赐诗[1]

韶年启仲序，初吉谐良辰[2]。肇兹中和节，式庆天地春[3]。
欢酣朝野同，生德区宇均[4]。云开洒膏露，草疏芳河津[5]。
岁华今载阳，东作方肆勤[6]。惭非熏风唱，曷用慰吾人[7]。

①“中和节”，见《中春麟德殿会百僚观乐诗一章章十六句》注①。

②“韶”，美好。“仲序”，位置居中的时序，此指春二月。“初吉”，阴历每月初一至初七八。此指初一。古代分一月之日为四分，自朔（初一）至上弦为初吉，自上弦至望（十五日）为既生霸，自望至下弦为既望，自下弦至晦（每月最末一日）为既死霸。

③“肇”，开始。“式”，规格。

④“区宇”，疆土境域。区，指疆域；宇，指上下四方。

⑤“膏露”，滋润植物之露水。

⑥“载阳”，到了阳春。载，始。“肆勤”，极为勤劳。肆，极力，勤苦。

⑦这两句说，中和节和赐诗比不上虞舜的《南风》诗。“熏风唱”，见《中春麟德殿会百僚观乐诗一章章十六句》注⑦。“曷”，怎么。

宋若宪

宋若宪，宋之问裔孙宋廷芬之女。廷芬生一男五女，男独愚，不可教，而五女皆警慧，善属文。曰若华、若昭、若伦、若宪、若荀。皆欲以学名家，不愿姻对。贞元中，并召入宫，帝与侍臣赓和，五人者皆预，又高其风操，不以妾侍命之，呼学士。若伦、若荀先卒，宝历初，若昭卒，若宪复代司尚宫（宫中女官名，掌管导引皇后及闺阁廪赐）。《全唐诗》编其诗一首。

奉和御制麟德殿宴百官①

端拱承休命，时清荷圣皇②。四聪闻受谏，五服远朝王③。

景媚莺初啭，春残日更长[4]。命筵多济济，盛乐复锵锵[5]。鄷镐谁将敌，横汾未可方[6]。愿齐山岳寿，祉福永无疆[7]。

① 本篇是奉和唐德宗《麟德殿宴百僚》之作，写帝宴百官之盛况。

②“休命”，善美的命令。“时清”，即清时，太平盛世。

③“四聪”，即广开四方视听之意。《尚书·尧典》：“明四目，达四聪。”“五服”，见李隆基《旋师喜捷》注②。

④“春残”，春天将尽，此指阴历三月中下旬。

⑤“济济”，盛仪貌。“锵”，象声词，形容金玉撞击声，此处指乐声。

⑥“鄷镐”，西周旧都。鄷京为周文王所建，在长安沣水西；镐京为周武王所建，在沣水东。“横汾”，汉武帝元鼎四年十月，武帝幸河东汾阴祭后土祠，曾泛楼船于汾水中流，与群臣欢饮，作《秋风辞》，中有“泛楼船兮济汾河，横中流兮扬素波”句，故云。这两句以周文王、周武王和汉武帝而比唐德宗。“方”，比拟。

⑦ 这两句祝福德宗祉福无疆。“山岳寿”：《诗经·小雅·天保》：如南山之寿，不骞不崩。”“祉”，福。

舞曲歌辞

凯乐歌辞[1]

破阵乐

受律辞元首[2]，相将讨叛臣[3]。咸歌破阵乐，共赏太平人。

应圣期

圣德期昌运，雍熙万宇清[4]。乾坤资化育，海岳共休明[5]。
辟土欣耕稼，销戈遂偃兵[6]。殊方歌帝泽，执贽驾升平[7]。

贺圣欢

四海皇风被，千年德水清[8]。戎衣更不著，今日告功成。

君臣同庆乐

主圣开昌历，臣忠奉大猷[9]。君看偃革后[10]，便是太平秋。

① 此为唐初雅乐《秦王破阵乐》中的歌辞。秦王，指李世民，他被唐高祖李渊封为秦王，战功卓著。《新唐书·礼乐十一》："太宗为秦王，破刘武周，军中相与作《秦王破阵乐》曲，及即位，宴会必奏之。谓侍臣曰：'虽发扬蹈厉，异乎文容，然功业由之，被于乐章，示不忘本也。'"该乐遂成为国家典礼上的雅乐，歌辞也由原来的两章扩展为四章。演奏时，由一百二十八人披坚执锐而伴舞。唐高宗时，更名为《七德舞》。

②"受律"句，意为受命而执行军事任务。"元首"，指唐高祖。

③"叛臣"，指王世充、窦建德、刘武周等。王世充为隋末地方割据者；窦建德起始为隋末起义军领袖，后称夏王，自建天子旗；刘武周是隋末地方割据者，附于突厥，引兵侵夺晋地，自称皇帝。高祖武德四年

(621)，李世民围王世充于洛阳，窦建德率兵十万以援世充，被李世民战败而擒，王世充乃降。高祖武德二年（619），李世民进讨刘武周，刘武周兵败奔突厥，武德五年（622）被突厥所杀。

④“圣”，指皇帝。“雍熙”，和乐貌。“万宇清”，谓天下清平和谐。

⑤“化育”，自然生长和长育万物。“休明”，美善旺盛。

⑥“偃（yǎn）兵”，收起兵器，即停止战争。

⑦“殊方”，异域，他乡。“泽”，恩泽。“执贽（zhì）”，带着礼物。“德水”，指黄河。《史记·秦始皇本纪》载，二十六年，“更名河曰德水，以为水德之始”。

⑧“皇风”，皇帝的德教，仁风。“被”，及，遍及。

⑨“历”，历法。“猷（yóu）”，谋略。

⑩“偃革”，指停止战争。革，以革制为甲胄，故称甲为革。

杂曲歌辞

太和·第五彻①

我皇膺运太平年②，四海朝宗汇百川③。自古几多明圣主，不如今帝胜尧天④。

①《太和》，羽调曲，共分五章。本篇系第五章，为歌颂唐朝皇帝而作。“彻”，结束。

②“膺（yīng）”，承受，承当。

③“四海”，古代以为中国四周皆有海，故将中国称海内，外国称海外。

四海，意同天下。“朝宗”，诸侯或地方长官朝见帝王。

④“尧天”，《论语·泰伯》：“唯天为大，唯尧则之。”谓尧能法天，推行教化。后因以“尧天”“尧天舜日”称颂帝德和太平盛世。

魏　徵

魏徵（580—643），字玄成，魏州曲城（今河北馆陶）人。唐初大臣、政治家。隋末李密起兵，他从军掌管书檄，后随李密降唐，为太子建成洗马。太宗即位，拜谏议大夫，后封郑国公，为一代名臣。他“安国利民，犯颜正谏”，为太宗所敬畏。前后陈谏二百馀事，多收入《贞观政要》中。在文化事业上，他主修《隋书》，得“良史”之誉。《全唐诗》编其诗一卷。

奉和正日临朝应诏①

百灵侍轩后，万国会涂山②。岂如今睿哲，迈古独光前③。
声教溢四海，朝宗引百川④。锵洋鸣玉珮，灼烁耀金蝉⑤。
淑景辉雕辇，高旌扬翠烟⑥。庭实超王会，广乐盛钧天⑦。
既欣东日户，复咏南风篇⑧。愿奉光华庆，从斯亿万年⑨。

① 此诗系和李世民《正日临朝》所作。自见了贞观之治的大唐气象。“应诏”，应皇帝的命令。

②“百灵”，百神。“轩后”，指轩辕黄帝。后，古代天子和列国诸侯皆称后。这句说黄帝得到神助。“涂山”，古史称禹会诸侯于涂山。其所在有三说，其中之一就是说在今浙江绍兴。这句写大禹涂山会之盛况。

③“今睿哲”，指唐太宗。睿哲，圣明。用作对皇帝的敬辞。“迈古”，超越千古。“光前”，此处称颂李世民的贞观之治极其美善，是前人所未有的。

④“声教”，声威和教化。“朝宗”，见《杂曲歌辞》注③。谓百川之归海。百川以海为宗；宗，尊也。

⑤“锵（qiāng）”，玉石撞击声。“洋”，众多。这句是说参加朝会的官员们行动时，身上的玉珮相碰撞而鸣声。“灼烁”，光彩貌。“金蝉”，古代王公显贵冠上之饰物。即冠上加黄金铛，附蝉为文，貂为尾。这句是说参加朝会的官员们皆为重臣。

⑥“淑景”，美景。“雕辇”，雕有花纹的车子。“高旌”，指上朝官员雕辇上所插的羽旗。“翠烟”，指雕辇驱驰所扬起的芳尘。

⑦“庭实”，指在大殿朝会的群臣。“王会”，《逸周书》篇名。周公以王城（洛邑）既成，大会诸侯。遂创莫朝仪、贡礼，史因作《王会》篇以纪之。“钧天”，天之中央，指朝会之太极宫。

⑧“东日户”，当作“东户日”。东户即东户季子，系上古明君。语出《淮南子·缪称训》。“南风”，古诗名。相传虞舜作五弦琴，歌《南风》。《孔子家语·辨乐解》：“其诗曰：‘南风之薰兮，可以解吾民之愠兮；南风之时兮，可以阜吾民之财兮。’”

⑨“奉”，侍奉，侍候。“光华”，《尚书大传》载《卿云歌》：“日月光华，旦复旦兮。”“斯”，这个。

虞世南

虞世南（558—638），字伯施，馀姚（县名，今属浙江省）人。在南朝陈时即以文章著名。入隋，官秘书郎；入唐，官太子中书舍人。太宗朝，历弘文馆学士，秘书监。太宗称其德行、忠直、博学、文辞、书翰为五绝。《全唐诗》编其诗一卷。

凌晨早朝①

万瓦宵光曙，重檐夕雾收。玉花停夜烛，金壶送晓筹②。日晖青琐殿，霞生结绮楼。重门应启路，通籍引王侯③。

①唐时的早朝，在黎明时举行。“凌晨”，天快亮的时候。

②“玉花”，此处指蜡烛燃烧淌下的蜡汁所结成花之形状。“金壶”，即铜壶，古计时用具。“筹”，铜壶（即漏壶）之漏箭。水长则箭随之上出，按所刻符号指示时辰；水满箭则泻于池中。

③“重门”，宫殿之门。“通籍”，将记有姓名、年龄、身份等的竹片挂在宫门外，经核对，合者乃可入宫内。记名于门籍者曰通籍。此处指通事舍人引群官各就朝堂之位。（《新唐书・礼乐九》）“王侯”，指朝官之显赫者。

卢照邻

卢照邻（637？—680？），字升之，幽州范阳（县名，在今河北涿州一带）人。曾任邓王（李元裕）府典笺，后调新都尉，因染风疾（风痹症，一说即麻风）辞官。居太白山，服丹中毒，手足残废，乃去阳翟具茨山（在今河南禹县北），自号幽忧子，终于不堪疾病折磨，自投颍水死。《全唐诗》编其诗二卷。

登封大酺歌四首[①]

明君封禅日重光，天子垂衣历数长[②]。九州四海常无事，万岁千秋乐未央。

日观仙云随凤辇，天门瑞雪照龙衣[③]。繁弦绮席方终夜，妙舞清歌欢未归。

翠凤逶迤登介丘[④]，仙鹤裴回天上游。借问乾封何所乐[⑤]，人皆寿命得千秋。

千年圣主应昌期，万国淳风王化基[⑥]。请比上古无为代，何如今日太平时[⑦]。

①“登封”，登山封禅。乾封元年（666）正月，唐高宗封岳泰山，改元乾封。“大酺（pú）”，皇帝为表示国家有欢庆事而特诏臣民的大聚饮。

②“封禅（shàn）”，帝王祭天地的典礼。在泰山上筑土为坛祭天，称封；在泰山下梁父山上辟场祭地，称禅。“垂衣”，见李世民《元日》注④。“历数”，年代，寿命。“重光”，喻后王继前王之功德。

③“日观”“天门”，皆为泰山之峰名。

④“翠凤”，指封禅的仪仗。“介丘”，指祭天之坛。介，大。

⑤“乾封”，唐高宗李治年号之一。乾封元年，高宗封岳。

⑥“昌期”，昌盛兴隆的时期。“王化”，帝王的德化。

⑦“无为”，道家指顺应自然，不求有所作为。言圣人处无为之事，行不言之教，而天下大治。

李百药

李百药（565—648），字重规，定州安平（今河北省深州市）人。隋时袭父德林爵，为太子通事舍人兼学士，炀帝衔之，夺爵还乡里。唐太宗重其名，拜中书舍人，授太子右庶子。尝侍帝，同赋《帝京篇》，手诏褒美。曰：“卿何身老而才之壮，齿宿而意之新乎！”百药翰藻沉郁，尤长五言。《全唐诗》编其诗一卷。

奉和正日临朝应诏[①]

化历昭唐典[②]，承天顺夏正[③]。百灵警朝禁，三辰扬旆旌[④]。
充庭富礼乐，高谳齿簪缨[⑤]。献寿符万岁，移风韵九成[⑥]。

① 此诗系奉和唐太宗李世民《正日临朝》所作。“奉和”，“应诏”，见魏徵同题诗注①。

②“化历”，即“化日”，太平盛世之日。历，推算日月星辰之运行以定岁时节气的方法。此处指正日（正月初一）。“昭”，彰明，显示。“典”，重大的节仪。

③“承天”，承奉天道。“夏正”，阴历正月的省称。夏以正月为岁首，

商、周、秦及汉初分别以十二、十一、十月为岁首。自汉武帝采用夏正后，历代沿用。

④“百灵”，百神。“禁”，禁城，此处指宫殿。“三辰”，日、月、星。《左传·桓公二年》：“三辰旂旗，昭其明也。”“旂旌”，旗帜的通称。

⑤“讌”，宴会，会饮。同“宴”。“齿”，次序。“簪缨”，古代官吏的冠饰，因以喻显贵。

⑥“献寿”，祝福。“符”，祥瑞的征兆。“移风”，改变风气。“九成”，指礼乐多次演奏，音乐奏完一曲叫一成。

杜审言

杜审言（约645—708），字必简，祖籍京兆杜陵（今陕西省西安市长安区），生于襄阳，从父亲迁居巩县（今河南巩义），咸亨元年（670）进士及第，任洛阳丞，坐事贬吉州司户参军。武后时，授著作佐郎，迁膳部员外郎。神龙初，因曾交通武后内宠张易之，流放峰州。入为国子监主簿、修文馆直学士。有《杜审言集》。与李峤、崔融、苏味道为“文章四友”。诗存四十馀首。多律体，七言虽未完全合律，五言却已完全成熟。故明代胡应麟云：“初唐无七律，五言皆未超然，二体之妙，杜审言实为首倡。”《全唐诗》编其诗一卷。

大酺①

圣后乘乾日，皇明御历辰②。紫宫初启坐，苍璧正临春③。
雷雨垂膏泽④，金钱赐下人。诏酺欢赏遍，交泰睹惟新⑤。

①“大酺”，见卢照邻《登封大酺歌四首》注①。题下原注：永昌元年(689)。

②“圣后”“皇明”，指武则天。她是高宗李治的皇后，逐渐参与朝政。高宗身故，太子李显即位，她临朝称制，旋即废李显，立李旦为帝，旋又废之。遂自立。“承乾”，即继承皇帝的职权。乾，《易·乾》：“象天，象君。”“御历”，君临天下。此系歌颂武则天临朝称制之作。

③“紫宫”，天帝的宫室，也指帝王宫禁。“苍璧”，浅青色的璧，中间孔为方形。

④“雷雨”，《易·解》：“天地解而雷雨作，雷的作为百草果木，皆甲坼(生长而绽开外皮)。”“膏泽”，比喻恩惠。

⑤“诏酺”，古代皇帝诏赐臣民聚饮。“欢赏”，喜乐欣赏。“交泰”，时运亨通。《易·泰》：“天地交，泰。”“惟新”，即维新。《诗经·大雅·文王》：“周虽旧邦，其命维新。”《传》：“乃新在文王也。”惟，语助，言周至文王，乃成新国。

送和西蕃使[①]

使出凤皇池，京师阳春晚[②]。圣朝尚边策，诏谕兵戈偃[③]。
拜手明光殿，摇心上林苑[④]。种落逾青羌，关山度赤坂[⑤]。
疆埸及无事，雅歌而餐饭[⑥]。宁独锡和戎，更当封定远[⑦]。

① 这是一首送出使西蕃(bō)官员的诗，从诗中可以看出当时唐与西蕃关系之和睦。“西蕃”，指吐蕃，是我国古代藏族所建立的地方政权，音转为土伯特。地在今西藏、青海一带，系出西羌，故称西蕃。

“使”，使者。

②“凤皇池”，亦称凤池。禁苑中的池沼。魏晋南北朝设中书省于禁苑，掌管机要，接近皇帝，因称中书省为凤皇池。

③“圣朝”，封建时代称当代王朝。“尚”，推崇。“边策”，治边的策略。“诏喻”，皇帝以诏书指示臣民。“兵戈偃”，停止战争。偃，停止。

④“拜手”，跪拜时两手相拱至地，俯首在手。“明光殿”，汉代殿名，后也泛指宫殿。“摇”，通“遥”，逍遥。“上林苑”，此处指唐禁苑。

⑤“种落”，部族聚居的地方。也指部族。“青羌”，古少数民族名。居地约在今陕西千阳、陇县一带。此指青羌所居之地。“赤坂”，即赤岭（地在今青海省西宁市西南），是唐与吐蕃的分界处。

⑥“疆埸（yì）”，国界。“雅歌”，高雅的歌曲。

⑦“宁”，岂，难道。“锡”，赐给。“和戎”，古代汉族与少数民族结盟友好曰和戎。“定远”，定远侯，东汉班超被封为定远侯。这两句说，要和戎，但更要加强边备，希望该使也成为班超一类的人物。

扈从出长安应制①

分野都畿列，时乘六御均②。京师旧西幸，洛道此东巡③。
文物驱三统，声名走百神④。龙旗萦漏夕，凤辇拂钩陈⑤。
抚迹地灵古，游情皇鉴新⑥。山追散马日，水忆钓鱼人⑦。
禹食传中使，尧樽遍下臣⑧。省方称国阜⑨，问道识风淳。
岁晚天行吉，年丰景从亲⑩。欢娱包历代，宇宙忽疑春。

①这是作者侍从武则天自长安返洛阳时所作，时在长安三年（703）十月。“扈从”，随从，侍从。“应制”，应皇帝的命令。制，皇帝的命令。

②“分野”，古天文学说，把十二星辰的位置跟地上州、国的位置相对应，就天文说，称分星；就地上说，称分野。“都畿”，京都。此处指京都长安和东都洛阳。“时乘”，《易·乾》：“时乘天龙，以御天也。”后因以时乘指帝王即位。“六御”，皇帝驾驭的龙马。

③“京师”，指长安。“西幸”，指皇帝从洛阳到达长安。“幸”，古代称皇帝亲临为幸。史载，武则天在位期间，主要在东都洛阳起居听政。

④“文物”，指礼乐典章制度。“三统”，汉代董仲舒在《春秋繁露》中说，夏商周分别尚黑、白、赤色，故分别称为黑统、白统、赤统。是为三统。“名”，一作“明”。

⑤“龙旗”，画交龙图纹之旗，古王侯作仪卫用。“萦”，旋回攀绕。“漏”，计时之具。“凤辇”，帝王之车。“钩陈”，星名。在紫微垣内，最近北极。《晋书·天文志》：“北极五星，钩陈天星，皆在紫宫中。……钩陈，后宫也，大帝之正妃也，大帝之常居也。”因以指称后宫。

⑥“地灵”，山川灵气。“皇鉴”，皇帝的审察、鉴别。

⑦这两句是颂扬武后。“散马”，将战马放回山中，意谓战事不兴，偃武而修文。《尚书·武成》：“乃偃武修文，归马于华山之阳，放牛于桃林之野。”“水忆”句，姜太公年八十垂钓渭滨，周文王出猎遇之，与语，大悦，立为师，灭殷。（《史记·齐太公世家》）“日”，《博雅》：“君象也。”指武后，“人”亦是。

⑧这两句是说途中宴饮。“禹食”，“尧樽”，言皇帝美食美酒。“中使”，帝王宫廷派出的使者，多由宦官充任。

⑨“省（xǐng）方”，视察四方。“国阜”，国家强大。阜，盛，大。

⑩“岁晚”，岁暮。“景（yǐng）从”，紧相追随，如影随形。

陈子昂

陈子昂（661—702），字伯玉，梓州射洪（今属四川省）人，武后朝，为麟台正字，有识见，勇于言事，迁右拾遗。万岁通天元年（696），从武攸宜北征契丹，因献策不合，为武攸宜憎恶降职。圣历元年（698）辞官回乡。武三思嘱令县令段简诬陷之，遂下狱，忧愤死。陈子昂著述，力矫当时浮艳之弊，诗篇标举风雅比兴，汉魏风骨。唐之诗文，因陈子昂的横制颓波，始得雅正。李杜以下，皆以其诗宗之。《全唐诗》编其诗二卷。

庆云章①

昆仑元气，实生庆云②。大人作矣，五色氤氲③。昔在帝妫，南风既薰④。丛芳烂熳，郁郁纷纷⑤。旷矣千祀，庆云来止⑥。玉叶金柯，祚我天子⑦。非我天子，庆云谁昌⑧？非我圣母，庆云谁光⑨？庆云光矣，周道昌矣。九万八千，天授皇年⑩。

①“庆云”，五色云。也作“景云”“卿云”，古以为祥瑞之气。光宅元年（684），高宗李治在洛阳去世，将迁葬长安乾陵，陈子昂诣阙上书，谏灵驾入京，武后召见，奇其才，遂拜麟台正字。以诗中所述，可知其作于武后称帝改国号为周之时，即天授元年（690）。此系《大周受命颂》之第三章（见《全唐文》卷二〇九）。

②“昆仑”，山名，地在今西藏、新疆间。我国古代一些著作中认为它是

万山之祖。“元气”，指天地未分之前混一之气。

③“大人”，德行高尚的人。“氤氲（yīn yūn）”，云烟弥漫貌。

④“帝妫（guī）”，即上古圣君舜。传说舜居妫汭，后因以为氏。此处指唐高宗。“南风”，见李适《中春麟德殿会百僚观乐诗一章章十六句》注⑦。以上四句是说，庆云在唐高宗时已经绚丽多彩，喻高宗皇后武则天。

⑤“丛芳”句，言庆云美丽。“郁郁”句，言庆云绚丽。郁郁，文采显著。“纷纷”，盛多貌。

⑥“旷”，辽阔，宽大。“千祀”，千年。“来止”，来临。止，至，临。

⑦“玉叶金柯”，言庆云之状。“祚”，福，赐福。“天子”，指唐高宗。

⑧“昌”，昌盛，兴旺。

⑨“圣母”，指武则天。“光”，大。

⑩“周道”，本指周王朝的治国之道，此处借指武则天所改的国号“周”。“天授”，双关语，既言武则天皇权天授，又指其改唐为周，正式称帝的年号。结尾四句，称颂武则天称帝。

感遇三十八首（选一首）[①]

丁亥岁云暮，西山事甲兵[②]。赢粮匝邛道，荷戟争羌城[③]。
严冬阴风劲，穷岫泄云生[④]。昏曀无昼夜，羽檄复相惊[⑤]。
拳跼竞万仞，崩危走九冥[⑥]。籍籍峰壑里[⑦]，哀哀冰雪行。
圣人御宇宙，闻道泰阶平[⑧]。肉食谋何失，藜藿缅纵横[⑨]。

① 陈子昂三十八首《感遇》诗，皆写平生遭际，或感怀身世，或讽谏朝

政，富有现实意义。本篇原列第二十九首。唐朝强盛时期，西邻吐蕃亦统一强大，其统治者便极力向外扩张，于高宗咸亨元年（670）灭内附于唐的吐谷浑（Tǔ yù hún），同时又占领唐西域四镇（龟兹、于阗、焉耆、疏勒）之大部，武后如意元年（692）方收回。垂拱三年（687），武后（则天）计划开山通道，出击生羌，先由雅州进攻以袭吐蕃。陈子昂上书劝阻，言这部分羌人没有过错，攻之徒结仇怨，况且吐蕃兵强，袭取未必能成功；开辟险道反会给吐蕃东犯提供方便。对国家人民有害，只对“奸臣”“贪夫”有利。将其谏书与此诗合而观之，更见其胆识。据《资治通鉴》卷二〇四记载，陈子昂上书后，“既而役不果兴”（即没有先击生羌，以袭吐蕃）。

②“丁亥”，古时以天干地支纪年，此指垂拱三年（687）。“岁云暮”，指十二月。“云”，语气词。“西山”，此处指邛（qióng）崃山（在今四川荥经县西）。“事甲兵”，从事于战争。

③“赢粮”，担负着粮食。“匝”，环绕。“邛”，指邛崃山。这两句写粮草先行，兵马又动。

④“穷岫（xiù）”，荒僻的山穴。“泄云”，散发出来的云气。

⑤“昏曀（yì）”，天气阴晦貌。“羽檄”，即羽书。军事文书，插鸟羽以示紧急。

⑥“拳跼”，局促不得伸展。“竞万仞”，争占万仞（八尺为仞）高的邛崃山。“崩危”，山石有崩塌的危险。“九冥”，指极深邃幽暗的山谷。

⑦“籍籍”，纵横交错貌。此处指拥挤杂乱。

⑧“御宇宙”，统治天下。“泰阶”，星名。即三台。上台、中台、下台共六星，两两并排而斜上，如阶梯，故名。古人以泰阶平象征天下太平。这两句说在圣明君主统治之时，只见太平而不见兵气。

⑨“肉食”，指享厚禄的官员。“谋何失”，谋划何等错误。作者在谏书中

说，谋伐羌人，是奸臣和贪夫是想借用兵以谋私利。与此同调。“藜藿（lí huò）”，藜与藿，贫者所食野菜。代指穷苦百姓。“缅纵横”，全把尸骨纵横抛撒在远方。缅，尽貌。汉代刘向《说苑·善说篇》记东郭祖朝答晋宪公语：“设使食肉者一旦失计于庙堂之上，若臣等之藿食者宁得无肝胆涂地于中原之野与?”此处系暗用此典。

卢藏用

卢藏用，字子潜，幽州范阳（地在今北京市附近）人。举进士，不调，遂隐居终南山中。长安中，召授左拾遗。中宗朝，历中书舍人、黄门侍郎、修文馆学士。以附太平公主，流驩州。《全唐诗》编其诗八首。

奉和立春游苑迎春应制①

天游龙辇驻城闉，上苑迟光晚更新②。瑶台半入黄山路，玉槛傍临玄霸津③。梅香欲待歌前落，兰气先过酒上春。幸预柏台称献寿，愿陪千亩及农晨④。

① 此诗系奉和唐中宗李显《立春日游苑迎春》所作。

②“龙辇”，皇帝的车驾。“上苑”，此指唐禁苑。

③“瑶台”，指禁苑中别殿行宫。“黄山”，此处指长安城北之龙首山（原）。它东起浐河西岸，呈东北、西南走向，犹如一龙横卧，山

（原）的东段高二十丈，如龙头饮水，西段逐渐降低，原尾高五六丈，东西长约六十里，故名龙首原或龙首山。（据辛氏《三秦记》）此山因系土山，山色呈黄，故曰黄山。大明宫即在龙首山上。“玄霸”，即霸（灞）河。玄，形容河水深清。此词出于晋潘岳的《西征赋》。“津”，渡口。

④“预”，参与。“柏台”，柏梁台的简称。秦汉时台名。故址在汉长安城内。武帝尝置酒其上，诏群臣和诗。此处系借指。“献寿”，祝福。“愿陪”句，言愿陪皇帝游览更大的范围。

张　说

张说（667—730），字道济，一字说之。洛阳（今属河南）人，武则天时应诏策对，得一等，授左补阙，擢凤阁舍人。中宗时任兵部侍郎等职。睿宗朝，进同中书门下平章事。劝睿宗以太子李隆基（即后来的玄宗）监国。开元初，进中书令，封燕国公。后为集贤院学士，尚书左丞相，有《张燕公集》。张说为文属思精壮，长于碑志，朝廷大述作，多出其手，诗法特妙，晚谪岳阳，而诗益凄婉，人谓得江山之助。《全唐诗》编其诗五卷。

先天应令①

三阳丽景早芳辰，四序嘉园物候新②。梅花百树障行路，垂柳千条暗回津。鸟惊直为飞风叶，鱼跃都由怯岸人③。唯愿圣主南山寿，何愁不赏万年春④。

①这首诗是作者侍唐睿宗李旦春游浐（水）东所作，时在先天元年（712）。据《通鉴》记载，睿宗于该年春正月“戊子幸浐东”。此处有南北望春宫、广运潭。第二天，即改景云三年为太极元年（712），五月又改元延和；八月禅位于其子李隆基（即玄宗）。李隆基登基之第三天，又改元先天。“令”，时令。

②“三阳”，春天开始。十一月冬至日，昼最短，此后，昼渐长，古人以为阴气渐去而阳气始生，称冬至一阳生，十二月二阳生，正月三阳开泰。“四序”，即四季。“物候”，见李隆基《春日出苑游瞩》注②。

③这四句是状景，人亦暗含其中。

④这两句写对睿宗的祝福和对大唐未来之憧憬。“圣主”，指睿宗。“南山寿”，见李隆基《春日出苑游瞩》注④。

奉和圣制春日幸望春宫应制[①]

别馆芳菲上苑东[②]，飞花澹荡御筵红。城临渭水天河静，阙对南山雨露通[③]。绕殿流莺凡几树，当蹊乱蝶许多丛。春园既醉心和乐，共识皇恩造化同[④]。

①这首诗系和李隆基《春日幸望春宫》所作。“幸”，皇帝驾临其处称为“幸”。“望春宫”，在长安城东，有南望春宫，临浐水，西岸有北望春宫，宫东有广运潭。此处指南望春宫，南对终南山。

②“别馆”，指望春宫。“上苑”，指唐禁苑。

③“天河”，指渭水。《三辅黄图》：“渭水贯都，以象天汉。”“阙”，指

皇帝所居，此处代指望春宫。“静”，一作“近”。“露”，一作“雾”。

④“造化”，指自然的创造化育。

十五日夜御前口号踏歌词二首（选一首）

花萼楼前雨露新①，长安城里太平人。龙衔火树千重焰，鸡踏莲花万岁春②。

①兴庆宫西南隅有两楼，其南为勤政务本楼，其北为花萼相辉楼，两楼间为广场。开元十六年兴庆宫建成后，玄宗时的上元节、千秋节、重阳节等庆贺活动，都在这里举行。此诗是写上元节的。

②“龙衔火树”“鸡踏莲花”，皆为形容花灯之美丽形状，以见清平之世。

舞马千秋万岁乐府词三首（选一首）①

金天诞圣千秋节，玉醴还分万寿觞②。试听紫骝歌乐府，何如騄骥舞华冈③。连騫势出鱼龙变，蹀躞骄生鸟兽行④。岁岁相传指树日，翩翩来伴庆云翔⑤。

①这是写唐玄宗生日时舞马之欢的诗篇，列于该组诗中第一首。八月五日为玄宗生日，自开元十八年起定为千秋节。《新唐书·礼乐志》：明皇尝以马百匹，盛饰，分左右，施三重榻，舞倾杯数十曲。壮士举榻，马不动，乐工少年姿秀者十数人，衣黄衫，文玉带，立左右。每

千秋节，舞于勤政楼下。千秋节者，明皇以八月五日生，因以其日名节云。“乐府”，诗体名。初指乐府官署所采置的诗歌，后将魏晋至唐可以入乐的诗歌，以及仿乐府古题的作品，统称乐府。

②“金天”，秋天。西方为秋而主金。唐玄宗生于八月五日，故有金天云云。“玉醴（lǐ）”，美酒。“觞”，酒杯。

③“紫骝”，即“紫骝马”的省称。系古代横吹曲名。“騄骥”，良马名，此指所舞之马。

④“连骞（xiān）”，指舞马群共同腾举。骞，飞举。“鱼龙”，古杂戏，唐时盛行于长安等地。“躞蹀（xiè dié）”，来往小步貌。“鸟兽行”，状舞马表演之态。

⑤“指树日”，指唐玄宗李隆基的生日。指树，系指树为姓的省称。道家传说，春秋时的老子（李耳）生于李树下，因以李为姓。此处代指唐玄宗之姓。“翩翩”，本指鸟飞轻疾貌。此处形容舞马轻疾生动。“庆云”，比喻显位，此处喻玄宗。

沈佺期

沈佺期（约656—715），字云卿，相州内黄（今属河南）人。高宗上元二年（675）登进士第，武后时任考功郎、给事中。以谄附武后内宠张易之而流放驩州。中宗神龙时（705—707），召拜起居郎兼修文馆直学士，官至中书舍人、太子少詹事，开元初卒。沈诗与宋之问齐名，时称“沈宋”，多应制之作。其诗长于七言，辞采靡丽而律体精密，对律体诗之定型颇有贡献。《全唐诗》编其诗三卷。

守岁应制①

南渡轻冰解渭桥，东方树色起招摇②。天子迎春取今夜，王公献寿用明朝。殿上灯人争烈火，宫中侲子乱驱妖③。宜将岁酒调神乐，圣祚千春万国朝④。

①这是奉和唐高宗《守岁》的应命之作。“守岁”，除夕家人共坐，终夜不睡，送旧岁，迎新岁，叫守岁。

②“轻冰”，薄冰。“渭桥”，唐时在渭水上所筑之桥。“招摇”，摇动貌。

③“灯人”，张灯之人。“烈火”，指宫灯的亮度。“侲（zhēn）子”，幼童。《后汉书·礼仪志中》：“先腊一日，大傩（nuó），谓之逐疫。其仪，选黄门子弟年十岁以上、十二以下百二十人为侲子。皆赤帻（zé）皂制，执大鼗（táo）。”

④“圣祚”，皇位。圣，对当朝皇帝的尊称。“朝”，朝见，朝拜。

崔禹锡

崔禹锡，字洪苑，登显庆三年（658）进士第。开元中，为中书舍人，卒赠定州刺史。《全唐诗》编其诗一首。

奉和圣制送张说巡边[1]

供帐何煌煌[2]，公其抚朔方。群僚咸饯酌，明主降离章[3]。关塞重门下，郊岐禁苑傍[4]。练兵宜雨洗，卧鼓候风凉[5]。炎景宁云惮，神谋肃所将[6]。旌摇天月迥[7]，骑入塞云长。赫赫皇威振，油油圣泽滂[8]。非惟按军甲，兼以正封疆[9]。叱咤阴山道，澄清瀚海阳[10]。虏垣行决胜，台座伫为光[11]。

①开元初，身为中书令、燕国公的张说召拜兵部尚书，知政事，诏为朔方节度使，敕命巡边。临行前，玄宗有《送张说巡边》赠诗，此系和诗。

②“供帐”，供设帷帐。“煌煌”，炽盛貌。

③“离章”，指玄宗赠诗。

④“重门”，帝宫多门，故云。“郊岐”，郊野的岔道。

⑤这两句是说，炎夏练兵，秋日即可达出征之地。

⑥“炎景”，夏日演兵之景。“宁云惮”，岂能说是畏惧。宁，岂，难道。惮，畏惧。“肃所将”，言演兵之阵肃整。“将（jiāng）”，奉行，秉承。

⑦“迥（jiǒng）”，远。

⑧“油油”，光润貌。

⑨“封疆”，疆界。

⑩“阴山”，山名。今河套以北、大漠以南诸山的统称。“瀚海阳”，大漠以南。瀚海，沙漠。

⑪“虏垣”，敌军的城池。垣，泛指城墙。“台座”，指张说。台，三台，星名，古代用来比三公，此系对张说的尊称。“伫”，积储。

贾　至

贾至（718—772），字幼邻，洛阳人。其父贾曾，开元间与苏晋同掌制诰。贾至天宝十载（751）明经擢第，累官起居舍人、知制诰。父子继美，玄宗尝称之。肃宗时擢为中书舍人，后被贬岳州司马。代宗大历初，迁京兆尹，以散骑常侍卒。贾至工诗，气俊毅，调亦清畅，且多素辞（平实之言），有集十卷。《全唐诗》编其诗一卷。

早朝大明宫呈两省僚友[①]

银烛熏天紫陌长，禁城春色晓苍苍[②]。千条弱柳垂青琐，百啭流莺绕建章[③]。剑珮声随玉墀步，衣冠身惹御炉香[④]。共沐恩波凤池上，朝朝染翰侍君王[⑤]。

① 这首诗作于肃宗乾元元年（758）春。至德二载（757）九月，官军复京师，十月，复东京。乾元元年正月戊寅，玄宗内禅，肃宗继位。这首诗就是写早朝大明宫的景象。“大明宫”，唐宫名，唐贞观八年建永安宫，九年改称大明宫，未建成而止。高宗时又予重建，改称蓬莱宫，继又复称大明宫。自高宗以后，诸帝常居大明宫听政，唯玄宗之主要活动在兴庆宫。“两省”，指中书省和门下省，它们是宰相处理日常事务的署衙。两省位于含元殿后、宣政殿前的中轴线东西两侧，门下省在东，亦称东省，因其在大明宫中轴线的左边，故又称左省、左掖、左曹等。中书省在西，因其在中轴线的右边，故也称右省、右

掾、右曹。贾至时为中书舍人，系中书省属官。

②“银烛熏天”，言烛光之多。点出“早”。“紫陌”，京城的道路。“禁城”，宫城。“熏”，一作“朝”。

③“青琐”，宫门上镂刻的青色图纹。亦借指宫门。“建章”，汉宫名，位于未央宫西。后泛指宫阙。这里代指大明宫。“绕”，一作“满”。

④“剑珮”，剑柄的饰物。“珮”，玉珮。“玉墀（chí）”，铺砌着玉石的台阶。墀，殿上的空地，也指台阶。“衣冠”，士大夫，官绅。这里指上朝的官员。“御炉”，指皇帝所用的熏香炉。

⑤“恩波”，指帝王恩泽。“凤池”，凤凰池之省称，唐以前指中书省，这里指中书省和门下省。“染翰”，以笔蘸墨，指作者以中书舍人知制诰的身份为皇帝起草诏书。翰，笔。

王　维

王维（699—761），字摩诘，河东蒲州（今山西永济）人，开元年间擢进士第，官至给事中。安禄山陷长安，迫其任伪职，乱平后受到降职处分，后迁至尚书右丞，故世称王右丞。晚年退居蓝田辋川别墅，过着亦官亦隐的生活。王维诗画皆佳，名盛于开元天宝间。以其画而言，云势石色，山水平远，皆天机所道，非学而能。以其诗而论，边塞诗慷慨激昂，雄俊奋发，山水田园诗更开宗派，辞秀调雅，意新理惬，而风格多样，造诣极高。《全唐诗》编其诗四卷。

和贾舍人早朝大明宫之作[①]

绛帻鸡人送晓筹，尚衣方进翠云裘[②]。九天阊阖开宫殿，万国衣冠拜冕旒[③]。日色才临仙掌动[④]，香烟欲傍衮龙浮[⑤]。朝罢须裁五色诏，佩声归向凤池头[⑥]。

①贾舍人，即贾至，时任中书舍人。贾至《早朝大明宫呈两省僚友》诗，颇为人所注目，杜甫、岑参、王维都曾作诗相和。王维这首和诗，写出了大明宫早朝时的超然气象。

②“绛帻（zé）”，汉宿卫士所穿的红色服装。《汉官仪》：“于朱雀门外，著绛帻传鸡鸣。”后泛指宫中更人服装。“鸡人”，报晓之官。“晓筹”，即更筹，古代夜间报更的牌子。也泛指时间。“送”，一作“报”。“尚衣”，官名。掌管帝王衣裳。唐有尚衣局。“翠云裘”，饰有绿色云纹的皮衣。

③“九天”，比喻皇宫，言其深远。“阊阖”，宫之正门。“万国衣冠”，指各国的使节和国内的文武大员。“冕旒”，古代礼冠中最尊贵的一种。旒，冕冠前后悬垂的玉串。天子之冕为十二旒。此处指皇帝。

④“仙掌”，是形状如扇的仪仗，即宫扇。《唐会要》卷二十四：“开元中，萧嵩奏：每月朔望，皇帝受朝于宣政殿，宸仪肃穆，升降俯仰，众人不合得而见之，请备羽扇于殿两厢，上将出，扇合，坐定，乃去扇。”

⑤“香烟”，指朝见皇帝时御炉所熏之香烟。“衮（gǔn）龙”，卷龙，指皇帝的龙袍。衮，卷龙衣也。

⑥“五色诏”，用五色纸所书写的诏书（贾至舍人的职责是为皇帝起草诏

书文件）。“佩声”，指身上佩戴之饰物发出的声音，以代人。此处代指贾至。“凤池”，凤凰池之省称，指中书省。尾联归结到贾至原作，和诗而不和韵，堪称佳构。“向”，一作“到”。

武平一

武平一，名甄，以字行。武则天族人。武则天时，畏祸不与事，中宗复位，兼修文馆直学士，迁考功员外郎，虽预宴游，尝因诗规诫。明皇初，贬苏州参军、金坛令。既谪，名亦不衰。开元末卒。《全唐诗》编其诗一卷。

送金城公主适西蕃①

广化三边静，通烟四海安②。还将膝下爱，特副域中欢③。
圣念飞玄藻，仙仪下白兰④。日斜征盖没，归骑动鸣鸾⑤。

① 金城公主，本名李奴奴（698—739），唐朝和亲公主，唐中宗李显养女，生父为邠王李守礼。景龙四年（710），唐中宗命左晓卫大将军杨矩护送金城公主入蕃，嫁予吐蕃赞普赤德祖赞，在吐蕃生活的二十馀年间，力促唐蕃和盟。开元二十二年（734），唐蕃在赤岭（即今青海湟源西日月山）之石堡城定界刻碑，立下盟约互不侵扰。唐蕃会盟的促成，金城公主功不可没。“西蕃”，见杜审言《送和西蕃使》注①。

②“广化”，指唐朝的政教风化影响广远。“三边”，汉代幽、并、凉三州，其地都在边疆，称三边。后泛指边疆。“通烟”，人烟通达。“烟”，指炊烟，泛指人家。“四海”，古代以中国四周皆有海，所以把中国叫海内，外国叫海外。四海，意同天下。

③“膝下爱”，指金城公主。膝下，指人年幼时，常依于父母膝旁，言父母对幼孩之亲爱。“副”，佐。“域中”，宇内，国内。

④“圣”，指中宗。“玄藻”，神妙的诗文。“仙仪”，非凡的容止仪表，指金城公主。“白兰”，西羌族部落，以居白兰山而名。其地相当于今青海南部、四川西部一带，唐初为吐蕃所并。

⑤“征盖”，指远行的车。盖，车盖。“归骑”句，是说送行的人返回。“鸾（luán）”，铃铛。通“銮”。装饰于轭首或车上的饰物，车行则摇动作响。皇帝之车有鸾铃，因作车驾的代称。

储光羲

储光羲（706—763），籍贯兖州（今属山东），一说润州（今江苏镇江）。开元十四年（726）擢进士第，诏中书试文章，官监察御史。安禄山陷长安，他受伪职，乱平后被贬岭南。有《储光羲集》。其诗源出陶渊明，质朴之中有古雅之味。《全唐诗》编其诗四卷。

哥舒大夫颂德①

天纪启真命，君生臣亦生②。乃知赤帝子，复有苍龙精③。

神武建皇极，文昌开将星[4]。超超渭滨器，落落山西名[5]。画阃入受脉，凿门出扞城[6]。戎人昧正朔，我有轩辕兵[7]。陇路起丰镐，关云随旆旌[8]。河湟训兵甲，义勇方横行[9]。韩魏多锐士，蹶张在幕庭[10]。大非四决轧，石堡高峥嵘[11]。攻伐若振槁，孰云非神明。嘉谋即天意，骤胜由师贞[12]。枯草被西陆，烈风昏太清[13]。戢戈旄头落，牧马昆仑平[14]。宾从俨冠盖，封山纪天声[15]。来朝芙蓉阙，鸣玉飘华缨[16]。直道济时宪，天邦遂轻刑[17]。抗书报知己，松柏亦以荣[18]。嘉命列上第，德辉照天京[19]。在车持简墨，粲粲皆词英[20]。顾我抢榆者，莫能辨青冥[21]。游燕非骐骥，踯躅思长鸣[22]。

① 这篇是歌颂玄宗时名将哥舒翰功德的作品。哥舒翰（？—757），唐突骑施酋长哥舒部之裔，世居安西，深受河西节度使王忠嗣赏识，使讨吐蕃。天宝六载（747），被授予右武卫将军、河源军使的哥舒翰将多年抢收积石军之麦田的五千吐蕃骑兵全部消灭。其年冬，王忠嗣被诬以“沮兵”和“欲奉太子”，帝怒，召入付三司讯验，罪应死。此时哥舒翰被召入朝，帝与语，异之，拜鸿胪卿，摄御史中丞，为陇右节度副大使。哥舒翰极言王忠嗣之枉，言辞慷慨，声泪俱下，帝感而宽之，忠嗣不及诛，而贬为汉阳太守。朝廷义而壮之。“颂德”，指作者以诗而颂哥舒翰此德。“大夫”，哥舒翰因功被任命为御史中丞，系御史大夫之佐，故称。

②“天纪”，天道纪纲。“君”，指玄宗。“臣”，指哥舒翰。

③“赤帝子”，指玄宗。赤帝，五天帝之一，南方之神。故以赤帝子喻人君。汉高祖刘邦就被称为赤帝子。“苍龙精”，指哥舒翰。苍龙，青色马，马成精而作龙，喻哥舒翰善于征战。

④“神武”，指玄宗。“皇极”，指帝王之位。“将星”，指哥舒翰。

⑤这两句赞美哥舒翰是人杰。“渭滨器”，传说周初名相太公吕望，八十岁时在渭水垂钓，被文王访得，遂辅佐文王，此处以哥舒翰比太公吕望。“山西名”，三国时刘备大将关羽系太行山西解州人，喜读《春秋左氏传》，哥舒翰亦如此，故作比。“落落”，高超不凡貌。

⑥这两句说哥舒翰发愤从军事。《旧唐书·哥舒翰传》：“年四十，遭父丧，三年客居京师，为长安尉不礼，慨然发愤折节，仗剑之河西。”“画阃”句，言其谋划军事。画，谋划。阃（kǔn），国门。引申为统兵在外的将帅。“凿门”，即凿凶门，典出《淮南子·兵训略》，将军受命征战，以丧理出，以示必死之决心。“扞（hàn）城”，保卫疆土。

⑦“戎人”，古代泛指我国西部的少数民族，此处指吐蕃。“昧”，昏暗，不明。“正（zhēng）朔”，正，一年之始；朔，一月之始。古代改朝换代，新王朝为表夺天下之正，须重定正朔，即新颁历法。“轩辕兵”，天子的军队。

⑧“陇路”，通向陇右道的道路。“丰镐（Hào）”，西周旧都，分别位于沣水之西、之东，此处代指长安。“旆（pèi）旌”，旗帜的通称。

⑨“河湟”，指黄河、湟水合流一带的地方。“横行”，遍行。

⑩“韩魏”句，言其统领的中原之兵为精锐部队。韩魏，战国时的韩国和魏国。地在今河南省和山西省南部。“蹶张”，以脚踏弩，使之开张，喻战备。

⑪“大非”句，原注云：“大非，当作大罪”，“四”，当作“肆”。这句说，由于吐蕃贵族的大罪，唐军决定予以碾压。“决轧（yà）”，果断碾压。“石堡”，即石堡城，古城名，地在今青海省西宁市西南，唐时属陇右道，先后置振武军、天威军。“峥嵘”，高峻。

⑫这四句写攻伐石堡城之神速。“振槁（gǎo）”，摇落枯叶。喻事极易成。槁，枯叶。“由师贞”，由于出师有名。贞，正，正义。

⑬“西陆”，秋天。“太清”，天空。

⑭“戢（jí）戈”，止息兵戈。“旄头”，星宿名，古人以为是“胡人”的象征。旄头跳跃，主“胡兵”大起，这里说“旄头落”，象征“胡兵”将覆没。“昆仑”，泛指西域地区。

⑮“俨”，庄重貌。“冠盖”，官吏的车乘，借指官吏。“封山”，封土为山，筑京丘。古代战争，胜利者为炫耀武功，收集敌人尸体，封土为高冢若丘山，谓之京丘。“纪”，记载。“天声”，又比喻国家的声威。

⑯“芙蓉阙”，京城官阙的美称。

⑰这两句写为王忠嗣辩诬事。“直道”，正直之道。“济”，救助接济。“时宪”，当时的政令。“天邦”，指朝廷。“轻刑”，放宽刑罚（指免去王忠嗣死罪，而外贬汉阳太守）。

⑱“抗书”，上书直言。“报”，报答。“知己”，指王忠嗣。

⑲“嘉命”，皇帝的恩命。“列上第”，言皇帝为哥舒翰加官事，当时拜鸿胪卿兼西平郡太守，摄御史中丞，陇右节度副大使。“天京”，京城。

⑳“持简墨”，写给作者的书信。简，书信。“粲粲”，鲜明貌。“词英”，语句精警。

㉑“抢榆”，触撞榆树。《庄子·逍遥游》：“蜩与学鸠笑之曰：‘我决起而飞，抢榆枋而止，时则不至，而控于地而已，奚以之九万里而南为？’”指无用之散材。这是作者自谦之辞。“青冥”，指青天。

㉒这两句写作者受哥舒翰鼓励，要努力奋发。“游燕”，随时而迁徙的候鸟燕子，此为自喻。“骐骥”，良马。“踯躅”，驻足，踏步不前。

常　建

常建（708—765），或谓长安（今属陕西西安）人，但无确据（以其《落第长安》中句“犹恐故里莺花笑，且向长安度一春”，可推知本贯当在他地）。开元十五年（727）与王昌龄同榜登进士第。大历中，授盱眙尉。仕途颇不如意，遂放浪琴酒，游览名山胜景以自娱。他的诗以山水、田园为主要题材，风格接近王、孟，善于用凝练之语言，表达清幽之境界。《四库全书总目》评之曰：“全集之中，卓然与王、孟抗行者，殆十之六七。”《全唐诗》编其诗一卷。

塞下曲四首（选一首）①

玉帛朝回望帝乡，乌孙归去不称王②。天涯静处无征战，兵气销为日月光③。

① 就征人而论，边塞诗大多数辞色慷慨，颂扬将士们报国的铁血精神，而常建此诗却独辟蹊径：立足于民族和睦之高度，使干戈化玉帛的和平友好主题跃然纸上，赋予边塞诗一种全新的意境。“塞（sài）下曲”，是唐代乐府题，出于汉《出塞》《入塞》，属《横吹曲辞》，古词多描写边塞战事。

② 这两句写西汉朝廷与乌孙民族的友好交往。是以汉代唐，写中央朝廷与西域诸族之关系。“玉帛”，瑞玉和缣帛。指乌孙使节朝觐时所携带的珍贵礼品。《左传·哀公七年》：“禹合诸侯于涂山，执玉帛者万国。”执玉帛而朝，表示宾服和归顺。“望帝乡”，指乌孙使者朝罢西归，而频频回望帝京长安，见眷恋之甚。“乌孙”，汉代西域城国名。在今新疆伊犁河流域。先居敦煌祁连之间，后驱逐大月氏而建乌孙

国，是西域诸国中的大邦。武帝时，为抚西域而遏匈奴，先后两次以宗室女为公主（江都公主、解忧公主）嫁乌孙昆弥（王）。从此乌孙与汉朝长期保持着友好关系。

③“天涯”句，写乌孙与汉朝和平相处。“兵气”句，言战争消除，日月的光华照耀着和平的世界。兵气，指战争之戾气。兵者凶相也。王建诗大多作于盛唐，这首诗称颂和亲，称颂干戈化玉帛，在当时有十分积极的意义。清代沈德潜谓此诗“句亦吐光”，可谓的论。尤其是结句，雄健之气，昂扬之姿，朗然如得神助。

李　白

李白（701—762），字太白，祖籍陇西郡成纪（今甘肃秦安）。隋末其先人流徙中亚碎叶（今吉尔吉斯斯坦北部托克马克），他就出生于此。幼时随父迁居绵州昌隆（今四川江油）青莲乡。二十五岁时离蜀，长期在各地漫游。天宝初供奉翰林，受权贵谗毁，不到两年便离开长安。安史乱中，曾为永王李璘幕僚，因璘败牵累，长流夜郎。中途遇赦东还，晚年漂泊困苦，卒于当涂。诗风雄奇豪放，想象丰富，语言流转自然，音律和谐多变，善于从民歌、神话中汲取营养和素材，构成其诗特有的瑰玮绚烂之色彩，富有积极浪漫主义精神。李白是我国古代最伟大的浪漫主义诗人，被称为“诗仙”。存诗九百九十馀首。《全唐诗》编其诗二十五卷。

古风（选一首）[1]

一百四十年，国容何赫然[2]。隐隐五凤楼，峨峨横三川[3]。王侯象星月，宾客如云烟。斗鸡金宫里，蹴鞠瑶台边。举动摇白日，指挥回青天[4]。当涂何翕忽，失路长弃捐[5]。独有扬执戟，闭关草太玄[6]。

①《古风》五十九首，是表现李白政治理想和人生感怀的重要诗篇。其中不少是指斥时弊，倾向性很强。本篇为第四十六首。先写国势之威赫，次讽天宝初小人之得势，后慨人才之不遇，以见李白当时壮志难伸之心境。从其内容看，当是天宝初在长安时所作。唐开国（618）至天宝初共一百二十馀年。古人诗文中计算年份，常举成数而言，当为“二十”或“三十”。此“四十”二字或是当时误书，或是后来所改汔或收编成帙时的误计，待考。

②“赫然”，强盛的样子。

③“五凤楼”，泛指长安宫室建筑之华美。“隐隐”，形容宫室的层叠深邃。“峨峨”，形容宫殿的高大雄伟。“三川”，指长安一带的渭河、泾河和洛河。这四句自见大唐帝国百年发展的磅礴气势。

④“象星月”，王侯众也；“如云烟”，宾客多也。“斗鸡金宫”，供佚乐也；“蹴鞠瑶台”，邀宠幸也。“摇白日”，言受宠幸者气焰嚣张，甚至能左右帝王也；“回青天”，言受宠幸者飞扬跋扈，甚或能挟裹帝王也。“蹴鞠（cù jū）”，古代的一种游戏，似今日之足球赛。蹴，踢。鞠，以皮所作之球，中塞羽毛。这六句写势焰熏灼之权贵佞幸。

⑤“当涂”，当路。指政治上得势。“翕（xī）忽”，迅疾貌。“失路”，

比喻人不得志。“弃捐”，抛弃，废弃不用。扬雄《解嘲》：“当涂者入青云，失路者委沟渠，旦握权则为卿相，夕失势则为匹夫。”

⑥“扬执戟”，指扬雄。扬雄在汉廷曾做执戟保卫宫殿的郎官，故称扬执戟。“闭关”，闭门。“草《太玄》”，著《太玄经》。《汉书·扬雄传》记载，汉哀帝时，外戚丁明、傅晏和佞幸董贤用事，“诸附离（依附，即附丽）之者，或起家至二千石”。扬雄不趋附，“草《太玄》有以自守，泊如也”。这两句诗人以扬雄作比，高洁自守也。

岑　参

岑参（约715—770），南阳（今属河南）人，天宝中登进士第。天宝八载（749），在安西节度使封常清幕中掌书记，到过安西、武威。天宝末，封常清镇守伊西、北庭，岑参摄监察御史，充伊西、北庭节度判官。累官嘉州（州治在今四川乐山）刺史，卒于成都。其诗与高適齐名，并称“高岑”。长于七言歌行。岑参六佐戎幕，往来鞍马烽尘间十馀载，其边塞诗，气势豪迈，情辞慷慨，迥拔孤秀，而格调尤高。在盛唐作家群中，地位显赫。宋代爱国诗人陆游誉其为“太白、子美之后，一人而已”。有《岑嘉州集》。《全唐诗》编其诗四卷。

献封大夫破播仙凯歌六首（选四首）①

汉将承恩西破戎，捷书先奏未央宫②。天子预开麟阁待，只今谁数贰师功[3]。

官军西出过楼兰[4]，营幕傍临月窟寒。蒲海晓霜凝马尾，葱山夜雪扑旌竿[5]。

鸣笳叠鼓拥回军，破国平蕃昔未闻。丈夫鹊印摇边月，大将龙旗掣海云[6]。

暮雨旌旗湿未干，胡烟白草日光寒。昨夜将军连晓战，蕃军只见马空鞍[7]。

①“封大夫”，指封常清。封长清（690—756），蒲州猗氏（今属山西临猗）县人，唐朝名将，天宝十一载（752）十二月，他由安西行军司马升迁为安西四镇节度使，于次年冬，率兵攻大勃律，大获全胜，受降而凯旋，这首诗就是歌颂此事的。其凯旋后被封为御史大夫。“播仙”，是“且末”唐时的旧名。且末原系汉代西域城国，即唐时的大勃律国，地在今新疆南部。此处所选的四首诗，分别系该组诗第一、二、三、六篇。

②“汉将”“未央”，“将”“宫”，均是以汉代唐。“西戎”，指播仙。

③“麟阁”，汉宣帝时有麒麟阁，为图绘功臣之所，省作麟阁。“贰师”，汉时大宛地名。大宛有善马，在贰师城，匿不肯献，武帝太初元年，命李广利为贰师将军，征贰师城取善马，故以为号，此处代指封常清。

④“楼兰”，汉西域城国。地在今新疆罗布泊西，地处西域通道上。

⑤“蒲海”，蒲昌海，即今新疆罗布泊。“葱山”，即葱岭。古代对今帕米尔高原和昆仑山、天山西段的统名。唐代属安西都护府。

⑥“鹊印”，传说汉常山张颢，为梁相。天新雨后，有鸟如鹊，飞翔入

市，忽然堕地。人争取之，化为圆石。颢椎破之，得一金印，文曰“忠孝侯印”。颢以上闻。藏之秘府。后因借指公侯之位。见晋干宝《搜神记》。“龙旗”，画龙为饰的旗。“掣”，拉，牵。

⑦“蕃军”，指播仙军队。“马空鞍”，言蕃军骑兵覆没，故曰“马空鞍”。

轮台歌奉送封大夫出师西征[①]

轮台城头夜吹角，轮台城北旄头落[②]。羽书昨夜过渠黎，单于已在金山西[③]。戍楼西望烟尘黑，汉军屯在轮台北。上将拥旄西出征[④]，平明吹笛大军行。四边伐鼓雪海涌，三军大呼阴山动[⑤]。虏塞兵气连云屯[⑥]，战场白骨缠草根。剑河风急雪片阔[⑦]，沙口石冻马蹄脱。亚相勤王甘苦辛，誓将报主静边尘。古来青史谁不见，今见功名胜古人[⑧]。

①“轮台”，地名。唐贞观中置县，隶北庭都护府。封常清曾驻兵于此，天宝十三载至十四载（754—755），岑参充伊西北庭节度官，亦在此处居住。

②“角”，画角，乐器，军中吹奏以报时间。“旄头落”，见储光羲《哥舒大夫颂德》注⑭。

③“羽书”，军事文书，插羽毛以示紧急。“渠黎”，汉代西域国名，地在轮台东南。“单（chán）于”，汉时匈奴称其君长为单于，此处系代指。“金山”，即阿尔泰山。蒙古语和突厥语系的哈萨克语和维吾尔语都称金为阿尔坦。阿尔泰山就是有金的山。

④“旄（máo）”，节旄。使臣所持之节。用作信物。又镇守一方的军政长官也拥有旄节。

⑤“雪海”，湖名。《新唐书·地理志》：“雪海，又三十里至碎卜戍，傍碎卜戍五十里至热海。”可知其地在天山主峰与伊塞克湖（热海）之间。“三军”，泛指全军。“阴山”，自古即为匈奴常居之地，这里泛指边地的山。

⑥“兵气”，见常建《塞下曲四首》注③。

⑦“剑河”，水名。《新唐书·回鹘传》：“青山东，有水曰剑河。”

⑧最后四句赞美封常清报国之忠勇。“亚相”，指封常清。在汉代，御史大夫位置仅次于宰相，称亚相。封长清为御史大夫，故有是称。“勤王”，勤劳王事。

走马川行奉送出师西征[1]

君不见走马川行雪海边，平沙莽莽黄入天。轮台九月风夜吼[2]，一川碎石大如斗，随风满地石乱走。匈奴草黄马正肥，金山西见烟尘飞，汉家大将西出师[3]。半夜军行戈相拨，风头如刀面如割[4]。马毛带雪汗气蒸，五花连钱旋作冰[5]，幕中草檄砚水凝。虏骑闻之应胆慑，料知短兵不敢接，车师西门伫献捷[6]。

①“走马川”，未详，地在雪海边。“雪海”，见《轮台歌奉送封大夫出师出征》注⑤。

②“轮台”，见岑参《轮台歌奉送封大夫出师西征》注①。

③ 这三句写敌兵发动进攻。“金山”，见《轮台歌奉送封大夫出师西征》注③。此处泛指塞外山脉。“汉家大将”，指封常清。

④ 这三句写行军之紧张，气候之严酷。

⑤ 这两句写行军之急速。“五花连钱”，指名贵的马。五花，剪马鬣为五瓣者称“五花马”。“连钱”，指马的斑纹。

⑥ 末三句写对出征将士的歌颂。“短兵”，指兵器之短者，如刀剑等。短兵相接，指战斗之激烈。“车师”，汉西域国名，有前后车师，此处指后车师，其地在今新疆奇台县一带。“伫”，久立，此处作等待解。“献捷”，胜利后献所得的战果。

西鄙人

歌舒歌[①]

北斗七星高，歌舒夜带刀。至今窥牧马，不敢过临洮[②]。

① 这是西鄙人（西北边境人。鄙，边）所作的歌，歌颂了哥舒翰的赫赫战功，表达了对和平生活的向往。天宝十二载（753）夏，唐军战败了吐蕃贵族统治者的军队，“攻破吐蕃洪济、大漠门等城，收黄河九曲，以其地置洮阳郡，筑神策、宛秀二军”。（《新唐书·哥舒翰传》）这首民歌反映的就是这次战争。其时统军的正是陇右兼河西节度使的哥舒翰。该民歌故以其名代指唐军。哥舒翰（？—757），突骑哥舒部落人，系有名的军事将领。《全唐诗》本篇有注云：“天宝中，哥舒翰

为安西节度使，控地数千里，甚著威令，故西鄙人歌此。”实误。

②这两句说，胡骑所窥，不逾临洮。“窥”，暗中偷看。“牧马”，古时也指胡骑的侵边。“临洮”，县名，地在今甘肃岷县境。其时已置洮阳郡，扼守有兵，故吐蕃军“不敢过临洮”。

王昌龄

王昌龄（？—约756），字少伯，京兆长安（今属陕西西安）人。一作太原（今属山西）人。开元十五年（727）进士及第，授汜水尉，再迁江宁丞。天宝七载贬龙标（今湖南黔阳）尉，世称王江宁或王龙标。安史乱起，流落途中道出濠州，为刺史闾丘晓所忌而杀。他在当时颇负盛名，与名诗人如李白等多有交往。其诗擅长七绝，时称“诗家夫子王江宁”。其七绝以抒情为主，气势雄浑，格调高昂，而文字奇俊，意味深醇，可与李白相媲美。明人王世贞云：“七言绝句，王江宁与太白争胜毫厘，俱是神品。”非溢美也。《全唐诗》编其诗四卷。

驾出长安[①]

圣德超千古，皇风扇九围[②]。天回万象出，驾动六龙飞[③]。淑气来黄道，祥云覆紫微[④]。太平多扈从，文物有光辉[⑤]。

① 此诗一作宋之问诗。

②“皇风”，见舞曲歌辞《凯乐歌辞》注⑧。“扇”，炽盛。“九围”，九州。《诗经·商颂·长发》：“帝命式于九围。”《疏》：“谓九州为九围者，盖以九分天下，各为九处，规围然，故谓之九围也。”

③“六龙”，皇帝车驾的六匹马，马八尺称龙，因名六龙。

④“淑气”，温和之气。“黄道”，天子所经行的道路。“紫微”，皇帝宫殿。

⑤“扈（hù）从”，随从，侍从。“文物”，此处指人文和自然。

从军行七首（选二首）[①]

青海长云暗雪山，孤城遥望玉门关[②]。黄沙百战穿金甲，不破楼兰终不还[③]。

①《从军行七首》，颂扬了盛唐将士们的英雄气概，是雄壮的战歌。其时唐中央政权的军队在今青海和新疆一些地方与吐蕃贵族武装接战，斗争复杂。这是唐军在为维护国家统一而战，属正义之战。《从军行》，乐府《相和歌辞·平调曲》旧题。此处所选的是第四首和第五首。

②“青海”，湖名。在今青海省西宁市西。“雪山”，指祁连山。亦名雪山。是横亘于今甘肃和青海间的山脉。“孤城”，指玉门关外某一城，此处地广人稀，故有孤城之感。“玉门关”，关名。地在今甘肃敦煌西北，是古代由河西走廊通往西域的重要关口。

③“黄沙”，这里指玉门关外沙漠的莽莽黄沙。“穿”，磨破。“金甲”，铠甲。“楼兰”，汉西域城国。其地唐属安西都护府，在今新疆罗布泊西，地处西域通道上。西汉时，楼兰国王与匈奴沟通，屡次遮杀汉通

西域的使臣。傅介子领命前往，用计刺杀楼兰王，“遂持王首还诣阙，公卿、将军议者，咸嘉其功”。（见《汉书·傅介子传》）此处以“楼兰”泛指侵扰西北地区的敌人。这两句写身经百战的将士的决心：不战胜敌人，誓不罢休。

大漠风尘日色昏，红旗半卷出辕门[①]。前军夜战洮河北，已报生擒吐谷浑[②]。

①“辕门”，军营营门。古代行军扎营时，以车环四周作为屏障，出入处仰两车使车辕相向以表示门，称辕门。

②“洮河”，黄河上游支流，源出今甘肃临潭县西倾山。“吐谷（yù）浑”，我国古代鲜卑族所建立的政权名，曾在洮水西南实行统治。时扰边境，后被唐高宗和吐蕃联军所败。这里的“生擒吐谷浑”泛指俘获敌军首领。

出塞二首（选一首）[①]

秦时明月汉时关，万里长征人未还[②]。但使龙城飞将在，不教胡马度阴山[③]。

①“出塞”，乐府《横吹曲辞》曲名。原作二首，此为第一首。

②秦时设关防匈奴，至汉亦然，长城正是因此而筑。故月照关塞的景象在秦汉时已经如此。“秦”“汉”在字面上虽分别辖以“月”和“关”，而指意相同。“万里”句，言与匈奴战而未息的，不光是唐代当时，秦汉亦是如此。

③“龙城”，地名。此处非指匈奴祭天处的龙城（地在今蒙古国境内），当指卢龙城。卢龙，唐县名，为平州北平郡治所。地在今河北省唐山承德一带。“飞将”，飞将军。汉代李广曾任右北平太守。匈奴号曰“飞将军”，避之而不敢入塞。右北平，唐为平州北平郡。“阴山”，长城外横亘于今内蒙古南境，东北接内兴安岭的山脉。这两句是说，假如有李广那样的名将，敌人就不敢来犯。

高　适

高適（约706—765），字达夫，渤海蓨（Tiáo，今河北景县南）人。长期浪游，四十岁后，因人荐举，中“有道科”，客河西，在节度哥舒翰幕下任掌书记。安史乱后，奔赴肃宗行在，累官散骑常侍。高適喜功名，尚节义，笔力雄健，热情奔放，以气质自高。尤其是边塞诗，昂扬奋发，与岑参齐名，时称“高岑”，有《高常侍集》。《全唐诗》编其诗四卷。

九曲词三首①

许国从来彻庙堂，连年不为在疆场②。将军天上封侯印，御史台中异姓王③。

万骑争歌杨柳春，千场对舞绣骐驎④。到处尽逢欢洽事，相看总是太平人。

铁骑横行铁岭头，西看逻逤取封侯⑤。青海只今将饮马，黄河不用更防秋⑥。

①此诗是歌颂哥舒翰收复九曲（今青海化隆）后所作。天宝十二载（753）夏，“陇右节度使哥舒翰击吐蕃，拔洪济、大漠门等城，悉收九曲部落”。(《通鉴》卷二一六）九曲之战，是唐与吐蕃在百馀年争夺战中取得决定性胜利的一战。哥舒翰作为前线统帅，厥功甚伟。当时高適客河西，哥舒翰表为左骁卫兵曹参军，掌书记。因哥舒翰于天宝十二载八月封西平郡王，故此诗写于其封王之后。第一首歌颂哥舒翰厥功甚伟和显赫之地位。第二首歌颂和平来临，军民欢庆。第三首写收复九曲之伟大胜利和伟大意义。全诗贯串着盛唐的时代精神。

②“许国”，为国效命。“彻”，达。“庙堂”，指朝廷。“不为”，就是作为。在此处指奋战。不，岂不。用以足句和加强语气。《诗经·小雅·车攻》：“徒御不惊”（驭手机警又严肃），“大庖不盈”（野味满厨充佳肴）。《郑笺》：“不惊，惊也。不盈，盈也。”

③“将军”，指哥舒翰。“天上”，指皇帝。“封侯”，哥舒翰为大将兼河西节度使、进封凉国公。“御史”句，哥舒翰于天宝八载（749）加摄御史大夫，天宝十二载（753）八月又晋封西平郡王。故云。

④“杨柳春”，曲名。本为汉乐府横吹曲辞《折杨柳》，至唐时易名为《杨柳枝》，开元时已入教坊曲。“绣骐驎”，人工绣制的麒麟状道具，以举行犹如今之舞龙、舞狮之类的活动。骐，通“麒”。骐驎，即麒麟，吉兽。

⑤“铁岭”，九曲当地的山名。或因海拔高，山上植被少，而呈青黑色，故名。“逻逤”，又作“逻娑”，吐蕃都城，地在今西藏拉萨。

⑥“青海”，湖名，在今青海省北部，唐时临近唐与吐蕃边境。“防秋”，唐时突厥、吐蕃等游牧民族贵族武装常在秋天马肥时扰边，唐亦派重兵防守，称秋防，或防秋。

包　佶

包佶（jí），字幼正，润州延陵（今江苏武进）人。天宝六载（747）及进士第。累官谏议大夫。后因事被贬岭南，又起而迁刑部侍郎，改秘书监。封丹阳郡公。《全唐诗》编其诗一卷。

元日观百僚朝会①

万国贺唐尧，清晨会百僚②。花冠萧相府，绣服霍嫖姚③。
寿色凝丹槛，欢声彻九霄④。御炉分兽炭，仙管弄云韶⑤。
日照金觞动，风吹玉佩摇⑥。都城献赋者，不得共趋朝⑦。

①这是作者观元日百僚朝会有感而作，羡君臣朝会之盛况，慨自己徒为观者。“元日”，大年初一。元日朝会是朝廷的规定。“皇帝元正、冬至受群臣朝贺而会。”（《新唐书·礼乐九》）“百僚”，百官。

②“万国”，泛指外国。这里指外国使者。“唐尧”，即尧帝，封于陶，后徙于唐，号陶唐氏，史称唐尧。古时明君，此处指当朝皇帝。

③“萧相府”，汉代萧何曾为丞相（后改称相国）。此代指文臣。“霍嫖姚”，汉代霍去病为嫖姚校尉。此代指武将。

④“寿色”，长寿喜庆之色。

⑤“御炉”，元日朝会时，因天寒而设御炉以取暖。“兽炭”，制为兽形的炭饼。“云韶”，即燕乐，内廷之乐。

⑥“觞”，盛有酒的杯。“玉佩”，玉石制的佩饰。

⑦“献赋者”，作者自指。“趋朝”，即上朝。

包　何

包何，字幼嗣，润州延陵（今江苏武进）人。与弟佶齐名，世称“二包”，天宝中登进士第。大历中，起为舍人。《全唐诗》编其诗一卷。

阙下芙蓉①

一人理国致升平，万物呈祥助圣明②。天上河从阙下过，江南花向殿前生③。庆云垂荫开难落，湛露为珠满不倾④。更对乐悬张宴处，歌工欲奏采莲声⑤。

①“阙下”，宫阙之下。“芙蓉”，荷花的别称。

②“一人”，指唐玄宗，他曾开创了“开元盛世”。“升平”，太平。“圣明”，称颂皇帝的套词。言英明无所不知。

③“天上河”，指渭河。《三辅黄图》：“渭水贯都，以象天汉。”“江南花”，指芙蓉。

④“庆云垂荫”，五色祥云荫庇。庆云，五色云，古以为祥瑞之气。“满不倾”，言芙蓉花及叶上的露珠清圆，一一风荷举。

⑤“乐悬”，乐声缭绕。“张宴”，开宴。“歌工”，宫廷歌唱者。这两句是说，在宴席上，歌工欲奏采莲的歌曲。

杜　甫

杜甫（712—770），字子美，杜审言之孙。祖籍京兆杜陵（在今陕西省西安市长安区），生于巩县（今河南巩义），杜甫在困顿长安十年中，因所居之杜曲在杜陵原下，少陵原之东，故自称杜陵布衣、杜陵野老、少陵野老，世称杜少陵。举进士不第，玄宗时献三大礼赋，待制集贤院，又为宰相李林甫所抑。安禄山陷长安，玄宗奔蜀，他逃至肃宗行在凤翔，官左拾遗。长安收复后，因疏救房琯被贬为华州司功参军。关辅饥乱，遂弃官入蜀，依剑南节度使严武，在成都西郊筑草堂以居，严武荐其为检校工部员外郎，故又世称杜工部。严武死后，他携家出蜀，病死湘江途中。其诗显示了唐王朝由盛转衰的历史过程，反映了社会动乱和人民疾苦，宋人叶梦得评其诗穷笔极力，如太史公记传。其诗语言精练，风格沉郁顿挫，被称为“诗史”。以饥寒之身而怀济世之心，处穷迫之境而无厌世之想，杜甫是中国文学史上最伟大的现实主义诗人，对后世影响极大，被誉为“诗圣”。有《杜少陵集》。《全唐诗》编其诗十九卷。

兵车行[①]

车辚辚，马萧萧，行人弓箭各在腰[②]。耶娘妻子走相送，尘埃不见咸阳桥[③]。牵衣顿足拦道哭，哭声直上干云霄[④]。道旁过者问行人，行人但云点行频[⑤]。或从十五北防河，便至四十西营田[⑥]。去时里正与裹头，归来头白还戍边[⑦]。边庭流血成海水，武皇开边意未已[⑧]。君不闻汉家山东二百州，千村万落生荆杞[⑨]。纵有健妇把锄犁，禾生陇亩无东西[⑩]。况复秦兵耐苦战，被驱不异犬与鸡[⑪]。长者虽有问，役夫敢申恨[⑫]？且如今年冬，未休关西卒。县官急索租，租税从何出[⑬]？信知生男恶，反是生女好。生女犹得嫁比邻，生男埋没随百草[⑭]。君不见，青海头[⑮]，古来白骨无人收。新鬼烦冤旧鬼哭，天阴雨湿声啾啾[⑯]！

① 玄宗天宝年间，唐王朝对西南西北少数民族战争频仍，给边疆和中原地区的人民带来了极大的灾难与不幸。这是杜甫最早反映民瘼的作品。对于它的历史背景，历来有两说：即用兵南诏（在今云南省一带），用兵吐蕃（在今西北地区）。据《资治通鉴》卷二一六记载："天宝十载（751）夏四月壬午，剑南节度使鲜于仲通讨南诏蛮，大败于泸南。时仲通将兵八万……进军至西洱河，与阁罗凤（南诏王）战，军大败，士卒死者六万人，仲通仅以身免。杨国忠掩其败状，仍叙其战功。……制大募两京（长安和洛阳）及河南北兵以击南诏。人闻云南多瘴疠，未战士卒死者什八九，莫肯应募。杨国忠遣御史分道捕人，连枷送诣军所。……于是行者愁怨，父母妻子送之，所在哭声振野。"单福曰，此诗乃为明皇用兵吐蕃而作，故托汉武以讽，其词可哀也。先言人哭，后言鬼哭，中言内郡凋敝，民不聊生，此安史之乱所由起也。以本篇目之，《通鉴》所言虽与本篇后半部之描写相像，而诗中征夫所述，又与用兵吐蕃情况吻合，故仇兆鳌认为，明皇季年，穷兵吐蕃，征戍驿骚，内郡几遍，当时点行愁怨者，不独征南一

役。故公托为征夫自诉之词以切讥之。此说允当。正因如此，这首诗不一定局限于某一历史事实，而是具有深刻的典型意义。“行”，本属乐府歌曲之旧题，杜甫即事名篇，属于独创。

②“辚辚”，车行声。“萧萧”，马鸣声。“行人”，行役之人，即被强征入伍的征夫。

③“耶”，同“爷”。“咸阳桥”，即秦汉时的“便桥”，在咸阳西南渭水上。当时为长安通西北、西南的必经之路。由长安去云南经由蜀地，故也要过此桥西行。

④“干”，冒犯。

以上写咸阳桥边伤心断肠送别之景况，为纪事；以下写征夫“申恨”之情形，为纪言。

⑤“道旁过者”，即过路人，此处指杜甫。“点行”，按照名册顺序抽丁入伍。“频”，频繁。

⑥“十五”“四十”，均指年龄。“防河”，《资治通鉴》卷二一三记载，开元十五年（727）“十二月戊寅，制以吐蕃为边患，令陇右道及诸军团兵五万六千人，河西道及诸军团兵四万人，又征关中兵万人集临洮，朔方兵万人集会州（其地相当于今甘肃靖远、会宁二县地）防秋，至冬初，无寇而罢；伺虏入寇，互出兵腹背击之”。“营田”，系汉时屯田之制，平时种田，战时作战。唐时也广泛采用。西营田，也是防备吐蕃的。

⑦“里正”，里长。“与裹头”，替征丁包裹头巾，以见征丁其年尚幼。承上文“十五”。此四句，正是说“点行频”。

⑧“武皇”，汉武帝刘彻，此处指唐玄宗，唐人称太宗为文皇，玄宗为武皇。“开边”，用武力开拓疆域。“意未已”，意图尚未停止。

⑨“汉家”，代指唐朝。“山东”，指华山以东之地。唐潼关以东共有七

道，计二百十七州，举成数说为“二百州”。“荆杞”，荆棘和枸杞，喻田园荒芜。

⑩“无东西”，言庄稼收成不好。

⑪“秦兵”，秦地之兵。《史记》：“秦人勇于苦战。”耐苦战，即能苦战。能苦战，故征调愈频。

⑫“长者”，征丁对杜甫的尊称。“役夫”，征丁自指。“敢申恨”，不敢说出心中之愤恨。

⑬“且如”，就如。“休”，停止征调。“关西卒”，即“秦兵”。“租税从何出”，言精壮劳力被征入伍，谁种庄稼？庄稼歉收，用什么去交租税？

⑭“信知”，确知。“生男恶”，此处以女形男，言男者服兵役之苦。“比邻”，近邻。“埋没”句，言男丁因战争而死。

⑮“青海头”，即青海边。此地原为吐谷浑之地，唐高宗龙朔三年为吐蕃占领。此后几十年间，唐与吐蕃在此地战事不断，唐军伤亡很多。

⑯“啾啾”，古人想象中鬼哭之呜咽声。“新鬼烦冤”，因战争也，“旧鬼哭”，亦因战争也。李华《吊古战场文》：“往往鬼哭，天阴则闻。”末四句，以征夫所申之恨而作结，正是语有尽而意未尽也。

自京赴奉先县咏怀五百字[①]

杜陵有布衣，老大意转拙[②]。许身一何愚，窃比稷与契[③]。
居然成濩落，白首甘契阔[④]。盖棺事则已，此志常觊豁[⑤]。
穷年忧黎元，叹息肠内热[⑥]。取笑同学翁，浩歌弥激烈[⑦]。
非无江海志，潇洒送日月[⑧]。生逢尧舜君，不忍便永诀[⑨]。

当今廊庙具，构厦岂云缺[10]。葵藿倾太阳，物性固莫夺[11]。
顾惟蝼蚁辈，但自求其穴[12]。胡为慕大鲸，辄拟偃溟渤[13]。
以兹悟生理，独耻事干谒[14]。兀兀遂至今，忍为尘埃没[15]。
终愧巢与由，未能易其节[16]。沉饮聊自适，放歌破愁绝[17]。
岁暮百草零，疾风高冈裂[18]。天衢阴峥嵘，客子中夜发[19]。
霜严衣带断，指直不得结[20]。凌晨过骊山，御榻在嵽嵲[21]。
蚩尤塞寒空，蹴踏崖谷滑[22]。瑶池气郁律，羽林相摩戛[23]。
君臣留欢娱，乐动殷樛嶱[24]。赐浴皆长缨，与宴非短褐[25]。
彤庭所分帛，本自寒女出[26]。鞭挞其夫家，聚敛贡城阙[27]。
圣人筐篚恩，实欲邦国活[28]。臣如忽至理，君岂弃此物[29]。
多士盈朝廷，仁者宜战栗[30]。况闻内金盘，尽在卫霍室[31]。
中堂舞神仙，烟雾散玉质[32]。煖客貂鼠裘，悲管逐清瑟。
劝客驼蹄羹，霜橙压香橘[33]。朱门酒肉臭，路有冻死骨[34]。
荣枯咫尺异，惆怅难再述[35]。北辕就泾渭，官渡又改辙[36]。
群冰从西下，极目高崒兀[37]。疑是崆峒来，恐触天柱折[38]。
河梁幸未坼，枝撑声窸窣。行旅相攀援，川广不可越[39]。
老妻寄异县，十口隔风雪。谁能久不顾，庶往共饥渴[40]。
入门闻号咷，幼子饥已卒[41]。吾宁舍一哀，里巷亦呜咽[42]。
所愧为人父，无食致夭折。岂知秋禾登，贫窭有仓卒[43]。
生常免租税，名不隶征伐[44]。抚迹犹酸辛，平人固骚屑[45]。
默思失业徒，因念远戍卒[46]。忧端齐终南，澒洞不可掇[47]。

① 天宝十四载（755）十一月，杜甫官定后由长安赴奉先县探望家属，

其时正是安史乱起前夕。天下危机四伏，而玄宗与贵妃尚在华清宫醉生梦死，深感时忧的杜甫，到奉先县后作此诗以“咏怀”。唐王朝统治腐朽，社会矛盾尖锐，生民难以堪命，皆在其“咏怀”之列。咏怀者，亦咏忧也。“穷年忧黎元”，忧国民之命运也；“朱门酒肉臭”，忧贫富之悬殊也；“老妻寄异县”，忧家室之难顾也；“忧端齐终南”，忧天下之大忧也。惟此大忧，遂使本篇成为一代史诗。于其创作而言，具有划时代意义，完成了“诗圣”地位之奠基。“奉先县”，秦名重泉，后魏时改蒲城。唐开元四年（716）在此建睿宗（李隆基之父）桥陵后，改为奉先县，地在今陕西蒲城县境。

②“杜陵”，地名。在长安东南。本名杜原。汉宣帝在此筑陵，改名杜陵。其地附近宣帝许后之陵，因规模比宣帝陵小，故名少陵或称少陵原。杜甫祖籍杜陵，杜甫困顿长安时，就住在这里，故自称“杜陵布衣”或“少陵野老”。“布衣”，平民的代称，这里是杜甫自指。“意”，对生活的看法。“拙”，笨拙，迂拙。此是反话，他其实愈活愈加顽强。

③“许身”，期望自己，犹言立志。“窃”，私自。“稷与契（Xiè）”，两贤臣名。“稷”，名弃，周的始祖。“稷”本是主管农事的官名，尧任命弃为稷，周人因称弃为后稷（“后”是“君”的意思）。“契”，尧的臣子，商的始祖。掌管教育等事。《孟子》：“禹思天下有溺者，犹己溺之也；稷思天下有饥者，犹己饥之也，是以若是其急也。”

④“居然”，果然。“濩（huò）落”，即“瓠落”，空廓，廓落无用。引申为零落，无聊失意。“契阔”，劳苦，辛苦。

⑤这两句是说，只要不死，这种作贤臣的志愿总希望实现。“盖棺”句，意即死而后已。“觊（jì）”，希望。“豁”，通达。

⑥“穷年”，一年到头。“黎元”，老百姓。“肠内热”，形容忧思之深。

⑦“取笑”句，是说见笑于同学翁。“取笑”，引起（别人的）嗤笑。“同学”，同师为同学。“翁”，年老的男子。因杜甫其时已四十四岁，故与其同学者，年亦老大，遂有此称。“翁”字外含尊敬，实则讥之。“浩歌”，大声歌唱。“弥”，越发。

⑧“江海志”，江海的志趣。即隐居。“潇洒”，无拘无束。

⑨“尧舜”，传说中的古代两圣君，此处以美化唐玄宗，因其曾有“开元盛世”。“永诀”，永远分别。

⑩这两句以廊庙之材为喻，说明当今朝廷并不乏栋梁之材，不一定缺少自己。“廊庙具”，即廊庙器，意为朝廷之栋梁。“构厦”，构建大厦。“岂云缺”，岂能说缺少。

⑪这两句以葵藿向阳为喻，说明自己忠君爱国的本性是无法改变的，总想为国家尽力。“葵”，向日葵。葵向阳。“藿（huò）”，豆叶，有的豆类叶子亦向阳。“太阳”，比皇帝。“夺”，强使改变。三国曹植《求通亲亲表》：“若葵藿之倾太阳，虽不为之回光，然终向之者，诚也。”似为此句之所本。

⑫这两句以蝼蚁为喻，表示对居廊庙中自私自利、目光短浅小人的鄙视。“顾惟”，犹言转头一想。“蝼蚁辈”，比喻追求名利之小人。

⑬这两句有两解，其一，承上句，言“蝼蚁”辈居然欲作大鲸，以为天下权贵，“舍我其谁”；其二，以大鲸为喻，表示对那些有远大理想者的仰慕。“胡”，何，何故。“大鲸”，比喻有远大理想的人，此处亦有自况之意。以大鲸息游设问，表示更坚决的肯定。“辄”，每每。“拟”想要。“偃溟渤”，卧于大海。“偃（yǎn）”，卧。“溟渤（míng bó）”，溟海和渤海，泛指大海。

⑭“以兹”句，指从蝼蚁、大鲸而悟出人生的道理。“悟”，一作“误”。“独耻”句，是说以奔走权门而渔名利为耻辱。下一“独”字，可见

其时干谒者之多。“干谒（gān yè）”，这里指依附权门，营求荣利。杜甫虽曾数次向权贵投诗，有所求而请见，这是唐代的时尚和风气，与此干谒终究不同。

⑮“兀兀”，勤勉不止貌。“忍”，怎忍的意思。“尘埃没”，没于尘埃之中，指没有作为。

⑯“巢与由”，巢是巢父，由是许由，系尧时的两位隐居之高士，杜甫不欲隐居，故曰“终愧”。“易其节”，改变积极用世即许身稷契的志节。其，杜甫自谓。

⑰“沉饮”，过分饮酒。“聊自适”，姑且自我安慰。“适”，一作“遣”。“放歌”，放声歌唱。“颇”，甚。“愁绝”，极为忧愁。以上写忧国忧民之志未改而其志难伸之状。

⑱“岁暮”，一年将尽之时。杜甫此赴奉先，在冬月，故云。“疾风”句，言狂风怒号，像要吹裂高冈。

⑲“天衢（qú）”，天空。“峥嵘”，阴云重叠之状，言天阴得很重。“客子”，外出的人，这里是杜甫自指。“中夜发”，半夜动身。

⑳这两句写隆冬严寒，手指冻得僵直，连衣带断了也不能结好。“霜严”，霜重。

㉑“凌晨”句，骊山距京城六十里，在今陕西西安市临潼区境内。故中夜发而凌晨路过骊山下。“凌晨”，天快亮的时候。“御榻”，皇帝下榻之处。“嵽嵲（dié niè）”，形容山高。华清宫在骊山，故云。白居易句“骊宫高处入青云”，便写了华清宫之地理。唐玄宗自天宝四载（745）册立杨贵妃后，至天宝十四载（755），每载冬日都要与贵妃避寒华清宫，最长的一次（天宝十载），竟达九十六天。杜甫作此诗时，玄宗与贵妃正在华清宫。以下八句，皆写华清宫事。

㉒“蚩尤”句，蚩尤系古代传说中黄帝时的部落酋长。此句有两解。其

一，据说他与黄帝作战，能作大雾。这里指雾。其二，据《皇览》：蚩尤冢在东郡寿张县阚乡城中，高七丈，民常十月祀之，有赤气出如匹练帛，民名为蚩尤旗。此处指旌旗。其二义长。（愚案：关于旌旗说，张说《扈从温泉宫献诗》“松间彩殿笼佳气，山上朱旗绕瑞云”及韦应物《骊山行》“禁仗围山晓霜切，离宫积翠夜漏长”可参读。）“塞寒空”，旌旗蔽空。“蹴”，践踏，踩。“崖谷滑”，披浓霜的上山之道，经过者多即滑。这两句写旗稠路滑，人众多也。

㉓“瑶池”，仙境。相传为西王母所居，此处指华清宫的温汤。“气郁律”，水气很盛的样子。“羽林”，羽林军，皇帝的近卫军。“摩戛（jiá）”，摩擦。此处指羽林军人数众多，兵仗相互碰撞。这两句写温汤羽林，皇家之气派也。

㉔“留”，流连，留恋。“殷”，盛也。“樛嶱”，即“胶葛”，旷远的样子，此处指天空。这两句写君臣欢娱，不恤国事也。

㉕“赐浴”句，被赏赐在温汤洗浴的人都是达官贵人。《明皇杂录》：“上（玄宗）尝于华清宫中置长汤数十，赐从臣浴。“长缨”，代指权贵。“短褐”，粗布短衣，代指平民百姓。这两句写赐浴与宴，从官之受宠也。

㉖“彤庭”，即朝廷。汉皇宫以朱色漆中庭，称彤庭。后泛指皇宫。彤，朱红色。这两句是说，朝廷赏赐群臣的丝织品，都是出于贫寒妇女之手。

㉗“聚敛”，搜刮。“贡”，进献。“城阙”，指京城。

㉘“圣人”，指皇帝。唐人习称皇帝曰圣人。“筐篚（fěi）恩”，用筐篚盛着币帛分赐大臣，以示恩宠。此乃古时一种礼节。筐篚，两种盛物之竹器，圆者称筐，方者称篚。“邦国”，国家。“活”，此处指（将邦国）治理好。

㉙这两句说，对皇帝恩赐之事，诸臣若皆玩忽不知，皇帝岂不是白白赏赐币帛了吗？“忽”，忽视。“至理”，最高的原则，即上句“实欲邦国活”。

㉚这两句说，凡有仁心的朝臣，面对这种滥赏受者又心安理得的现象，应惶恐颤怵。

㉛“内金盘”，内府的金盘。内府系皇家府库，这里泛指宫内的珍宝器物。“卫霍”，本指汉代的卫青和霍去病。他们都系外戚，卫青是武帝皇后卫子夫之弟，霍去病是卫青之外甥。这里代指杨贵妃的亲属。以下六句，是设想杨家外戚的宴客场面。

㉜“中堂”，堂中。“神仙”，唐人对歌伎的一种称呼。借指舞女。“烟雾”，形容舞衣的轻飘。“玉质”，指美女肤色之洁美。《诗经·卫风·硕人》：“手如柔荑，肤如凝脂。”

㉝“煖”（nuǎn），同“暖”。“貂鼠裘”，以貂鼠皮做成的衣服，价格昂贵。“悲管玉瑟”，管瑟所奏之音，管音哀，故曰悲管，瑟声清泠，故曰清瑟。此处指管弦乐器所奏的妙音。“驼蹄羹”，名贵的食品。霜橙、香橘，是说橙橘经霜后，味更美。

㉞“朱门酒肉臭，路有冻死骨”。此系千古名句，是对贫富差距悬殊不合理现象所作的精警概括。“朱门”，红漆门。古代王侯贵族的住宅大门漆成红色，表示尊贵，因称豪门为朱门。朱门酒肉臭，既言豪门贵族的奢侈浪费，酒肉腐败发臭，又饱含对此行径之鄙弃。而路有冻死骨，则体现了对穷人们冻死饿死的极度同情。这两句明白晓畅，并无歧义。然而近年来，却有人在“臭”字上做翻案文章，以“臭”作“香”解。说“朱门酒肉臭”的意思就是朱门酒肉飘香。这是对杜诗的曲解。尽管“臭”字有几种读音、几个义项，在此处却不宜混淆。“臭”应读作 chòu，不宜读作 xiù；“臭”义宜取与“香”相对之

“臭”，而不宜取“香”或“气味”之义。况且杜诗中，所用“香”字处，无一用“臭”字。如《月夜》中的“香雾云鬟湿”，《绝句二首》中的“春风花草香”，本篇“朱门”句前的“霜橙压香橘”。“香”字与“臭”字，界限很是分明。即以“臭”字而论，“高马达官厌酒肉，此辈（指渔父）杼轴茅茨空（吃穿皆空）”（《岁晏行》），“富家厨肉臭，战地骸骨白”（《驱竖子摘苍耳》），“甲第纷纷厌粱肉，广文先生饭不足”（《醉时歌》），语意和造句都与此近似，“臭”与“厌”字皆与“香”无涉。除过客观描写外，亦是语含愤激，注入了强烈的感情色彩，清代赵翼说此二句“惊心动魄”，信然。

㉟“荣”，荣华。承“朱门”。“枯”，冻死骨。“咫（zhǐ）尺”，比喻距离极近。咫，古代八寸为咫。以上写途中之见闻和对时忧之感慨。

㊱“北辕”，辕向北，车向北行，因奉先在骊山东北两百里外。“就泾渭”，到了渭河边。泾渭本两水，泾水在骊山西北不远处入渭，故云。这里所渡的，是指渭水。此乃复义词偏指。就，靠近。“官渡”，指官府在昭应县（地在今西安临潼区）渭水上所设的渡口。“改辙”，因要渡渭，故车行方向由东向改为北向，故曰改辙。

㊲“群冰”句，指渭河流凌，自西顺流而下。“极目”，放眼望去。“崒（zú）兀”，峻险。言浮冰东流时碰撞叠加所形成的凌山。这两句写冰凌来势骇人。“冰”，一作“水”。

㊳“崆峒”，山名，在今甘肃省平凉市崆峒区。属六盘山，南北走向，长一百公里。泾水源地。渭水亦经此而下，故曰疑群冰来自崆峒。“天柱”，古神话中说，不周山是擎天之柱，《淮南子·天文训》：“昔者共工与颛顼争为帝，怒而触不周之山，天柱折，地维绝。”这句写群冰来势凶猛，恐其撞折天柱。

㊴这四句写险过危桥。“河梁”，河上的小桥。“幸未坼（chè）”，庆幸

尚未裂开，这里指河桥未被冰凌撞断。“枝撑”，桥柱。“窸窣（xī sū）”，象声词，这里是形容桥柱被冰流撞击所发出的声音。“行旅”，行人。“相攀援”，互相搀携。“川广”，指渭河水面很宽。这两句是说，河宽而桥危，行人搀携而过，犹战战兢兢，有难以越过之感。

㊵“寄”，托身。“异县”，指奉先。“庶”，幸，希望。“共饥渴”，一起艰难度日。

㊶“号咷（táo）”，痛哭声。“卒”，死去。

㊷“宁”，岂。“舍”，舍去。“里巷”，乡邻。这两句极言丧子之痛：连乡邻都悲伤，难道我不悲伤吗?

㊸“登”，谷物成熟，“贫窭（jù）”，贫穷。“仓卒（cù）”，急忙的样子，引申为发生意外事故，即幼子夭折。这两句是说，秋禾虽登，而无救于贫，贫家竟遭此不幸。

㊹杜甫出身于“奉儒守官”的世家，享有免征赋税和免服兵役的特权。“隶”，属。“征伐”，指应调出征。

㊺“抚迹”，即抚事，追念家中饿死幼子之惨况。“平人”，平民。唐人避太宗李世民之讳，多改“世”为“代”，改“民”为“人”。柳宗元《捕蛇者说》中，“以俟夫观人风者得焉”，即其一例。“固”，更不待言。“骚屑”，纷扰貌。

㊻“失业徒”，丧失了营业的人。“远戍卒”，被调往边远地区征戍的士兵。天宝季年，边师穷兵，税繁而赋重，故失业徒多矣。征伐边地，故戍卒苦矣。

㊼“忧端”，忧思的端绪。“终南”，山名，在长安南，又称南山，即狭义的秦岭。“澒（hòng）洞”，相连不断。“掇（duō）”，拾掇，收拾。这两句是说，忧虑的事情很多，堆积得跟终南山一样高。即以诗中所

言，忧国忧民忧家忧贫富悬殊等等，即在此忧端。以饥寒之身而心忧天下，杜子美自不朽矣。几乎写此诗之同时，渔阳鼙（pí）鼓动地而来，安史乱作，杜子美有灼见矣。咏怀咏怀，天下忧患，赖杜子美而成史诗。以上写其回家后之所见所感而忧国家之前途。

北征[①]

皇帝二载秋，闰八月初吉[②]。杜子将北征，苍茫问家室[③]。
维时遭艰虞，朝野少暇日[④]。顾惭恩私被，诏许归蓬荜[⑤]。
拜辞诣阙下，怵惕久未出[⑥]。虽乏谏诤姿，恐君有遗失[⑦]。
君诚中兴主，经纬固密勿[⑧]。东胡反未已，臣甫愤所切[⑨]。
挥涕恋行在，道途犹恍惚[⑩]。乾坤含疮痍，忧虞何时毕[⑪]。
靡靡逾阡陌，人烟眇萧瑟[⑫]。所遇多被伤，呻吟更流血[⑬]。
回首凤翔县，旌旗晚明灭[⑭]。前登寒山重，屡得饮马窟[⑮]。
邠郊入地底，泾水中荡潏[⑯]。猛虎立我前，苍崖吼时裂。
菊垂今秋花，石戴古车辙[⑰]。青云动高兴，幽事亦可悦[⑱]。
山果多琐细，罗生杂橡栗。或红如丹砂，或黑如点漆。
雨露之所濡，甘苦齐结实[⑲]。缅思桃源内，益叹身世拙[⑳]。
坡陀望鄜畤，岩谷互出没[㉑]。我行已水滨，我仆犹木末[㉒]。
鸱鸟鸣黄桑，野鼠拱乱穴[㉓]。夜深经战场，寒月照白骨。
潼关百万师，往者散何卒[㉔]。遂令半秦民，残害为异物[㉕]。
况我堕胡尘，及归尽华发[㉖]。经年至茅屋，妻子衣百结[㉗]。
恸哭松声回，悲泉共幽咽[㉘]。平生所娇儿，颜色白胜雪。

见耶背面啼，垢腻脚不袜。床前两小女，补绽才过膝[29]。
海图坼波涛，旧绣移曲折。天吴及紫凤，颠倒在裋褐[30]。
老夫情怀恶，呕泄卧数日。那无囊中帛，救汝寒凛慄[31]。
粉黛亦解苞，衾裯稍罗列[32]。瘦妻面复光，痴女头自栉[33]。
学母无不为，晓妆随手抹。移时施朱铅，狼藉画眉阔[34]。
生还对童稚，似欲忘饥渴。问事竞挽须，谁能即嗔喝。
翻思在贼愁，甘受杂乱聒[35]。新归且慰意，生理焉能说[36]。
至尊尚蒙尘，几日休练卒[37]。仰观天色改，坐觉祅气豁[38]。
阴风西北来，惨澹随回鹘[39]。其王愿助顺，其俗善驰突[40]。
送兵五千人，驱马一万匹。此辈少为贵，四方服勇决。
所用皆鹰腾，破敌过箭疾[41]。圣心颇虚伫，时议气欲夺[42]。
伊洛指掌收，西京不足拔[43]。官军请深入，蓄锐何俱发[44]。
此举开青徐，旋瞻略恒碣[45]。昊天积霜露，正气有肃杀[46]。
祸转亡胡岁，势成擒胡月。胡命其能久，皇纲未宜绝[47]。
忆昨狼狈初，事与古先别[48]。奸臣竟菹醢，同恶随荡析[49]。
不闻夏殷衰，中自诛褒妲[50]。周汉获再兴，宣光果明哲[51]。
桓桓陈将军，仗钺奋忠烈[52]。微尔人尽非，于今国犹活[53]。
凄凉大同殿，寂寞白兽闼[54]。都人望翠华，佳气向金阙[55]。
园陵固有神，扫洒数不缺[56]。煌煌太宗业，树立甚宏达[57]。

① 本篇作于至德二载（757）闰八月，是杜甫抵鄜州羌村后所作。该年二月，肃宗行在从彭原进至凤翔，鄜州在凤翔东北，故题曰《北征》。全诗七百字，系杜甫五古中的大篇，与《咏怀》五百字为姊妹篇：同

为探视家小的省亲体裁，同写所见所感，同写家事国事，同抒忧患意识，实录之而为史，咏歌之而为诗。史诗，诗史，正自见了杜诗的价值。

②“皇帝二载”，指唐肃宗至德二载。“初吉”，朔日，即初一。杜甫时任左拾遗，属谏官，此诗开首便如谏草，并一以贯之，及于全篇。可见用意之深。

③“杜子”，作者自指。“苍茫”，旷远无边貌。在此处意即渺茫，含作者遭乱世而生死难测之感。

④“维时”，犹这个时候。维，发语词。“艰虞（yú）”，艰难困苦。“暇日”，空闲的日子。

⑤“顾惭”，回顾自己，感到惭愧。“诏许”句，言诏许自己探家。其实是因其在左拾遗任上疏救房琯事，被肃宗疏远，命其鄜州省亲。“蓬荜（péng bì）”，蓬门荜户，贫者所居，用以称自己贫穷之家。

⑥“诣”，到。“阙”，宫阙，指朝廷。“怵（chù）惕”，惊恐貌。“久未出”，恋朝廷而不忍离去。

⑦这两句写“怵惕”之原因：身为拾遗，谏诤本属己任。现在虽说未能尽职尽责，犹害怕肃宗行事有所缺失，可见其忠君爱国之诚。其诗句“明朝有封事，数问夜如何”（《春宿左省》）可参读。

⑧“经纬”，纵线为经，横线为纬，经纬织而布成。引申为有条理地处理问题。此处指处理军国大事。“密勿”，勤勉。密，秘也；勿，黾（mǐn）勉也。

⑨“东胡”，指安史叛军。安禄山是突厥族和东北少数民族的混血儿，《旧唐书·安禄山传》：“安禄山，营州柳城杂种胡人也。”其部下又多属奚族和契丹族人，故曰“东胡”。这年正月，安庆绪杀安禄山，自称帝于洛阳，故曰“东胡反未已”。“臣甫”，臣杜甫，用奏章字面，

如对君语。“切”，深切。这句是说对安庆绪非常痛恨。

⑩“行在”，本作“行所在”。封建帝王所在的地方。后专指帝王所在之地。这里指肃宗当时所居的凤翔。“道路”句，既行犹思，忧在朝廷，故心神恍惚。

⑪“乾坤”，天地的代称。“疮痍（chuáng yí）”，创伤。此处指战争的创伤。“忧虞（yú）”，忧虑。“虞”，一作“危”。

以上为第一大段，写其诏许探亲将启程时忧虑国事之情。

⑫“靡（mǐ）靡”，迟行貌。“逾”，越过。“阡陌”，田间道路。南北曰阡，东西曰陌。“眇（miǎo）”，少。“萧瑟”，萧条。

⑬“被伤”，指受伤者。其时秦地战事失利者颇多。《通鉴》卷二一九记载：至德元载（756）十月，房琯有陈陶之败，二载（757）郭子仪复有清渠之败。故云“呻吟更流血”。

⑭“凤翔”，肃宗行在之地。“回首”，因心恋朝廷也。“明灭”，忽明忽暗，或明或灭。此句写旌旗在落日下飘动的情景。

⑮“寒山”，秋山。“重（chóng）”，重叠。“屡得”，多次碰到。“饮马窟”，行军中饮马的水洼。此处指军马留下的痕迹。邠州一带，在安史陷长安后曾一度失陷，后被收复。

⑯“邠”，邠州，治所在今陕西咸阳市彬州市。“郊”，郊原。“入地底”，言四围皆高山，而其地位置低下。“泾水”，水名。北源出平凉，南源出华亭，至泾川汇合，东南流经邠州，再折而东南至高陵南入渭水。“荡潏（yù）”，摇动涌起貌。杜甫当时走在山上，下视而见此景象。

⑰“猛虎”两句，极写山行之苦危。一说苍崖蹲踞其状如虎，一说是真虎，“吼”字可证。以前后文观之，当为形容苍崖之状。倘若是真虎，“猛虎立我前”，“我”能无虞乎？“石戴”句，言石路留有古代车辙之痕迹。亦寓山之漫长。“戴”，一作“带”，一作“载”。

⑱“青云”，谓云物苍然。“高兴”，极高的兴致。“幽事”，即下文所写之山中景物。“亦可悦”，指暂解愁虑释怀一悦。

⑲“罗生”，遍地丛生。罗，分布，排列。“橡栗”，即橡子，似栗而小，栎树的果实。“点漆”，指山果黑而小。“雨露”两句，暗寓自己反不及物而老大无成的感慨。“濡”，沾濡。

⑳“缅思”，遥想。“桃源”，即晋陶渊明在《桃花源记》中所描写的世外乐土桃花源。“益叹”句，谓益发叹息自己不善于处世了。“身世”，平生的经历、遭遇。“拙”，笨。

以上写从凤翔至邠（Bīn）州，下面转至鄜（Fū）州。

㉑“坡陀”，冈陵起伏之貌。“鄜畤”，秦文公祭白帝之地。作鄜畤以祭之。地在后来之鄜州，鄜畤遂成为鄜州的别称。杜甫家小在鄜州之三川县（地在今洛川县西），故“望鄜畤”即望家。畤地高，故先见也。

㉒这两句说自己已行至水滨，回望仆人尚在后面的高处，在视线中位于树梢之上，此处指山上。“木末”，指树梢。

㉓“鸱（chī）鸟”，一种凶猛的鸟。“拱乱穴”，指野鼠所打的杂乱的洞。“拱”，用身体顶动，撞开。此处指打洞。打洞而有新土，故能一眼望见。有些注本解作此鼠为“礼鼠”即“拱鼠”，能交其前足而立，如人拱手似的立在乱穴中间，似牵强，请读者诸君辨之。

㉔“百万师”，指上一年（至德元载，亦即天宝十五载）哥舒翰驻守潼关的二十万军队。《旧唐书·哥舒翰传》载，哥舒翰在杨国忠的督逼之下，不得已引师出关应战，为安禄山所败，“十不存一二”。“百万”系夸张说法。“卒”，仓促。见白骨而思潼关，见白骨而思败绩，杜甫用心何苦而用意何深。

㉕这两句写潼关失守后，安史叛军蹂躏秦地，人民死亡过半。“为异物”，化为异物，即死亡。

以上为第二大段，写途中所见景象和引起的感慨。

㉖“堕胡尘”，指其陷安史叛军中。至德元载（756）七月，杜甫由鄜州赴灵武行在，途中被叛军所俘，押至长安。“及归”，指其至德二载五月由长安叛军中逃归凤翔，而头发已花白。

㉗“经年”，杜甫从上年七月离鄜州赴灵武行在，至当年闰八月由凤翔回鄜州，历时一年。“衣百结”，衣服打满补丁。

㉘这两句借景物极写恸哭之悲哀。哭声似与松声相回荡，似与泉声相幽咽。极言哭之悲恸。

㉙“白胜雪”，有两解，一状面色白皙，一状面色苍白而呈饥色。依诗意，以第一解义长。“耶”，即“爷”字，俗称父曰爷。“补绽”，补缀。“才过膝”，是说两小女衣服既破且短。唐代妇女衣服，一般下垂至地。才过膝，不称身，可见贫困。

㉚“海图”，指绣着海景的图障。“天吴”，水神。系海图所画之物，补缀破衣，故波纹拆裂也。“紫凤”，旧绣所刺之物，剪旧物以补缀破衣，故折移而颠倒也。这四句写家之贫窘。“裋褐（shù hè）”，指两小女穿的粗布衣。

㉛“情怀恶”，心情很不好。“卧”，卧病。“那无”，奈何没有。那，奈何的合音。“寒凛慄”，冷得打哆嗦。

㉜“粉黛”，妇女化妆品，粉以敷面，黛以画眉。“解苞”，解开包裹。“苞”，同“包”。“衾”，被子。“裯”，床帐。

㉝“面复光”，面容复呈奕奕神采。“头自栉（zhì）”，自己梳起头来。

㉞“无不为”，无不照着做。“随手抹”，随手涂抹。“移时”，一段时间。“朱铅”，胭脂和铅粉。“狼藉”，狼所卧处，草皆披靡，曰狼藉，即乱七八糟，显得散乱。“眉阔”，汉唐风俗，女子画眉，以阔为美。此四句本写妻子的着意梳妆而以小女映衬。

㉟“生还”，活着回来。“挽须”，挽着胡须。“嗔（chēn）喝”，生气地呵斥。“翻思”，转念想到。“在贼愁”，身陷安史叛军时不得见儿女的愁悲。“杂乱聒（guō）”，指小儿女问事嘈杂聒耳。聒，嘈杂刺耳。

㊱“生理焉能说”，一家的生计焉能谈得到？——不局限于个人悲哀，忧在君国也。生理，生计。此句启下。

以上为第三大段，写杜甫到家后与妻儿相聚之悲喜情形。

㊲“至尊”，指唐肃宗。“蒙尘”，皇帝流落在外叫蒙尘。肃宗时在凤翔，故云。“几日”句，意即什么时候才能结束战争。“练卒”，指甲兵，泛指军队。练，一种用帛连缀的铠甲。

㊳这两句写国事出现了转机，天色改喻国事之转机也；“袄（yāo）气豁”，喻安史祸乱败局已见也。袄，地面的反常变异现象。天反时为灾，地反物为袄。此处指安史祸乱。“坐觉”，顿时感到。“袄气”，一作“袄氛”。

㊴这两句以阴风为喻，言借兵回纥（hé），恐其终为国患。回纥，中国古族名，唐天宝三载（744），破东突厥，建政权于今鄂尔浑阿流域，辖境东起兴安岭，西至阿尔泰山。曾助唐平安史之乱，后西迁至今新疆一带。《旧唐书·回纥传》：至德二载九月，“回纥遣其太子叶护，率兵四千，助国讨贼。肃宗宴赐甚厚，命广平王（李俶）见叶护，约为兄弟，叶护大喜，称王为兄”。“回鹘”，当时应作“回纥”，后来于德宗贞元四年（788），方改称回鹘，言捷鸷（zhì）如鹘然。

㊵“助顺”，帮助朝廷平定安史叛乱。“善驰突”，善于奔驰冲突（即骑射）。

㊶“少为贵”，以少为贵。“勇决”，骁勇果决。“鹰腾”，言兵骑之劲也；“过箭疾”，言破敌之速也。

㊷这两句写君臣对借兵回纥看法不一。“虚伫”，皇帝对回纥想虚心等

待，寄以重望。“气夺”，朝臣群议沮丧，即慑于肃宗的威严，气为之夺。

㊸“伊洛”，二水名，皆流经洛阳，故以此代指东都洛阳。“指掌收”，很容易收复。指掌，表示容易。“西京”，长安。“拔”，夺取，攻克。

㊹这两句主陈专用官军之利。其时名将统兵，奇正兼出，可以收两京，定河北而扫荡安史祸乱，此为制胜万全之策。这就是当时的“时议”。杜甫以乞师回纥为非计，而以“时议”为是。

㊺“青徐”，青州和徐州。在今山东、苏北一带，这里泛指中原地区。“恒碣”，恒山和碣石山。恒山在今山西境内，碣石山在今河北昌黎，这里泛指安史叛军所据之地。“旋瞻”，眼看。“略”，夺取。

㊻“昊天”，天的泛称。“积霜露”，天积霜露，秋之威也；“有肃杀”，秋有肃杀，天之正气也。这两句是杜甫促请肃宗依照自然界的规律而积极备战。

㊼“祸转”，指灾祸已从唐王朝头上转到叛军头上。“亡胡岁”“擒胡月”，荡平安史祸乱之岁月。“皇纲”，指唐王朝的正统之治。这也是国家的象征。“未宜绝”，不会断绝。因见“亡胡”“擒胡”势成，“胡命”难久，故有皇纲不绝之意。

以上为第四大段，写对乞师回纥之虑，剿灭叛军之见，正是谏诤表现，恐君有遗失也。

㊽“忆昨”句，写上年六月潼关破后，玄宗奔蜀事。“狼狈”，形容困苦或受窘的样子。“事与”句，认为此奔蜀与前代国君奔亡事有区别。

㊾“奸臣”，指杨国忠。《旧唐书·杨国忠传》：“上（玄宗）至马嵬驿，军士饥，愤怒。龙武将军陈玄礼谓军士曰：‘今天下崩离，万乘震荡，岂不由国忠割剥民庶，朝野怨咨，以至此耶？若不诛之，何以塞四海之怨愤？’众曰：‘念之久矣，事行身死，固所愿也。’……遂斩首以

徇，韩国、秦国二夫人亦为乱兵所杀。”（案：秦国夫人早死，此处记述当误）“同恶”，指杨国忠的家族和党羽。《新唐书·玄宗纪》：“次马嵬，左龙武大将军陈玄礼杀杨国忠及御史大夫魏方进、太常卿杨暄（国忠之子）。”“荡析”，飘荡离析，此处指死亡。《通鉴》卷二一八记载，杨国忠等被杀后，“国忠妻裴柔及其幼子晞及虢国夫人、夫人子裴徽，皆走至陈仓，县令薛景仙帅吏士追捕，诛之”。“菹醢（zū hǎi）”，剁成肉酱。

㊿“夏殷”二句，“夏殷”，指夏桀王和殷纣王。夏桀宠妺（mò）喜，殷纣宠妲（dá）己，再加上周幽王宠褒姒（sì），旧史家认为夏、殷、周之灭亡，是因为女宠祸国之故，这其实是在为君王开脱罪责。有人以史实而论，“褒妲”系“妺妲”之误笔。李因笃认为：“不言周，不言妺喜，此古人互文之妙，正不必作误笔。自八股兴，无人解此法矣。”萧涤非先生云：“李说是，不必改动。所谓‘互文’，指上句举夏、殷以包括周，下句举褒、妲以包括妺喜。”此说是。“中自”，即主动。杜甫说马嵬坡缢死杨贵妃，是玄宗畏天悔祸的主动，是讳饰之语，其实赐死杨妃，纯属被动和无奈。

㉛“周汉”句，西周至厉王时已民不堪命，厉王被放逐，自宣王而复振；西汉被王莽篡位，自光武帝而建立东汉，史称其中兴之主。这里以比唐肃宗。

㉜“桓桓”，威武貌。“陈将军”，指发动马嵬事变的左龙武大将军陈玄礼。“仗钺（yuè）”句，言陈玄礼持钺代皇帝以行诛戮。

㉝“微尔”，（要是）没有你（指陈玄礼）。《论语·宪问》：“微管仲，吾其被发左衽矣。”此即“微管仲”之意。“人尽非”，亡国之后，人民沦为异族（安史）的奴隶。“非”，指种族之别而言。“于今”句，言陈玄礼之举，奸恶除而泄天下之愤，正气张矣，正气张而王师起

矣，王师起而国犹在矣，国犹在而赖陈玄礼之功矣。

㊹“大同殿”，《长安志》：“南内兴庆宫勤政楼之北曰大同门，其内大同殿。”“白兽闼（tà）”，即白兽门。《三辅黄图》：未央宫有白虎殿，唐避太祖李虎（唐高祖李渊祖父）讳，改为兽。曰白兽闼。一曰“凄凉”，一曰“寂寞”，因其时长安未光复，以激肃宗的故国之思。

㊺“都人”，指都城长安人民。“望翠华”，盼望肃宗李亨收复京师。翠华，装饰有翠玉的旌旗，系皇帝仪仗之一种。“佳气”，祥瑞之气。“金阙”，以金所饰之阙门。这句寓中兴有望之意。

㊻“园陵”，皇帝的坟墓。“扫洒”，指对于先帝园陵恭极而洒，孝极而扫。意即祭扫。“数”，礼数。

㊼“煌煌”，炽盛貌。“太宗业”，是说唐太宗的“贞观之治”和被“四夷君长”推为“天可汗”的宏业。“宏达”，盛大。

以上为第五大段，总结全诗，写对时局的分析和对中兴的期望。

杜诗博大精深之内涵，沉郁顿挫之诗风，于该诗中表现得尤为典型。

洗兵马①

中兴诸将收山东，捷书日报清昼同②。河广传闻一苇过，胡危命在破竹中③。只残邺城不日得，独任朔方无限功④。京师皆骑汗血马，回纥喂肉葡萄宫⑤。已喜皇威清海岱，常思仙仗过崆峒⑥。三年笛里关山月，万国兵前草木风⑦。成王功大心转小，郭相谋深古来少⑧。司徒清鉴悬明镜，尚书气与秋天杳⑨。二三豪俊为时出，整顿乾坤济时了⑩。东走无复忆鲈鱼，南飞觉有安巢鸟⑪。青春复随冠冕入，紫禁正耐烟花绕[12]。鹤禁通霄凤辇备，鸡鸣问寝龙楼晓[13]。攀龙附凤势莫当，天下尽化为侯王[14]。汝等岂知蒙帝力，时来不得夸身强[15]。关中既留萧丞相，幕下复用张子房[16]。张公一生江海客，身长九尺须眉苍。征起适遇风云会，扶颠始知筹策良[17]。青袍白马更何有，后汉今周喜再昌[18]。寸地尺天皆入贡，奇祥异瑞争来送[19]。不知何国致白环，复道诸山得银瓮[20]。隐士休歌紫芝曲，词人解撰河清颂[21]。田家望望惜雨干，布谷处处催春种[22]。淇上健儿归莫懒，城南思妇愁多梦[23]。安得壮士挽天河，净洗甲兵长不用[24]。

① 题下原注："收京后作。"本篇当作于收复西京、东京后的乾元二年（759）春二月，因相州兵溃在三月初三，作此诗时，尚未有相州之役。当时平叛战争形势较好，大有一举复兴之希望，故杜甫对其歌而颂之，基调壮美雄丽；同时，为早日结束平叛战争，亦对时弊以讽之。颂而且讽，自见其对国家的热爱和对现实的清醒。这在其"沉郁"诗风中当属别调。全诗分四大段，每段一韵，每韵十二句。句兼排律，自成一体。以韵目之，平仄间用；以诗观之，矫健老苍。属于杜诗中的杰作。朱鹤龄曰："王荆公（安石）选杜工部诗，以此诗压卷。"不谓无因。

②"中兴诸将"，即后文所提到的成王李俶、郭相子仪、司徒李光弼、尚书王思礼等人。"收山东"，至德二载（757）十月，官军收复洛阳，乾元元年（758）九月，肃宗命郭子仪等九节度围邺城讨伐安庆绪。郭子仪十月间渡过黄河，击破安太清军队，收复卫州（治今河南汲县）。十一月，崔光远收复魏州（治今河北大名县），其他各地也都有

捷报传来。“山东”，指华山以东，亦有指太行以东包括黄河以北的广大地区。“捷书”句，言昼夜所传捷报皆可信。

③“河”，指黄河，“一苇过”，言克敌极易。《诗经·卫风·河广》：“谁谓河广？一苇航之。”“胡危”句，言官军平安史祸乱势如破竹。“胡”，指安庆绪、史思明。《旧唐书·肃宗纪》：“至德二载（757）十一月下制曰：亲总元戎，扫清群孽。势若摧枯，易同破竹。”

④“只残”，只剩下。“邺城”，即相州安阳县。安庆绪当时困守邺城。“不日得”，要不了几天便可光复。“独任”句，言应信任郭子仪和诸将，以使他们在平叛战争中为国家建立无限功业。“独任”，专任或信任。“朔方”，指朔方军和朔方节度使郭子仪。《通鉴》卷二二〇：乾元元年（758）十月，郭子仪渡河东至获嘉县，破安太清，安太清走卫州，子仪尽围之，诸将又助，安庆绪悉举邺中之众七万来救，子仪复大破之，获其弟庆和，杀之，遂拔卫州。安庆绪去，子仪等追之，至邺，援军又相继至，安庆绪收馀兵，拒战于愀思冈，又败庆绪，庆绪乃入（邺）城固守，子仪等围之。

⑤“京师”句，是说平叛得胜后，长安城的官员们都有汗血马可乘。“汗血马”，汉代大宛所出的千里马。出汗时肩腋下有血色液体流出，故名。“回纥”句，是说平叛得胜后，回纥的将士也都在葡萄宫肥吃海喝。杜甫反对向回纥借兵，此句含讽意。《通鉴》卷二一九：“是年（至德二载）八月，回纥以骁骑三千助讨安庆绪。十月，回纥叶护自东京（洛阳）还，上（肃宗）命百官迎之于长乐驿，上与宴于宣政殿。”正是其对回纥的优待。葡萄宫，汉元帝元寿二年，单于来朝，住上林苑葡萄宫。这里借用以比回纥。“喂”，哺食，饲养。

⑥“清海岱”，肃清了海岱的叛军。“海岱”，东海至泰山一带。《尚书·禹贡》：“海岱唯青州。”海岱与燕蓟接壤，而此时河北尚未完全光复，

故云。这句讽肃宗不要忘记“銮舆播迁”而灵武，而彭原，而凤翔，甚是狼狈。“仙仗”，皇帝的仪仗。“崆峒”，山名，在今甘肃平凉以西。肃宗在灵武和凤翔的几年中，往来常经过崆峒山。

⑦这两句讽肃宗不要忘记战乱的代价。“三年”，指安史战乱之久，计天宝十四载（755）十一月到乾元二年（759）春二月，共三年零三月。“关山月”，伤离别也。此指浴血奋战之将士。“万国”，极言战祸之广也。“草木风”，即草木皆兵之义，以见人心之惶惶。此指饱受战祸之人民。

⑧“成王”，指李俶（肃宗之子，初名俶，乾元元年（758）四月立为皇太子后，更名为豫，即后来之唐代宗)。《通鉴》卷二二〇：李俶于乾元元年三月由楚王徙封成王。在收复两京中任兵马元帅，故曰“功大”。“心转小”，指其大事成功后，遇事益发谨慎小心。“郭相”，指郭子仪，乾元元年八月，他受命为中书令。在唐代，中书令即为宰相之一。故有此称。

⑨“司徒”，指李光弼。光弼于至德二载（756）加检校司徒。“尚书”，指王思礼。王思礼系高丽人，时迁兵部尚书。“气与秋天杳”，言其气概如同秋天一样高远，形容其雄爽开朗。

⑩“二三豪俊”，指上述李、郭、李、王诸人。“为时出”，为需用之时而出现。即应运而生之义。“整顿乾坤”，亦即整顿天下。“济时了”，救世济时之事已经了结，即大功告成。《通鉴》卷二二〇：“至德二载十一月，郭子仪来自东京，上劳子仪曰：‘吾之家国，由卿再造。’”诗人此处颂扬他们整顿乾坤之功勋。以下六句是写实。

⑪“东走”句，是说官吏们不用像晋代张翰那样弃官避乱返回故里。《世说新语》载：张翰见秋风起，乃思吴中纯羹鲈鱼，遂命驾东归。此处

翻用张翰语。“南飞”句，是说平民百姓也可安居，如鸟之有安巢。“安巢鸟”，汉古诗：“胡马依北风，越鸟巢南枝。”此下四句，是说宫中之事。

⑫“青春”句，是说春天的勃勃生气又随着朝仪之肃整而重回宫禁。“紫禁”句，是说宫禁朝仪正需要重整。紫禁，天子之宫曰紫微，故谓皇宫曰紫禁。“正耐”，犹正要。

⑬这两句是说“今上”肃宗对上皇玄宗能奉行“昏定晨省”之子道。“鹤禁”，太子所居之处。一作“鹤驾”。“凤辇”，天子之车曰凤辇。“鸡鸣问寝”，天尚未明鸡叫时，至于寝门外问昨夜安否。

⑭这两句以下四句，都是揭露时弊。“攀龙附凤”，巴结或投靠有权势的人。这里指攀附肃宗和张淑妃的一帮小人，如王玙、郭湜、李辅国等。《通鉴》卷二二〇：“乾元元年二月癸卯朔，以殿中监李辅国兼太仆卿，辅国依附张淑妃，判元帅府行军司马，势倾朝野。”“为侯王”，言朝廷封爵太滥。加封蜀郡和灵武元从功臣（扈从玄宗入蜀和拥立肃宗即位灵武的功臣）因滥封太多，故曰“天下尽化为侯王”。

⑮这两句指斥那些被滥封者。“汝等”，斥骂语气，指被滥封的“侯王”等。“蒙帝力”，承蒙皇帝的力量，暗讽肃宗的偏私。系指责语。“时来”句，讥其时来运转，而非有何功劳。

⑯“关中”句，以汉萧何比唐房琯（guǎn）。《史记》载刘邦以萧何留守关中，使镇抚百姓。房琯随玄宗入蜀后，自蜀奉传国玺及玉册至灵武传位于肃宗，并在肃宗朝任宰相。其在至德二载四月罢相后，于次年六月由太子少师为邠州刺史，邠州地在关中，故云“关中既留”。“幕下”句，以汉张子房（良）比唐张镐。《史记·高祖本纪》记有刘邦所言：“运筹帷幄之中，决胜千里之外，吾不如子房。”张镐任谏议大

夫，曾继房琯为相。考史，至德二载（757）四月，罢房琯而相张镐，至次年二月，张镐因正身立朝而被罢相。同年五月，出为荆州大都督府长史兼该州防御使，仍身居幕府，“幕下复用”四字，措意深婉。而两京（长安、洛阳）收复，俱在此时，宰相张镐之功也。杜甫歌颂之，希冀当朝再用此社稷之臣。

⑰ 这四句写张镐。“江海客”，指张镐，史载其“居身清廉”，“不事中要”。“身长”句，写其“风仪伟岸”。“征起”句，写其为时而出。“扶颠”句，写其大谋频展。“征起”，即起用。“风云会”，指平叛禄山之乱的战事。“扶颠”，犹救亡，反正。

⑱ 这两句写叛军不堪一击，肃宗必能中兴。“青袍白马”，用侯景事。《梁书·侯景传》：“普通中，童谣曰：‘青丝白马寿阳来。’后景果骑白马，兵皆青衣。”侯景是北朝魏尔朱荣将，后归高欢，欢死，降梁，封河南王，后又乱梁自立，随即被梁将陈霸先等击败，溃逃中被部下杀死。侯景也是胡人。此处以侯景比史思明和安庆绪。“更何有”，意即不足平。“后汉今周”，汉、周分别指东汉和西周的中兴之主汉光武帝刘秀和周宣王姬静。以两位中兴之主比唐肃宗。

⑲ 以下六句中，“喜再昌”之中兴局面，“颂其已然”。颂则颂矣，然颂中含讽。“入贡”，这两句写入贡献瑞，天下称贺。“寸地尺天”，犹言“普天之下”，《通鉴》卷二二〇：“上（肃宗）颇好鬼神，太常少卿王玙，专依鬼神求媚。每议礼仪，多杂以巫祝俚俗。上悦之，以玙为中书侍郎，同平章事。”上有好者，下必甚焉，所以当时一些郡县的官长亦有争献祥瑞的闹剧。

⑳ 这两句言入贡献瑞之例。“白环”，《竹书纪年》：“帝尧九年，西王母来朝，献白环玉玦。”此系传说。“银瓮”，银制之酒器。《瑞应图》：

“王者宴不及醉，刑罚中则银瓮出焉。”此亦系传说。“不知”“复道”云云，自见献者之多也，意在攀龙附凤也。

㉑“隐士”句，言隐士们不必再避乱遁世。“紫芝曲”，相传系秦末汉初四皓隐居商山时所作，时李泌因有调护玄宗肃宗之功，为张良娣李辅国所恶，遂归隐衡山。“词人”句，言文士们都写歌功颂德的文章。如杨炎辈争献灵武受命、凤翔出师颂之类。“河清颂”，《南史》：“宋元嘉中，河、济俱清，当时以为瑞。”鲍照作《河清颂》赞美之。

㉒以下六句是“祷其将然”。这两句与上两句作强烈对比，写天旱难以下种将误农时。“望望”，望之又望，自见急切。“惜雨干”，即惜天旱无雨。“布谷”，催春种之鸟。时值春种，而天旱难以下种，将误农时，故农夫“惜雨干”。

㉓“淇上健儿”，指合围邺城的战士。“淇”，水名，在邺城附近。“归莫懒”，即望其战后便归故里。此处有对围困邺城官军速胜的企盼。“城南思妇”，泛指战士之妻。“愁多梦”，梦中盼丈夫回家。

㉔这两句企盼平叛战事结束、天下太平。“安得”，哪得，哪有，是欲得而不能得之假设语气，也是对“二三豪俊”的企盼。“甲兵”，盔甲和兵器，代指战争。欲挽天河，足见愿之深也；可挽天河，足见士之壮也；能挽天河，可见其足以洗甲兵也。以“挽天河”作结，足见杜甫申天下太平之大爱也。

附记：《洗兵马》篇，写豪俊为时而出，写破胡如同破竹，写邺城不日可得，写王师无限之功，大有毕其功于一役之慨，孰料写此诗未逾一月，而九节度六十万军大溃于邺城，千秋之功废于一旦，皆因肃宗“人谋不臧（善）”：不立元帅，使得军无统帅，进退无所秉承；宠任宦官，宦官横夺权柄，而不知兵机，此致败之由也。千古以下论之，犹为恨恨。

闻官军收河南河北[①]

剑外忽传收蓟北[②]，初闻涕泪满衣裳[③]。却看妻子愁何在[④]，漫卷诗书喜欲狂[⑤]。白日放歌须纵酒[⑥]，青春作伴好还乡[⑦]。即从巴峡穿巫峡，便下襄阳向洛阳[⑧]。

①此诗作于代宗广德元年（763）春，其时杜甫流寓梓州（治今四川三台县）。上年冬，官军屡破史朝义叛军，克东京洛阳，叛军将领和刺史以相徐恒赵等十州降。广德元年正月，叛军将领田承嗣、伪范阳节度李怀仙以魏州、幽州请降。逃至幽州之史朝义穷蹙自缢，李怀仙斩其首传长安。自此，河南河北沦陷地得以收复，祸唐八年的安史之乱方告结束。杜甫知此消息，惊喜欲狂，下笔若有神助，而成此名篇。

②“剑外”，唐都长安在剑阁东北，因称剑阁以南蜀中地区为剑外。梓州位于剑南，故称。“蓟（Jì）北”，指幽州，即今河北省北部和北京市一带。蓟，地在今北京市大兴区。这里曾是安史叛军的根据地。

③“初闻”，应上“忽传”。“涕泪满衣裳”，谓痛定思痛，喜极而悲也。

④“却看”，再看，还看。“愁何在”，谓愁已无踪无影。

⑤“漫卷诗书”，胡乱地卷起书本，作归乡计。

⑥“放歌”，放声歌唱。“纵酒”，开怀痛饮。

⑦“青春”，春天。“青春作伴”，言春光明媚，可娱行色。

⑧这两句写预拟还乡的路线，即出峡东下，取道襄阳，而向洛阳。字里行间，洋溢着诗人如狂的喜悦。“即”，即刻，立即。“下”，顺流而行曰下，杜甫水路出峡，故曰“下”。“巴峡”，《三巴记》云：“阆、白二

水合流，自汉中至始宁城下入武陵，曲折三曲，有如巴字，亦曰巴江，经峻峡中，谓之巴峡。阆、白二水，即嘉陵江上游，杜诗巴峡指此。若长江中巴峡，又名西陵峡，在巫峡之东，时杜甫在梓州，故不得云“从巴峡穿巫峡”。“巫峡”，长江三峡之一，地在今四川巫山县东。“襄阳”，地名，今属湖北。“向洛阳”，题下原注：“余田园在东京。”闻而下泪，喜而欲狂，浦起龙喻此为杜“生平第一首快诗”，信然。

收京①

复道收京邑，兼闻杀犬戎②。衣冠却扈从，车驾已还宫③。
克复成如此，安危在数公④。莫令回首地，恸哭起悲风⑤。

①广德元年（763）十月，吐蕃（bō）入侵关中，陷长安，代宗奔陕州。十一月，郭子仪复京师。十二月，代宗自陕州返回长安。杜甫时在梓州，于次年方闻讯，此诗当作于广德二年春。

②“复道”句，因两次收复京邑，分别是在至德二载（757）九月和广德元年（763）十月。故云。“犬戎”，对入侵长安的吐蕃军士之蔑称。

③“衣冠”句，是说诸臣平日则碌碌而谄谀，有变则奔亡而坐视，收京却殷殷而扈从。下一“却”字，正见贬义。“衣冠”，士大夫的穿戴。冠，礼帽。此代指诸臣。“扈从”，随从，侍从。“车驾”句，是说代宗已还长安宫中，那些扈从者遇此事又有益，自见不屑之意。

④这两句是说克复长安之功，全在几个能安国家之危的豪俊。“数公”，指能安定时局的郭子仪、马璘等人。

⑤这两句是说，不能让京城再现沦陷的悲剧。“回首地”，指长安。“起

悲风”，言恸哭人众而悲深之状。杜甫写此诗后不久，仆固怀恩又引回纥、吐蕃陷长安，京师震骇，可见杜甫又不幸而言中。

忆昔二首[①]

忆昔先皇巡朔方，千乘万骑入咸阳[②]。阴山骄子汗血马，长驱东胡胡走藏[③]。邺城反覆不足怪，关中小儿坏纪纲[④]。张后不乐上为忙[⑤]。至令今上犹拨乱，劳心焦思补四方[⑥]。我昔近侍叨奉引，出兵整肃不可当[⑦]。为留猛士守未央，致使岐雍防西羌[⑧]。犬戎直来坐御床，百官跣足随天王[⑨]。愿见北地傅介子，老儒不用尚书郎[⑩]。

① 此二首作于代宗广德二年（764），追论长安往事。题为忆昔，实为讽今，是伤代宗不能振起也，正见杜甫心存君国之高风。第一首是忆肃宗宠信宦竖并惧内，讽代宗切勿效之；第二首忆玄宗开元盛世之繁荣，讽代宗振作而效法。

②“先皇巡朔方”，指肃宗即位灵武事。其时下制曰：“朕治兵朔方，须安兆姓之心，勉顺群臣之请。”先皇，指故去的肃宗。“入咸阳”，即入长安，此处以咸阳代长安。至德二载（757）九月，官军收复长安，十月肃宗还京。

③“阴山骄子”，指回纥。阴山，山名。今河套以北、大漠以南诸山的统称。“汗血马”，古代的一种骏马。产自大宛，其马汗从前肩髆出，如血，号一日千里。“东胡”，指安庆绪。“胡走藏”，肃宗借回纥兵收复长安，安庆绪奔河北，保邺城，故云。

④“邺城反覆”，指史思明既降复叛，救安庆绪于邺，复陷东京。故曰反覆。“不足怪”，谓史思明降而复叛的行径，属于意料之中，故曰不足怪。“关中小儿”，指李辅国。《旧唐书·宦官传》：“李辅国，闲厩马家小儿，少为阉……为仆，事高力士。”《通鉴》卷二一八胡注：“凡时监牧、五坊、禁苑之卒，率谓之小儿。使者，皆谓之小儿。”“坏纪纲”，指李辅国因拥立肃宗而拜殿中监，封成国公，专权跋扈，决事常“称制敕（称为天子的命令）”，然未始闻上也。诏书下，辅国署已乃施行，群臣无敢议。”矫诏将玄宗自兴庆宫迁入太极宫，流放高力士于远郡，以功迁兵部尚书后，求宰相之位，威逼宰相裴冕使联表荐己，骄横而恣肆。

⑤“张后”，即张良娣。《旧唐书·后妃传》：“张后宠遇专房，与辅国持权禁中，干预政事，帝颇不悦，无如之何。”“不乐”，指不乐见李辅国骄横行径。“上为忙”，既指肃宗使人制止裴冕推李辅国为宰相的荐表，更指其极力讨好张良娣之状，刺其惧内也。

⑥“今上”，当今皇帝，此处指代宗。“拨乱”，拨其乱反其正。指内平张后之难。史载，“宝应元年，帝（肃宗）大渐（病危），后（良娣）与内官朱辉光谋立越王李系。代宗已立，群臣白帝，请废为庶人，杀之。”“补四方”，指外能经营河北，以平叛乱。

⑦“我昔”句，言自己时任左拾遗职掌供奉扈从之事。“近侍”，指左拾遗，因在皇帝左右，故曰近侍。“叨奉引”，唐制，拾遗掌供奉。叨，忝也。自谦之词。“出兵”句，言代宗任广平王和太子时，为戡安史乱而任天下兵马元帅，先后收复两京。“整肃”，指出兵。

⑧“猛士”，指郭子仪。《唐书》：宝应元年（762）八月，郭子仪自河南入朝，时宦官程元振用事，数谮之，代宗遂解郭副元帅节度使之职，留京师。“未央”，汉宫名，在长安。此句翻用汉高祖刘邦《大风歌》：

“安得猛士兮守四方。”“致使”句，写边兵入卫，岐雍兵力薄弱，不能拒敌于国门之外。“岐雍”，唐凤翔关内地。“西羌”，指吐蕃。《旧唐书·吐蕃传》：“乾元后数年，凤翔之西，邠州之北，尽为吐蕃境。”

⑨ 此两句写横夺郭子仪兵权后的恶果：吐蕃入寇、代宗避祸陕州。“犬戎”，古戎族的一支，此处指蕃戎。“坐御床”，广德元年（763）十月，代宗逃到陕州（今河南陕县），吐蕃兵陷长安。“跣（xiǎn）足”，光着足。写百官逃跑时的狼狈之状。“天王”，指唐代宗。

⑩“傅介子”，西汉北地人，持节使楼兰，斩楼兰王，悬之北阙。杜甫愿见此等人物，意在洗雪国耻。“老儒”，杜甫自谓。“不用尚书郎”，系引用《木兰诗》句：“可汗问所欲，木兰不用尚书郎。”意谓只要国家能消除内忧外患，自己做官与否都无所谓。写此诗时，杜甫已授检校工部员外郎。

忆昔开元全盛日，小邑犹藏万家室①。稻米流脂粟米白，公私仓廪俱丰实②。九州道路无豺虎，远行不劳吉日出③。齐纨鲁缟车班班，男耕女桑不相失④。宫中圣人奏云门，天下朋友皆胶漆⑤。百馀年间未灾变，叔孙孔乐萧何律⑥。岂闻一绢直万钱，有田种谷今流血⑦。洛阳宫殿烧焚尽，宗庙新除狐兔穴⑧。伤心不忍问耆旧，复恐初从乱离说⑨。小臣鲁钝无所能，朝廷记识蒙禄秩⑩。周宣中兴望我皇，洒泪江汉身衰疾⑪。

①“开元全盛日”，指玄宗“开元盛世”。这两句写国家人口众多。

② 这两句写仓廪之丰实。“仓廪（lǐn）”，粮仓。

③ 这两句写社会之安定。“豺虎”，指剪径之强人。“不劳吉日出”，远行不必挑好日子，意为天天都是好日子。“吉日”，好日子。《通鉴》卷二一四：“开元二十八年（741），海内富安，行者万里，不持寸兵。”

④ 这两句写商业和手工业之发达。“齐纨鲁缟”，指齐地所产之白色细绢，鲁地所产之素绢，皆名贵。“车班班”，言商贾不绝于道。班，众车行路之声。“不相失”，相守不失，即长相守。

⑤ 这两句写天下之和谐。“圣人”，唐人称天子之谓。“云门”，乐曲名。《周礼》：大司乐歌大吕，舞云门，以祀天神。”“胶漆”，胶和漆。二者皆性黏，指黏合紧密。喻爱情或友情。

⑥ 这两句写天下承平之日久。“百馀年”，指唐兴至开元末（618—741）之年数。“未灾变”，没有灾变异相。“叔孙”句，以汉比唐，言开元间法令严明。“叔孙”，叔孙通，汉初曾主持制定礼仪。“萧何”，汉初丞相，作律九章。

⑦ 这两句陡转，写安史乱后之惨状：一绢万钱，难享齐纨鲁缟也；有田流血，无复室家仓廪也。

⑧ 这两句写宫殿宗庙之灾殃。洛阳烧焚，东都被祸也；长安狐兔穴，言宗庙无人祭祀而为狐兔之穴也。广德元年十月，吐蕃军入侵长安，历时十五天。十二月，代宗由陕州复还长安。此诗作于代宗还京后不久，故曰“新除”。“狐兔”，语双关。既指狐兔，又指吐蕃入侵者。

⑨ 这两句写乱后之人心所遭受的巨创。不忍相问，恐伤彼此之心也；必欲相问，恐自乱离说起也。“耆（qí）旧”，指经开元盛世和安史之乱的年老旧好。耆，故老，年老的旧好。

⑩“小臣”，杜甫自指。“识（zhì）”，记住。通“志”。“蒙禄秩”，指授检校工部员外郎，仍领俸禄。

⑪ 这两句切盼代宗拨乱反正，复见开元之盛。“周宣中兴”，指周宣王拨厉王之乱，是振兴西周的中兴之主。“望我皇”，盼望代宗也能像周宣

王那样以中兴唐朝。“洒血”，犹洒泪，泪尽而泣血，言其对国事的忧虑和盼望。“江汉”，指长江和嘉陵江，因嘉陵江上源称西汉水。杜甫时在梓州，近嘉陵江，故云。

钱　起

钱起（722—780），字仲文，吴兴（今浙江湖州）人，天宝十载（751）登进士第，曾任考功郎中、翰林学士等职。世称“钱考功”，系“大历十才子”之一。诗以五言为主，多道别送赠之作，虽温秀蕴藉，然内容稍失厚重。有《钱考功集》。《全唐诗》编其诗四卷。

观法驾自凤翔回①

欃抢一扫灭，阊阖九重开②。海晏鲸鲵尽，天旋日月来③。
圣情苏品物，龙御辟云雷④。晓漏移仙仗，朝阳出帝台⑤。
周惭散马出，禹让濬川回⑥。欲识封人愿，南山举酒杯⑦。

① 安史乱后，玄宗奔蜀，至德元载（756）七月，肃宗即位于灵武，随着战局的好转，于至德二载二月入凤翔，十月，由凤翔入西京。据《通鉴》载，当时“百姓出国门奉迎二十里不绝，舞跃欢呼万岁，有泣者”。国复振，长安复为国都。“法驾”，皇帝的车驾，亦称法车。“回”，指回首都长安。

②“欃（chán）枪”，彗星的别名。因其状如扫帚，故俗曰扫帚星。古人迷信说法，认为它是“妖星”。此处指安史祸乱。“阊阖”，宫之正门。

③“晏”，安，平。“鲸鲵（ní）”，喻安史乱恶之辈。“天旋”，即天旋地转，比喻重大变化。此处指国家从倾覆后得到恢复。“日月来”，日月重光之义。

④“圣情”，皇帝的情怀。“苏”，复活。“龙御”，代指肃宗。“辟云雷”，喻开拓声震天下之帝业。

⑤“漏”，宫中计时用具。晓漏，指清晨。“移仙仗”，指肃宗自凤翔起驾。仙仗，仪仗。“帝台”，神人名，此处指肃宗。

⑥“周惭”句，言西周亡而平王迁雒（洛）邑事。平王之父周幽王系一昏君，国人皆怨。为宠妃褒姒（sì）一笑，而烽火戏诸侯。后听褒姒谗言废申后和太子宜臼，申后之父申侯同缯侯引犬戎共同叛周，杀幽王于骊山下。其子宜臼即位，即周平王。“平王立，东迁于雒邑，辟戎寇。”（《史记·周本纪》）西周亡，平王失祀东迁，故曰“周惭散马出”，言落寞也。“禹让”句，言禹让商均而居濬（jùn）川之滨。尧禅位舜，舜“让辟丹朱（尧帝之子）于南河之南，夫而后之中国践天子位焉（然后才回到京都登上天子之位）”（《史记·五帝本纪》）。舜禅位禹，“禹亦乃让舜子（商均），如舜让尧子。”“禹辞辟（辞让、回避）舜之子商均于阳城。天下诸侯皆去商均而朝禹，禹于是遂即天下位，南面朝天下，国号曰夏后，姓姒氏。”（《史记·夏本纪》）“濬川”，深川，指南河。《括地志》云：“故尧城在濮州鄄城县东北五十里。”“濮州北临漯，大川也。”河在尧都之南，故曰南河。“让濬川”，本舜帝事，此处以借用作让辟商均之事。这两句借周平王和禹言其经安史之乱被逼在外暨返都之事。

⑦“封人”，官名，掌守护帝王社坛及京畿疆界之职。“南山”句，谓祝祷有南山之寿。

韩　翃

韩翃（hóng），字君平，南阳（今河南沁阳附近）人，天宝末中进士第。曾充淄青和宣武节度使的幕僚。后官驾部郎中知制诰（负责起草皇帝诏书），终中书舍人。在大历十才子中，他与李益很是突出。韩翃集中送别诗竟占十之八九，最见圆熟。其诗兴致繁富，为时所称。《全唐诗》编其诗三卷。

扈从郊庙因呈两省诸公①

丹墀列士主恩同，厩马翩翩出汉宫②。奉引乘舆金仗里，亲尝赐食玉盘中③。昼趋行殿旌门北，夜宿斋房刻漏东④。明日驾回承雨露，齐将万岁及春风⑤。

①“扈从”，侍从。“郊庙”，天子祭天地与祖先的礼仪。祭天在郊宫，祭祖在宗庙。郊，祭天地。“两省”，指中书省和门下省。

②“丹墀（chí）”，古代宫殿前的石阶，漆成红色，称为丹墀。墀，台阶。“列士”，指两省诸公。“厩马”，此处指御厩之马。“翩翩”，本指鸟飞轻疾貌，用以形容动作或行态轻疾生动。“汉宫”，这里代指唐宫。

③“奉引”，引导。奉，敬辞。“乘舆”，皇帝、诸侯乘坐的车子。“仗”，仪仗。“赐食”，指皇帝所赐的食物。

④“趋”，向。“行殿”，皇帝出行时所住的宫殿。“斋房”，房舍。“刻漏东”，刻漏房室之东。刻漏，古代计时的器具。用铜铸成壶，壶底穿孔，壶内竖一支刻有度数的箭形浮标；壶中的水从孔漏出，而逐渐减少，箭上的度数依次显露，这样就可知道时辰。

⑤“雨露”，喻恩泽。“万岁”，称颂皇帝。

张 莒

张莒，长山人。大历九年（774）登进士第。大中时，官吏部员外郎。《全唐诗》编其诗一首。

元日望含元殿御扇开合①

万国来朝岁，千年觐圣君②。辇迎仙仗出，扇匝御香焚③。
俯对朝容近，先知曙色分④。冕旒开处见，钟磬合时闻⑤。
影动承朝日，花攒似庆云⑥。蒲葵那可比，徒用隔炎氛⑦。

① 题下原注：“大历十三年吏部试。”“含元殿”，大明宫主殿之一。盛大之庆典，多在含元殿举行。故当时诗人谓“万国拜含元”，其中每年正月初一皇帝在含元殿受朝贺，更是重大礼仪。“御扇开合”，御扇即宫扇。《唐会要》卷二十四：“开元中，萧嵩奏：每月朔望，皇帝受朝

于宣政殿，……臣以为宸仪肃穆，升降俯仰，众人不合得而见之，乃请备羽扇于殿两厢，上将出，所司承旨索扇，扇合，坐定，乃去扇。给事中奏无事，将退，又索扇如初，令以常式。”玄宗准奏，从此这种仪式成为朝会的固定礼节。

②“万国”，犹言万邦，又统指全国各地。“觐（jìn）”，古代诸侯朝见天子称觐。

③“辇（niǎn）”，天子的车。“扇”，指宫扇，宫廷仪仗用的羽扇。“匝”，环绕。“御香焚”，御炉焚香所出之烟。

④“朝（cháo）容”，朝贺者的面容。“曙色分”，因上朝时天尚未明，议事时，天已大明，故曰“曙色分”。

⑤“冕旒（miǎn liú）”，见王维《和贾至舍人早朝大明宫之作》注③。“钟磬（qìng）”句，指宫中的奏乐。

⑥“影动”“花攒”，皆指御扇。攒，聚集。“庆云”，五色云。古以为祥瑞。

⑦“蒲葵”，植物名。形似棕榈，叶大，木材可以制器，叶可以制蓑、笠及扇。此处指扇。“炎氛”，暑气。

顾　况

顾况（727—816），字逋翁，苏州盐亭（今浙江海盐）人。肃宗至德二载（757）进士及第。曾任江南判官，著作郎。因嘲谑权贵而贬饶州司户。德宗贞元间，隐居茅山，以寿终。其诗质朴冲淡，多反映现实之作。《全唐诗》编其诗四卷。

八月五日歌[①]

四月八日明星出，摩耶夫人降前佛[②]。八月五日佳气新，昭成太后生圣人[③]。开元九年燕公说，奉诏听置千秋节[④]。丹青庙里贮姚宋，花萼楼中宴岐薛[⑤]。清乐灵香几处闻，鸾歌凤吹动祥云。已于武库见灵鸟，仍向晋山逢老君[⑥]。率土普天无不乐，河清海晏穷寥廓[⑦]。梨园弟子传法曲，张果先生进仙药[⑧]。玉座凄凉游帝京，悲翁回首望承明[⑨]。云韶九奏杳然远，唯有五陵松柏声[⑩]。

①“八月五日”，系唐玄宗的生日。详见李隆基《千秋节宴》注①。本篇就为感慨此事而作。

②“四月八日”，佛祖释迦牟尼的生日。“摩耶”，系摩伽陀饭净王之大妃，释迦牟尼之母。

③“昭成太后”，唐睿宗之皇后，姓窦，系玄宗李隆基之生母。

④“开元”二句，言张说（yuè）置办千秋节事。“开元九年”，当为开元十七年。该年八月五日，玄宗庆祝诞辰，在花萼楼下宴群臣。尚书左丞相源乾曜、右丞相张说率百官上表请置八月五日为千秋节。玄宗欣然同意，并诏令“朝野同欢”。将帝王生日定为节令，自玄宗始。“千秋节”是盛唐时全国性喜庆节日。这也反映出唐的盛气和玄宗的骄气。“燕公”，张说被封为燕国公，故云。“听”，听从，接受。

⑤“丹青”句，是说凌烟阁的勋臣画像中，有姚崇和宋璟。“丹青庙”，指凌烟阁。此乃封建王朝为表彰勋臣而建筑的高阁，绘有功臣画像。丹青，泛指绘画用的颜色，后代指绘画艺术。“姚宋”，指姚崇和宋璟，二人相继秉政，皆为名相，人呼为姚宋。旧史称，“开元之治”

姚宋之功为多。“花萼楼”，即花萼相辉楼，在兴庆宫。“岐薛”，指玄宗之弟岐王李隆范和薛王李隆业。

⑥“灵鸟”，灵异之鸟，此处指凤皇。《通鉴》卷二一六载：天宝十一载（752）秋八月“癸巳，杨国忠奏，有凤皇见左藏库屋”。“老君”，俗称老子（李耳）为老君或太上老君。玄宗曾自称梦中见到老子，醒后命人画其真容多张，分送天下各州供奉。《唐会要》卷五〇：唐高祖武德三年（620）五月，晋州人吉善，在羊角山见一骑白马老叟，仪容甚伟，叫他转告唐天子，“吾汝祖也，今年平贼（指王世充）后，子孙享国千岁。高祖异之，乃立老君庙于其地”，祭祀老子。后来追尊为皇帝，至天宝时，玄宗又三次对其加封。

⑦“率土普天”，《孟子·万章上》引诗：“普天之下，莫非王土，率土之滨，莫非王臣。”普天，犹言遍天下。率土，四海之内。“河清海晏”，黄河水清，海不扬波。比喻太平时世。“穷寥廓”，无限旷远、广阔。

⑧“梨园弟子”，唐玄宗时梨园歌舞艺人的称呼。“法曲”，道观所奏之曲。唐玄宗既知音律，又酷爱法曲。选坐部伎弟子三百，教于梨园。“张果”，唐方士。玄宗开元中遣使迎至东都，赐号通玄先生。

以上八韵，言千秋节盛会。以下两韵，是作者曲终玄宗发出的无限感慨。

⑨“玉座凄凉”，婉言玄宗已逝。玉座，皇帝的御座。“悲翁”，作者自指。“承明”，双关语。既言其为汉代殿名，在未央宫，此处代指兴庆宫；又言对玄宗开元盛世的向往和怀念。

⑩“云韶”，黄帝《云门》乐与虞舜《大韶》乐的并称，指宫廷音乐。“九奏”，犹九成。古代行礼，奏乐九曲。“杳然”，远得不见踪影。“五陵”，指唐睿宗桥陵唐玄宗泰陵等五座唐陵。此处特指玄宗泰陵。

耿 沣

耿沣，字洪源，河东（今属山西）人。登宝应元年进士第，官右拾遗。工诗，与钱起、卢纶、司空曙诸人齐名。沣诗不深琢削，而风格自生。《全唐诗》编其诗三卷。

元日早朝[①]

九陌朝臣满，三朝候鼓赊[②]。远珂时接韵，攒炬偶成花[③]。
紫贝为高阙，黄龙建大牙[④]。参差万戟合，左右八貂斜[⑤]。
羽扇纷朱槛，金炉隔翠华[⑥]。微风传曙漏，晓日上春霞[⑦]。
环珮声重叠，蛮夷服等差[⑧]。乐和天易感，山固寿无涯[⑨]。
渥泽千年圣，车书四海家[⑩]。盛明多在位，谁得守蓬麻[⑪]。

① 元日早朝是朝廷隆重之庆典，这首诗就是写其盛况的。耿沣于代宗大历初任左拾遗，大邦气象在其笔下展现得淋漓尽致。“元日”，正月初一。

②“九陌”，京城的大道。“三朝”，正月初一为岁之朝，月之朝，日之朝，称三朝。“候鼓赊”，等候鼓声响后趋而上朝。赊，长。此处指击鼓时间较长。因其时天未破晓，上朝者以灯引路。

③“远珂”句，是说远处车上悬挂的玉珂传来清脆的响声。“攒炬”，汇聚在一起的灯烛。因其时天尚未晓，上朝者以灯引路。“花”，指灯汇聚而呈花状。

④“紫贝”，蚌蛤类软体动物名。产海中，白质如玉，壳有紫点纹，较名贵。这句是说以紫贝装饰宫门。“阙”，宫门的代称。“黄龙”句，谓

宫门前有饰以黄龙的牙旗。“牙旗”，竿首以象牙饰之，故曰牙旗。

⑤“万戟合”，言仪仗阵势庞大。“八貂（diāo）”，唐制左右散骑、侍中、中书令各二人，冠制皆金蝉珥貂，左散骑与侍中为左貂，右散骑与中书令为右貂，称八貂。

⑥“羽扇”，以鸟羽制成的扇。“金炉”，薰香之炉。“翠华”，用翠羽饰于旗杆顶上的旗，为皇帝仪仗。

⑦“漏”，古时计时之器具。

⑧“环佩”，佩玉。“蛮夷”，这里指外国使节。“服等差”，穿着各异。

⑨这两句写乐和祝寿。“天易感”，天人感应也；“寿无涯”，南山永固也。

⑩“渥（wò）泽”句，言皇帝圣明，皇恩浩荡也。渥泽沾润，指恩惠。圣，指皇帝。“车书”句，言车同轨、书同文，天下一统也。

⑪这两句是说，看见上朝诸公多为世之健者，沉沦下僚者自当奋发向上。“盛明”句，是说上朝诸官员多资深者。盛明，美誉上朝官员。“守蓬麻”，蓬，草名。编蓬为户，住室陋也；麻苎衣裳，服装贱也。此处指沉沦下僚。

戎　昱

戎昱（约744—约800），荆州（今湖北江陵附近）人，登进士第。曾在颜真卿幕下，德宗时任虔州刺史，遭陷贬辰州刺史。“其诗辞旨清拔，多感慨之作。乐府尤以气质胜。”（清代丁仪语）《全唐诗》编其诗一卷。

辰州闻大驾还宫①

闻道銮舆归魏阙，望云西拜喜成悲②。宁知陇水烟销日，再有园林秋荐时③。渭水战添亡虏血，秦人生睹旧朝仪④。自惭出守辰州畔，不得亲随日月旗⑤。

① 德宗建中四年（783）秋，官军被淮西军围困于襄城（县名，今属河南省）。冬十月，唐王朝调泾原兵驰援，泾原兵在长安叛变，拥朱泚（cǐ）为帝，德宗逃奔奉天（今陕西乾县）。朱泚又犯兵追来。兴元元年（784），德宗在奉天诏敕李希烈等五镇节度使，专讨朱泚。不久，自河北入援奉天的朔方节度使李怀光又反，并与朱泚联合，该年二月，德宗又逃奔秦岭南的梁州（今陕西汉中）。后来李晟、浑瑊率兵战胜叛军，朱泚伏诛。该年七月，德宗方返回长安。这首诗就是作者在辰州刺史任上闻听德宗大驾还宫后所作。“辰州”，州名，治在沅陵（今属湖南省）。

②“銮舆”，同“銮驾”，天子的车驾。“魏阙”，古代宫门外的阙门。为悬布法令的地方。后来也作为朝廷的代称。

③“宁”，岂，难道。“陇水烟销”，指叛军造逆于奉天、凤翔、陇州之乱已平。“荐”，遇时节供物而祭（祭祀祖考）。

④“渭水”句，言官兵战胜叛军于渭水。“亡虏”，对叛军的蔑称。“朝仪”，朝廷中的礼仪。

⑤ 末两句以不得亲随德宗而为憾事。“出守”，由京官出任太守（刺史）。“日月旗”，古帝王仪仗中绘有日月图像之旗。

卢　纶

卢纶（737—约799），字允言，河中蒲（今山西永济）人。曾在河中任元帅府判官，官累检校户部郎中，监察御史。系“大历十才子”之一，诗多送别酬答之作。《全唐诗》编其诗五卷。

元日早朝呈故省诸公[①]

万戟凌霜布，森森瑞气间[②]。垂衣当晓日，上寿对南山[③]。
济济延多士，跹跹舞百蛮[④]。小臣无事谏，空愧伴鸣环[⑤]。

①“元日”，见李世民《元日》注①。“省”，指尚书省。卢纶曾为户部郎中，户部隶属尚书省，因称“故省”。

②“戟（jǐ）”，兵器，指禁官卫士所持之戟。代指卫士。“万戟”，言卫士众多。“凌霜布”，踏霜而置。“凌”，侵犯。“森森”，众盛貌。

③“垂衣”，即“垂衣裳”。《易经·系辞下》：“黄帝尧舜垂衣裳而天下治，盖取诸乾坤。”穿着长大的衣服，形容无所事事的样子。后来成为称颂帝王无为而治的套语。“上寿”，祝寿。大年初一，天增岁月人增寿。故云。“南山”，即“南山寿”，见李隆基《春日出苑游瞩》注④。

④“济（jǐ）济”，形容人多。“延”，引进。“跹跹”，旋舞貌。“百蛮”，见李世民《正日临朝》注③。

⑤“小臣”，作者自指。“鸣环”，古时人们身上所带的珮玉，步行则有声，故云。《礼记·经解》：“步行则环佩（珮）有声。”

李　益

李益（约750—约830），字君虞，陇西姑臧（今甘肃武威）人，大历四年（769）进士及第。初因仕途不畅，弃官游燕赵间，幽州刘济辟为从事。宪宗时，召为秘书少监，集贤殿学士，官至礼部尚书，有《李君虞诗集》。李益从军十八年，所作边塞诗在当时流传很广，既歌颂战士激昂慷慨、勇于牺牲之精神，也抒写久戍思乡者之忧伤，风格悲壮婉转，直类盛唐。其七绝可与王昌龄媲美，五古亦得李太白风味。《全唐诗》编其诗两卷。

登长城①

汉家今上郡②，秦塞古长城。有日云长惨，无风沙自惊③。当今圣天子，不战四夷平④。

①“长城”，此指秦长城。秦统一六国后，以战国时诸侯国原有长城为基础修筑，因西起临洮，东达辽东，称万里长城。题一作《塞下曲》。

②“上郡”，郡名。秦昭王三年（前304）置，领肤施等二十三县，汉高祖元年（前206）改为翟国，后仍称上郡。地在今陕西延安、榆林一带。

③云惨、沙惊，状长城严酷的环境。

④“四夷”，东夷、西戎、南蛮、北狄旧时统称四夷，是古代统治者对华夏族以外各族的蔑称。

大礼毕皇帝御丹凤门改元建中大赦[①]

大明曈曈天地分，六龙负日升天门[②]。凤凰飞来衔帝箓，言我万代金皇孙[③]。灵鸡鼓舞承天赦，高翔百尺垂朱幡[④]。宸居穆清受天历，建中甲子合上元[⑤]。昊穹景命即已至，王事乃可酬乾坤[⑥]。升中告成答玄贶，泥金检玉昭鸿恩[⑦]。云亭之事略可记，七十二君宁独尊[⑧]。小臣欲上封禅表，久而未就归文园[⑨]。

① 大历十四年（779）五月，唐代宗去世，皇太子李适即皇帝位。次年（780）正月初一，李适祭天于南郊，大礼完毕，御大明宫丹凤门，宣布改元建中并大赦，李益此篇即为此事而作。“大礼”，隆重的礼仪。祭天是最为隆重的国家典礼，故谓大礼。“丹凤门”，大明宫南面的正门。巍峨雄伟，门上有楼，常供皇帝临御。唐代许多皇帝即位，都要在南郊祭天之后登上这座门楼，宣布大赦和改元的敕令。也有许多重要的活动在这里举行，许多诏敕从这里发出。“改元”，汉武帝即位，以建元为年号，此后新君即位，例于次年改用新年号纪年，称改元。“大赦”，对已判罪犯免刑或减刑。古时皇帝即位，多大赦，以示其法外施仁之意。

② 这两句写皇帝临御丹凤门改元之尊威。其中多用双关语，言天子代天而临御天下。“大明”，既指“日”之所照，亦指大明宫。“曈（tóng）曈”，既指日初升渐明貌，亦象征新君大展雄图之始初。“六龙”，传说日神乘车，驾以六龙。亦指皇帝车驾的六匹马，马八尺称龙，因称六龙。“日”，既指太阳，亦指皇帝。“天门”，既指天上之

门，亦指帝王宫殿之门，此处特指丹凤门。

③“箓（lù）”，帝王自称其所谓天赐的符命之书曰箓。“金皇孙”，指李适。代宗卒，太子李适即皇帝位，代宗属天子（天帝之子。古代以君权神授，谓君主秉承天意，治理人民，故称天子），太子李适当属天孙，故曰“金皇孙”。这两句写李适即皇帝位。

④“灵鸡”，指凤凰之类的神鸡。“天赦”，大赦。“朱幡”，红色的幡信。幡，以幡传命，犹符节之类。这两句写大赦。

⑤“宸居”，帝王的居处。“穆清”，指天。“天历”，纪元。指年号“建中”。“建中”句，意谓建中纪年将很长久。“甲子合上元”，讲阴阳五行的人以一百八十年为一周，其中以前六十年（第一个甲子）为上元，这两句写改元。

⑥“昊穹”，天。“景命”，古代帝王自称受命于天。景命，意即上天授予王位之命。“王事”，为君王效劳的事，公事。这两句写天下当勤王事。

⑦“升中”，古帝王祭天上告成功。“告成”，事竣称告成。这里指祭天仪式完成。“玄贶（kuàng）”，赐予，加惠。“泥金”，金屑、金末。用于书画及涂饰笺纸、雕刻髹漆等。“检玉”，即玉检。玉制的书函盖。《汉书·武帝纪》：“上还，登封泰山。”《注》引孟康：“王者功成治定，告成功于天，……刻石记号，有金策石函金泥玉检之封焉。”“鸿恩”，大恩。这里指天恩。这两句写大礼告成。

⑧“云亭”，见李世民《帝京篇·一》注⑨。“七十二君”，相传古时在云亭封禅者七十二家。“宁”，岂。这两句写李适也将是极有作为的皇帝。

⑨“小臣”，作者自指。“封禅”，帝王祭天的典礼。“表”，汉制，下言于上，分章、奏、表、驳议四种，表多用于陈述表情。“文园”，汉文

帝的陵墓。司马相如曾为文帝陵园令。后来诗文中因以文园指相如。司马相如曾作封禅表，未及呈献皇帝，而人已殁。这两句作者谦言才力不逮，亦含有仕途不畅之意。

郑　辕

郑辕，江东人，唐代宗大历九年（774）进士及第。《全唐诗》编其诗一首。

清明日赐百僚新火[①]

改火清明后，优恩赐近臣[②]。漏残丹禁晚，燧发白榆新[③]。
瑞彩来双阙，神光焕四邻[④]。气回侯第暖，烟散帝城春[⑤]。
利用调羹鼎，馀辉烛缙绅[⑥]。皇明如照隐，愿及聚萤人[⑦]。

①此诗同题作者有四人，皆大历九年登进士第者，此诗五言六韵，乃试帖诗。“百僚”，百官。“新火”，古时四季，各用不同的木材钻木取火，易季时所取的火叫新火。唐时清明日有赐百官新火的仪式。《辇下岁时记》：“清明日取榆柳之火以赐近臣。”

②“改火”，古时钻木取火，因四季不同而改用不同的木材，称为改火。《周书·月令》有更火之文，春取榆柳之火，夏取枣杏之火，季夏取桑柘之火，秋取柞楢之火，冬取槐檀之火。“优恩”，丰厚之恩。

③“漏”，古计时器。引申为时间、时刻。“漏残”，喻天色已晚。“丹禁”，帝王所居的禁城。“燧（suì）发”句，言钻榆以取火。“燧”，

火镜。古代取火之具。

④“瑞彩”，指榆火。“双阙”，汉代建章宫有凤阙。此处指大明宫含元殿前侧的翔鸾阁与栖凤阁。“阙”，宫门前的望楼。“神光”，指新火。“焕”，光亮，鲜明。“气”，指清明之春气。

⑤“侯”，泛指达官贵人，此处指“百僚”。“第”，宅第。“烟散”，指百官持御赐之火各归宅第。“帝城”，京城。

⑥“利用”句，是说得新火后便可生火做饭。“羹”，和味的汤。“鼎”，古代的一种烹饪器。“缙绅”，古代称士大夫为缙绅。

⑦这两句是说，皇帝赐新火寓意明照隐晦之处，愿将此光明惠及天下。“隐”，隐晦，幽暗。“聚萤人”，聚萤火以照明的人，喻穷人。

司空曙

司空曙（720—790），字文初，广平（在今河北永年东南）人，登进士第。贞元中官水部郎中，终虞部郎中。性耿介，不干权贵。为“大历十才子”之一，其诗多写自然景色和乡情旅思，诗格清华，较长于五律。《全唐诗》编其诗两卷。

御制雨后出城观览敕朝臣已下属和[①]

上上开鹑野，师师出凤城[②]。因知圣主念，得遂老农情[③]。
陇麦垂秋合[④]，郊尘得雨清。时新荐玄祖，岁足富苍生[⑤]。
却马川原静，闻鸡水土平[⑥]。薰弦歌舜德，和鼎致尧名[⑦]。
览物欣多稼，垂衣御大明[⑧]。史官何所录，称瑞满天京[⑨]。

①本篇是和皇帝《雨后出城观览》之作。“敕”，皇帝的诏命。“属(zhǔ)和”，随人唱和，即和诗。

②“上上”，最上等。“鹑（chún）”，指鹑首，古以为秦之分野，指秦地。“师师”，端整貌。“凤城”，京城长安。

③“得遂”句，因出城观览，自有观稼之责，故云。

④“麦垂秋合”，即麦将成熟之时。麦秋，指麦收季节。汉蔡邕《月令章句》：“百谷各以其初生为春，熟为秋，故麦以孟夏为秋。”垂，将近。

⑤“时新”，指应时的新异物品，“荐”，遇时节供时物而祭。“玄祖”，指唐代被封为玄元皇帝的老子（李耳）。“岁足”，即丰收。“富”，一作“布”。

⑥“却”，停。“闻鸡”句，这里指安宁恬静的田园。

⑦“薰弦”句，歌颂虞舜之德。详见陈子昂《庆云章》注④。“和鼎”，古代以和羹比喻执政，以鼎比喻丞相之位。宰相之职就是调和鼎中诸味。“致”，表达。“舜德”“尧名”，借古明君尧舜以比当朝皇帝。

⑧“垂衣”句，是歌颂皇帝的无为而治。“垂衣”，言自己穿着长大的衣裳，形容无所事事的样子。“御大明”，歌颂皇帝治理的圣明。御，治理。

⑨“称瑞”句，言京城充满了祥瑞之气。“天京”，都城。

王　建

王建，字仲初，颍川（今河南许昌）人，大历进士及第。初为渭南尉，后官侍御史。大和中，出为陕州司马。又从军塞上，后归咸阳。工为乐府歌行，格幽思远，简括爽利，与张籍齐名，为元、白“新乐府”之先导。所作宫词百首，亦为人所传诵。《全唐诗》编其诗六卷。

元日早朝[1]

大国礼乐备，万邦朝元正[2]。东方色未动，冠剑门已盈[3]。
帝居在蓬莱，肃肃钟漏清[4]。将军领羽林[5]，持戟巡宫城。
翠华皆宿陈，雪仗罗天兵[6]。庭燎远煌煌，旗上日月明[7]。
圣人龙火衣，寝殿开璇扃[8]。龙楼横紫烟，宫女天中行[9]。
六蕃倍位次，衣服各异形。举头看玉牌，不识宫殿名[10]。
左右雉扇开，蹈舞分满庭[11]。朝服带金玉，珊珊相触声[12]。
泰阶备雅乐，九奏鸾凤鸣[13]。裴回庆云中，竽磬寒铮铮[14]。
三公再献寿，上帝锡永贞[15]。天明告四方，群后保太平[16]。

①“元日”，即正月初一。元日早朝，皇帝受群臣朝贺而会，礼仪隆重。以诗中所述，很可能是指建中二年（781）正月初一的朝会。大历十四年（779）五月，代宗去世，李适（即德宗）即皇帝位。来年正月初一，改元建中。建中元年（780）正月初一，德宗在含元殿接受群臣所上尊号。同年十一月，又在宣政殿召见了派往各地视察的使臣及各州、蕃派来的贡使，准备翌年元日的朝会。建中二年（781）正月初一，德宗驾御含元殿，大排仪仗，重修礼制，“四方贡献，列为庭实”，故《唐会要》卷二四载，从安史乱起至此日，二十五年间没有举行初盛唐时那样的元日朝会大典。自此始复旧典。因后来政治每况于下，这种庆典并未年年举行。

②“万邦”，万国。又统指全国各地。“元正”，元旦，大年初一。

③“东方”句，言天尚未明。“冠剑”句，言卫士仪仗和朝贺的官员已盈门。

④“蓬莱”，唐宫名，即大明宫。龙朔二年（662），高宗改作蓬莱宫。“钟漏清”，晨钟已鸣，夜漏将尽。清，明晰清楚。

⑤“羽林”，皇帝卫军的名称。唐设左右羽林卫，也叫羽林军。

⑥“翠华”，用翠羽饰于旗帜顶端的旗，为皇帝仪仗。“宿陈”，前一天晚上就布列到位。“雪仗”，雪白的仪仗。《新唐书·仪卫志》载，天子旗仗有黄、赤、白、黑、青等各色仪仗。右卫白旗仗，“鍪、甲、弓、箭、刀、盾皆白”。“天兵”，皇家军队，即王师。

⑦“庭燎”，庭中照明的火炬。《周礼·司烜氏》：“凡邦之大事，共坟烛庭燎。”郑玄谓：坟，大也。树于门外曰大烛，于门内曰庭燎，皆所以照众为明。“日月”，指日月旗。见戒昱《辰州闻大驾还宫》注⑤。

⑧“圣人”，唐时称皇帝为圣人。“龙火衣”，即衮衣，其上织有日、月、星辰、山、龙等十二种花纹。“元旦朝贺，皇帝服衮冕。”（《新唐书·礼乐志九》）“璇扃”，玉饰的门户。璇，美玉。扃，门户的通称。

⑨“横紫烟”，紫色的烟雾缭绕。“宫女”句，言宫女在紫烟缭绕的宫中走动，宛若身在天上。

⑩这四句说六蕃使者对朝仪和汉字的生疏。“六蕃”，“蕃”通“藩”。九州之外藩属之地。指当时邻国派遣的特使。“倍位次”，照原数成倍增加。引申指加倍，增加。“玉牌”，雕刻有宫殿名称的玉制匾额。

⑪“左右”句，是说皇帝受朝贺时，坐定而去左右雉扇。“雉扇”，即雉尾扇，缉雉羽而做的御扇。详见张莒《元日望含元殿御扇开合》注①。“蹈舞”句，言依次拜舞朝贺皇帝的群臣分满宫廷。《新唐书·礼乐志九》：朝贺时，按地位官阶列座于御座东南、西南的不同方向，

如："侍中前承诏，降诣群官东北，西面，称'有制'。在位者（在这个方位的人）皆再拜，宣制曰：'履新之庆，与公等同之。'在位者皆再拜，舞蹈，三称万岁，又再拜。"

⑫"珊珊"，象声词。凡玉、铃、钟、雨等声音舒缓者常作珊珊，此处指朝服所带佩玉相触之声。

⑬"泰阶"，星名。即三台。上台、中台、下台共六星，两两并排而斜上，如阶梯，故名。《黄帝六符经》："泰阶者，天之三阶也。……三阶平则阴阳和，风雨时，社稷神祇咸获其宜，天下大安，是为太平。"此处指宫殿之阶。"九奏"，奏乐九曲。

⑭"裴回"，徘徊。"庆云"，五色云。古以为祥瑞之气。此指御殿香烟缭绕，有如彩云。"竽"，笙类吹奏之乐器。"磬"，乐器。以玉、石或金属制成。此处泛指钟磬合鸣。

⑮"三公"，唐以太尉、司徒、司空为三公。皆正一品。"三公，佐天子理阴阳、平邦国，无所不统。"（《新唐书·百官一》）"献寿"，献上祝福。"上帝"，天帝，天神。"锡"，同"赐"。赏赐，恩赐。"永贞"，《易经·坤卦》："用六，利永贞。"疏："永，长也；贞，正也。言长能贞正也。"后指福泽久远。

⑯"天明"句，是说因朝会始自拂晓，此消息要向四方传播，自在天明之后。"群后"，本指众诸侯，此处指朝贺的群臣。后，古代天子和列国诸侯皆称后。

赠李愬仆射二首[1]

和雪翻营一夜行，神旗冻定马无声[2]。遥看火号连营赤，知是先锋已上城[3]。

①这首诗系王建赠李愬平蔡州的诗。唐宪宗元和九年（814），彰义节度使吴少阳死后，其子吴元济抗命强行继其父职，朝廷不允，遂据申、光、蔡三州叛变，割据淮西（今河南汝南一带），为祸一方。至元和十二年（817），朝廷以裴度率兵征讨，十月十五日夜，邓随唐三州节度使李愬在裴度的指挥下，发兵九千讨逆，抚命降将李祐、李忠义帅突将三千人为前驱，急行军六十里，天黑后袭击了军事要地张柴村，又冒雪行军七十里，进袭蔡州，夜半至悬瓠城（蔡州治所），雪甚。李祐率人锼其城为坎，以先登，奇袭之，黎明，李愬入蔡州，生擒吴元济，槛送京师。又不戮一人，降申、光诸屯二万众。为此，有诏进其职检校尚书左仆射（宰相），山南东道节度使，封凉国公。《新唐书》称其“功名之奇，近世所未有”。

②“和雪”，冒雪。“翻营”，倾营出动（九千人），足见规模之大。“神旗冻定”，《通鉴》曰：“时大风雪，旌旗裂。”军旗被冰雪冻得梆硬，不能飘扬。此正与岑参句“风掣红旗冻不翻”（《白雪歌送武判官归京》）同调。

③这两句，言三千前驱突将登城之壮举。“火号”，举火为信号。火号连营，壮士众也；先锋上城，捷声定也。

旗幡四面下营稠，手诏频来老将忧①。每日城南空挑战，不知生缚入唐州②。

①“旗播”，即旌旗。“下营稠”，指对蔡用兵官军营垒之多。“手诏”，皇帝的诏命。为对蔡用兵，宪宗对李光颜、乌重胤、韩弘、裴度、李道古、李愬等都发了进兵诏令。“老将”，指李愬外诸将领。

②这两句说，官军每日还在城南挑战，却不知吴元济已被李愬生擒，正

押解送往长安途中，到了唐州。“唐州”，州名。治比阳（今河南泌阳县），辖境约相当于今河南省泌阳、桐柏、社旗、方城、唐河等县地。“空挑战”，指官军对叛军的挑战。

李　约

李约，字存博。自称萧斋。官兵部员外郎。《全唐诗》编其诗十首。

从军行三首（选一首）①

候火起雕城，尘沙起战声②。游军藏汉帜，降骑说蕃情③。
霜落滹沱浅，秋深太白明④。嫖姚方虎视，不觉说添兵⑤。

①“从军行”，系乐府旧题。行，乐府和古诗的一种体裁。此诗为该组诗第三首，写满怀必胜信念的指挥将领的豪迈气魄。

② 这两句写战事已发。“候火”，即战讯。候，边境伺望侦察的土堡，有警讯即放火传递消息。“雕城”，即雕阴城。雕阴，郡名，西魏置，唐为绥州，治在今陕西绥德县。

③ 这两句写战争在胜利进展。“游军”，此处指奇袭之军。“藏汉帜”，《史记·淮阴侯列传》：“出奇兵二千骑，共候赵空壁逐利，则驰入赵壁，易汉赤帜二千。”此处以汉代唐，指唐军旗帜。因游军潜入，故曰藏汉帜。“降骑”，指蕃军投降之人。骑，一人一马谓之骑。“蕃”，此处指扰唐之外族军队。游军从降骑处得知蕃情，因得以深入敌境。

④“滹沱（Hū tuó）”，水名，源出今山西繁峙县，穿割太行山东流入子牙河，合北运河入海。“太白”，星名。即金星，一名启明星。传说太白星主杀伐，故诗文中多以此比兵戎。

⑤这两句写唐军指挥将领对战争的必胜信心。“嫖姚”，勇健轻捷貌，汉霍去病曾为嫖姚校尉。此处以唐将比霍去病。“虎视”，如虎之雄视。“不觉”句，言士气旺盛，不用向朝廷请兵增援。

武元衡

武元衡（758—815），字伯苍，河南缑氏（今河南偃师）人，建中四年登进士第。元和二年（807），以门下侍郎平章事，出为剑南西川节度使。八年召还秉政。元和十年六月三日，早朝途中为盗所害。赠司徒，谥忠愍。有《临淮集》十卷。《全唐诗》编其诗二卷。

奉和圣制丰年多庆九日示怀①

令节寰宇泰，神都佳气浓②。赓歌禹功盛，击壤尧年丰③。
九奏碧霄里，千官皇泽中④。南山澄凝黛，曲水清涵空⑤。
金玉美王度，欢康谣国风⑥。睿文垂日月，永与天无穷⑦。

①本篇是奉和唐德宗李适《丰年多庆九日示怀》所作。“圣制”，皇帝所作之诗。“九日”，指九月九日，重阳日。

②“令节”，即佳节，此处指重阳节。“神都”，指帝都。

③“赓歌”，作歌唱和。“击壤”，相传尧时，有老人击壤而歌曰：“日出而作，日入而息，凿井而饮，耕田而食，帝何力于我哉?”后成为歌颂盛世太平的典故。

④“九奏”，奏乐九曲，犹言九成。《尚书·益稷》：“箫韶九成，凤凰来仪。”《传》：“备乐九奏而致凤凰。”“碧霄”，天空。“皇泽”，皇帝的恩泽。

⑤“南山”，即终南山，在长安之南。“澄凝黛”，即南山横黛色。“澄”，清。“澄”，一作“澹”。“曲水”，指曲江，在长安城东南。

⑥“金玉”，比喻贵重之义，此指丰稔。“王度”，王者的政教。“国风”，国家风俗。“康谣”，一作“谣康”。

⑦“睿文”，皇帝所作之诗。睿，通达，明智。“垂”，流传。《尚书·洪范》：“思且睿，……睿作圣。”后常用为称颂皇帝的套语。末两句称颂皇帝的诗作。

吕　渭

吕渭，字君载，河中（今山西永济）人，举进士第。德宗时为礼部侍郎，后出为潭州刺史。《全唐诗》编其诗五首。

皇帝移晦日为中和节[①]

皇心不向晦，改节号中和。淑气同风景，嘉名别咏歌[②]。
湔裙移旧俗，赐尺下新科[③]。历象千年正，酺醵四海多[④]。

花随春令发，鸿度岁阳过[5]。天地齐休庆，欢声欲荡波[6]。

①“中和节”，见李适《中春麟德殿会百僚观乐诗一章章十六句》注①。
②“淑气”，温和之气。“嘉名”，指中和节之名。“别”，另外。
③“湔（jiān）”，洗涤。“赐尺”句，指剪裁新装。“科”，品类。
④“历象”，天文星象。“酺醵（pú jù）”，合聚饮酒。
⑤“春令”，春日。令，时令。“岁阳”，古代以干支纪年，甲乙丙丁戊己庚辛壬癸十干叫岁阳。“鸿”，一作“鸟”。
⑥“休庆”，喜庆。休，美善，吉庆，引申为喜庆。

鲍　防

鲍防，字子慎，襄阳（今属湖北省）人，天宝末擢进士第，历福建江西观察使。贞元中，任礼部侍郎，迁工部尚书致仕。《全唐诗》编其诗八首。

元日早朝行[1]

乾元发生春为宗，盛德在木斗建东[2]。东方岁星大明宫，南山喜气摇晴空[3]。望云五等舞万玉，献寿一声出千峰[4]。文昌随彩礼乐正，太平下直旌旗红[5]。师旷应律调黄钟，王良运策调时龙[6]。玄冥无事归朔土，青帝放身入朱宫[7]。九韶九变五声里，四方四友一身中[8]。天何言哉乐无穷，广成彭祖为三公[9]。野臣潜随击壤老，日下鼓腹歌可封[10]。

① 据《新唐书·礼乐九》记载："皇帝元正、冬至受群臣朝贺而会。""元日"即"元正"，指正月初一。元，始。"行"，乐府和古诗的一种体裁。

②"乾元"，乾，天道之始。乾，天。"宗"，尊崇。"木"，五行之一。于位为东，于时为春。"斗建"，即阴历之月建，古代按北斗星斗柄在一年中的移动位置，将一年分为十二辰，称斗建。建子为十一月，建丑为十二月，建寅为正月，馀类推。元日即大年初一，属建寅。

③"岁星"，即木星。岁行一次，谓之岁星。古代用以纪年。这里指每年元旦都要在大明宫举行盛大朝会。"南山"，指长安城南的终南山。

④"望云"，仰望白云。"五等"，五色。"献寿"，祝福。"千峰"，即南山的众多山峰。

⑤"文昌"，又名"文曲星""文星"，中国神话中主宰功名、禄位的神。"直"，当，临。

⑥"师旷"，春秋时期晋国乐师。生而目盲，善辨声乐。"律"，用竹管或金属管做成的定音仪器。"黄钟"，古乐十二律之一。声调最为洪大响亮。"王良"，春秋时晋之善驭马者。"时龙"，指骏马。

⑦"玄冥"，古谓水神或雨神。"朔土"，北方的土地。这句说无有雨雪，天气晴朗。"青帝"，天帝名，东方之神。又东方为春，青帝又谓春神。此指春始。"朱宫"，朱红色的宫殿，此处指大明宫。

⑧ 这两句是说，常演奏九韶乐，四方的人才都会团结在皇帝的周围。九"韶"，古乐名。也作"九招"，招音韶，即舜乐箫韶。"九变"，奏乐九次。"五声"，古乐声音阶五个阶名：宫、商、角、徵、羽。也称五音。这句写早朝时所奏之音乐。"四方"，东西南北。也泛指天下各

地。“四友”，周文王以闳夭、太公望、南宫括、散宜生四位有德才的人为四友。这里指德才兼备之人。

⑨“天何言哉”，天说什么了呢。语出《论语·阳货》：“子曰：‘天何言哉？四时行焉，百物生焉，天何言哉？’”意谓天虽不言，却使宇宙万物各行其所。“彭祖”，传说颛顼帝玄孙陆终氏的第三子，姓篯名铿，尧封之彭城，因其道可祖，故谓之彭祖。“三公”，辅助掌握军政大权的最高官员。

⑩“野臣”，作者自指。“击壤老”，见武元衡《奉和圣制丰年多庆九日示怀》注③。“鼓腹”，袒腹，凸起肚子。“歌”，指《击壤歌》。“封”，大。

权德舆

权德舆（759—818），字载之，秦州（今甘肃天水）人，以文章进身。德宗朝官至中书舍人，宪宗朝官礼部尚书，同中书门下平章事。其诗工古调乐府，雅正赡缛，有的绝似盛唐。《全唐诗》编其诗十卷。

朔旦冬至摄职南郊因书即事[①]

大明南至庆天正，朔旦圜丘乐六成[②]。文轨尽同尧历象，斋祠忝备汉公卿[③]。星辰列位祥光满，金石交音晓奏清[④]。更有观台称贺处[⑤]，黄云捧日瑞升平。

①此诗纪冬至日于长安南郊天坛祭天事。天坛在明德门外。在唐朝，皇帝大抵于登基、冬至、正月上辛和孟夏率领百官祭天，这是君权神授和天人感应的文化观念。权德舆在德宗朝曾任礼部侍郎，“摄职”，就是指其以礼部侍郎身份所主持的祭天仪式。祭天是国家盛典。“朔旦”，阴历每月初一。此处指当年冬至日的十一月初一日。“旦”，早晨。

②“大明”，太阳。“南至”，指冬至日。这一天太阳经过冬至点。冬至点是黄道上最南的一点。这一天白昼最短，夜晚最长。“圜丘”，古时祭天的圆形高坛。圜，象征天圜。丘，土之高者曰丘。“天正”，天子的正朔，即周代制定的历法。

③“文轨尽同”，即书同文，车同轨，谓天下大一统。“尧历”，即尧年，古时传说尧时天下太平，因以尧年比喻太平盛世。“斋祠”，古祭祀前整洁身心，以示虔敬。“忝备”句，意谓愧居主祭之位。忝，自谦之词，表示辱没他人，自己有愧。备，充任。

④“星辰列位”，在天坛所祭，各方星辰都有固定位置。“金石”，祭天仪式上用钟、磬等金石乐器奏乐，更显肃穆庄重。

⑤“观台”，指搭建在天台外围观看祭天大典的看台。

奉和刘侍郎司徒奉诏伐叛书情呈宰相①

玉帐元侯重，黄枢上宰雄②。情缘词律外，宣力庙谋中③。
震耀恭天讨，严凝助岁功④。行看画麟阁，凛凛有英风⑤。

①“司徒”，官名，为三公（大司马、大司徒、大司空）之一，隋唐时三

公参议国事。

②“玉帐”，主将所居的军帐。“元侯”，重臣大吏，这里指刘侍郎司徒。“黄枢”，在黄门（门下省）以居枢要之职，故称。“上宰”，宰相。

③“情缘”句，言作者与刘侍郎的交情缘分，是在文字之外。“宣力”句，是说刘侍郎有经纶天下之才。“宣力”，致力，用力。“庙谋”，朝廷对军事的计谋。

④“震耀”，震慑和荣耀。“恭”，奉行。“天讨”，《尚书·皋陶谟》：“天讨有罪，五刑五用哉。”本谓以五等之刑，惩戒有罪之人，后因称出兵讨伐为天讨。“严凝”，寒冷。指冬日。“功”，此外指伐叛之功。

⑤“行”，且，将要。副词。“画麟阁”，画功臣刘侍郎司徒的肖像于麒麟阁中。麒麟阁，汉阁名。在未央宫内，汉武帝时所建，汉宣帝时，画功臣霍光、苏武等十一人画像于阁内，以示褒扬。“凛凛”，严肃；可敬畏的样子。“英风”，杰出的气概。这两句预测刘侍郎讨伐叛逆将立下赫赫战功。

送袁中丞持节册南诏五韵①

西南使星去，远彻通朝聘②。烟雨僰道深，麾幢汉仪盛③。途经五尺险，水爱双流净④。上国洽恩波，外臣遵礼命⑤。离堂驻驺驭，且尽樽中圣⑥。

①“袁中丞”，指袁滋。时任祠部侍郎兼御史中丞，为册南诏使。中丞，官名。“持节”，古使臣出使，必持符节以作凭证。“册”，封爵的策命。“南诏”，唐时有六诏，蒙舍诏在最南，称为南诏。唐玄宗时，南

诏皮罗阁统一六诏建立地方政权，贞元十年改号为南诏。

②“彻”，通，穿，透。“朝聘”，古时诸侯定期朝见天子。

③“僰（Bó）”，古代我国西南地区少数民族名。“麾（huī）”，旌旗之属，作指挥用。“幢”，张挂在舟车上的帷幕。

④“五尺险”“双流净”，谓途中之所遇。

⑤“上国”，诸侯称帝国为上国。此指唐朝。“洽”，沾润。“恩波”，指帝王的恩泽。“外臣”，此指南诏之主。

⑥“驺（zōu）驭”，驾驭车马。“樽中圣”，指酒。汉末，曹操命禁酒，其时人将清酒称作圣人，浊酒称作贤人。

杨巨源

杨巨源（755—?），字景山，河中（治所在今山西永济）人。贞元五年（789）擢进士第。初为张弘靖从事，拜虞部员外郎。后迁太常博士、国子祭酒。大和中，为河中少尹、礼部郎中，出为凤翔少尹，复召除国子司业。其七言诗平远深细，是中唐高手。《全唐诗》编其诗一卷。

春日奉献圣寿无疆词十首（选二首）

一[①]

文物京华盛，讴歌国步康[②]。瑶池供寿酒，银汉丽宸章[③]。

灵雨含双阙，雷霆肃万方[4]。代推仙祚远[5]，春共圣恩长。
凤扆临花暖，龙垆旁日香[6]。遥知千万岁，天意奉君王[7]。

① 本篇是十首组诗中的第一首，写国康圣明，天意奉之君王。
②“文物”，旧指礼乐典章制度。“讴歌”，歌颂。“国步”，国家的命运。
③“瑶池”，古代神话中神仙所居。“银汉”，天河，银河。“宸章”，帝王所作的文章或书翰。
④“灵雨”，好雨。“双阙”，见郑辕《清明日赐百僚新火》注⑤。“雷霆”，喻声威。
⑤“代”，世。唐代因避李世民（太宗）讳，“世”字多改用“代”字。“推”，尊崇。“祚（zuò）”，皇位。
⑥“凤扆（yǐ）”，扆，屏风。《周礼·天官·掌次》：“设皇邸”，汉郑玄注：“郑司农（众）云：‘皇，羽覆上；邸，后版也。郑玄谓：后版屏风与染羽，象凤凰羽色以为之。”因以“凤扆”喻帝座。“龙垆”，大殿中熏香之炉。垆，通“炉”。“旁”，依，近。通“傍”。“日”，喻皇帝。
⑦“天意”，上天的意志。“奉”，进献。

二[1]

鸳鹭彤庭际，轩车绮陌前[2]。九城多好色，万井半祥烟[3]。
人醉逢尧酒，莺歌答舜弦。花明御沟水，香暖禁城天[4]。
赐宴文逾盛，徵歌物更妍[5]。无穷艳阳月[6]，长照太平年。

① 本篇列十首组诗中的第二首。写政治清明，天下太平。

②“鸳鹭”，鸳、鹭皆水鸟，止有班，立有序，因比喻朝官班列。“彤庭”，见李适《麟德殿宴百僚》注④。“轩车”，有屏障的车，古代大夫以上所乘。后亦泛指车。“绮陌”，纵横交错的道路。

③“九城”，即重城，指长安。“万井”，相传古制八家一井。万井，极言人口众多。“祥烟”，炊烟。

④“禁城”，宫城。

⑤“徵歌”，招歌者唱歌。

⑥“艳阳”，阳光灿烂景色佳丽的春天。“照”，一作“奉”。

令狐楚

令狐楚（766—837），字殼士，敦煌（今属甘肃）人。德宗贞元七年（791）登进士第。宪宗时，擢知制诰，迁中书侍郎、同中书门下平章事，敬宗时官至尚书仆射。卒于山南西道节度使任内。与白居易、刘禹锡常相唱和。《全唐诗》编其诗一卷。

圣明乐①

海浪恬月徼，边尘静异山②。从今万里外，不复锁萧关③。

① 宪宗元和年间（806—820），平定了蜀郡刘辟、江南李锜之叛变，招降河北强藩魏博节度使田弘正，并集中全力消灭了淮西节度使吴少阳

之子吴元济，使其他藩镇相继降服，暂时出现了大一统局面。故此诗当作于元和十二年（817）后。

②“恬”，安静。“徼（jiào）”，边界。“边尘”，战士驰走原野则风尘起，因以边尘指战争。“异山”，异域之山。这两句言河晏海清。

③“萧关”，关塞名。一名鄣关。是关中四塞之一，地在今甘肃固原。这两句言天涯静处，无有战事。

裴　度

裴度（765—839），唐朝大臣。字中立，河东闻喜（今山西闻喜）人。德宗时擢进士第，宪宗元和十年（815）为门下侍郎、同中书门下平章事。十二年（817），督师破蔡州，擒吴元济，封晋国公。宝历二年（826），唐敬宗被宦官刘克明等所杀，他联合宦官王守澄等人杀刘克明等，迎李昂为帝（即文宗）。他数度为相，为众望所归。晚年以宦官擅权，辞官不预政事。《全唐诗》编其诗一卷。

中书即事[①]

有意效承平，无功答圣明[②]。灰心缘忍事，霜鬓为论兵。
道直身还在[③]，恩深命转轻[④]。盐梅非拟议，葵藿是平生[⑤]。
白日长悬照，苍蝇谩发声[⑥]。高阳旧田里，终使谢归耕[⑦]。

①“中书”，即中书省。裴度于元和七年（812）任中书舍人，御史中丞，十年（815）为门下侍郎，同中书门下平章事，后又封晋国公。文宗朝，加门下侍郎，大和四年（830），他引疾不任重机，帝挽慰留，诏进司徒、同平章事。大和八年（834），徙东京留守，俄加中书令。本篇当写于这一时期。“即事”，眼前的有关事情，本篇是写当时宦官擅权，党争激烈，作者无奈而有辞职之意。

②“承平”，太平，治平相承。“无功”，自嘲之词，亦兼怨愤之意。穆宗朝，“穆宗不君，俭人（小人、奸邪的人）腐夫（宦官）乘衅镌诋而度遂无显功”。（《新唐书·裴度传》赞语）“答”，一作“益”。

③“道直”，正直之道。道，思想，学说。

④“恩深”，指皇恩深厚。“命转轻”，即临危不爱身之意。

⑤“盐梅”，咸盐和酸梅。盐梅为调味之品，用以喻治国理政。“拟议”，本指事前的揣度议论，后称设计、筹划为拟议。“葵藿”，向日葵和豆苗，二者均有向日性，以此喻自己忠于皇帝。

⑥“白日”，喻皇帝。“苍蝇”句，其时阉竖擅威，又加牛李党争激烈，裴度介其间，累遭谤谘。文宗曾感慨地说：“去河北贼（藩镇）非难，去此朋党实难。”（《旧唐书·李宗闵传》）“苍蝇”，指宦官和搞党争之人。“谩”，欺骗。

⑦这两句是说将要辞职归田。对于这两句，《新唐书·裴度传赞》中语可参稽：“前史称（裴）度晚沉浮为自安计，是不然。《大雅》曰：‘既明且哲，以保其身。’（裴）度何訾云。”

至日登乐游园[①]

阴律随寒改[②]，阳和应节生[③]。祥云观魏阙，瑞气映秦城[④]。

验炭论时政，书云受岁盈[⑤]。晷移长日至，雾敛远霄清[⑥]。景暖仙梅动，风柔御柳倾[⑦]。那堪封得意，空对物华情[⑧]。

①“至日”，指冬至日和夏至日，此处指冬至日。“乐游园”，即乐游原，其地高敞，在曲江池北，延兴门内侧。

②“阴律”句，古人认为，十月为纯阴之象，至十一月冬至日，昼最短，此后，昼渐长，古人以为是阴气渐去而阳气始生。故云。

③“阳和”，春天的暖气。“节”，指冬至。冬至是唐朝时的一个重要节日，朝廷在这一日要举行隆重的仪式，以祭祀昊天上帝（即祭天）。

④“魏阙”，古代宫门外的阙门。为颁布法令的地方。后来也作为朝廷的代称。“秦城”，指长安城。

⑤“验炭”，古代有冬至悬土炭的习俗。《史记·天官书》：“冬至短极，悬土炭，炭动……略以知日至。”即于冬至前，在天平两端，一边悬土，一边悬木炭，使其平衡。冬至时阳气升，木炭中水分挥发，变轻而上升，告诉人们冬至已临近。这里所说的验炭论时政，乃专指其平衡而言。裴度数度为宰相，职责为治理国家使其协调中和。“书云”，古代于春分、秋分、夏至、冬至、立春、立夏、立秋、立冬之日，登观象台瞻望云气物色，把所见的天象刻在简策上，附会人事吉凶，谓之书云。“盈”，增长。

⑥“晷（guǐ）”，日影。“长日至”，指白昼渐长。至，到。

⑦“倾”，倾斜，偏侧。

⑧“那堪”句，言自己不堪受实封之事。《新唐书·裴度传》：敬宗被宦官刘克明所杀，裴度定策诛刘克明等，立文宗。官加门下侍郎；又因奏平李同捷乱，“进阶开府仪同三司，赐实封户三百。度恳让不得可，乃受实封”。所谓“封得意”，即指此。“物华”，自然景色。

韩　愈

韩愈（768—824），字退之，河南河阳（今河南孟州）人。他常据先世郡望自谓昌黎人，世称韩昌黎。德宗贞元进士及第，才高，又好直言，屡被出贬。初为监察御史，上疏极论时事，贬阳山令。宪宗元和中，随裴度讨淮西，以功迁刑部侍郎。元和十四年（819），宪宗遣使迎佛骨入禁中，他上表极谏，触怒宪宗，被贬为潮州刺史。穆宗时官至吏部侍郎，故后世称韩吏部。与柳宗元同为古文运动倡导者，其散文被列为唐宋八大家之首。其诗豪放，不避粗险，驱驾气势，若掀雷挟电，撑抉于天地之间，在李杜之后，创建了新的流派。《全唐诗》编其诗十卷。

次潼关先寄张十二阁老使君①

荆山已去华山来，日出潼关四扇开②。刺史莫辞迎候远，相公亲破蔡州回③。

① 唐宪宗元和九年（814），吴元济据淮西蔡州（州治在今河南汝南）叛乱，关东大震。宪宗命韩弘率军平叛，然而数年之间，讨蔡数不利。裴度请身督战。帝即拜其为门下侍郎、平章事、彰义军节度使、淮西宣慰招讨处置使。元和十二年（817）十月十五日，官军雪夜入蔡州，活捉了吴元济，俘至长安而诛。韩愈当时任裴度行军司马，随裴度出征。此诗作于同年十二月淮西大捷后凯旋入潼关时。“次”，停留。“先寄”，未见面遂先写诗以寄。“张十二”，指张贾。他排行十二。唐

以中书舍人年久者为阁老。又中书省、门下省属官亦互称阁老。张贾曾任门下省给事中，故有此称。“使君”，汉代称刺史为使君，汉代以后对州郡长官亦尊称使君。当时张贾任华州（治郑县，即今陕西省渭南市华州区）刺史，故有是称。

② 这两句言唐军凯旋而入潼关。“荆山”，山名，在潼关东南，即阌乡县（今河南灵宝）南。“华山”，在潼关西南。“潼关四扇开”，指潼关东西两城门（每门各两扇）为奏凯雄师而开。

③ 这两句是通知张贾使君准备犒劳凯旋之师。“远”，指华州距潼关尚有百里。“相公”，指宰相裴度。时裴度已摄平章事，即为宰相。汉魏以后，拜相者必封公，故称相公。“亲”，一作“新”。

次潼关上都统相公[①]

暂辞堂印执兵权，尽管诸军破贼年[②]。冠盖相望催入相[③]，待将功德格皇天[④]。

① 这首诗与《次潼关先寄张十二阁老使君》写于同时。元和十二年(817)，平淮西吴元济叛乱后，官军凯旋至潼关，时任行军司马的韩愈写了这首上都统相公诗。题下原注：“韩弘也。”韩弘官至检校司空、同中书门下平章事。宪宗方用兵淮西，借其重，更授检校司徒，拜淮西诸军行营都统。“相公”，指宰相，此处指韩弘。

② 这两句说，韩弘暂辞相印，出掌兵权，统帅军队平息了淮西吴元济之乱。“堂印”，指宰相的印信，韩弘职衔加“同中书门下平章事”，即为宰相。“尽管”，全部掌管。言都统之职权。“破贼年”，指元和十二

年，平淮西之乱。

③ 这句是说，官吏们望韩弘回朝入相。“冠”，礼帽。“盖”，车盖。官吏的服饰和车乘，借指官吏。“相望”，共同希望。

④ 末句说，韩弘的功德感通于天。“格皇天”，《尚书·说命下》：“格于皇天。”“格”，感通。“皇天”，尊言天。意思是说，平淮西之事，感通于天。

桃林夜贺晋公[①]

西来骑火照山红，夜宿桃林腊月中[②]。手把命珪兼相印，一时重叠赏元功[③]。

① 这首诗是官军平定淮西凯旋至桃林时，韩愈上裴度的贺诗。“桃林”，桃林塞。指灵宝（今属河南）以西至潼关一带的地方。自元和九年（814）始，征讨淮西吴元济叛乱战事连年，讨吴数不利。群臣争请罢兵。元和十二年（817），裴度请身督战，宪宗任命其为彰义节度使，乃充淮西宣慰招讨处置使。裴度以韩弘已为都统，不欲更为招讨，请但称宣慰处置使，然实行都统事。裴度将行，言于宪宗曰：“臣若贼灭，则朝天有期；贼在，则归阙无日。”宪宗为之流涕。十二年冬，督师攻破蔡州（治今河南汝南），擒吴元济，河北藩镇大惧，相继臣服，使藩镇割据一度平息。十二月，宪宗赐裴度爵晋国公，复入职政事。其时官军凯旋至桃林塞，韩愈作此诗以贺。

② 这两句说平淮西乱后，官军凯旋夜宿桃林塞。“西来”，官军从蔡州回长安，由东向西，故曰“西来”。“腊月”，指元和十二年十二月。

③ 后两句贺裴度晋爵执政之事。据《资治通鉴》卷二四〇记载："(元和十二年）十二月壬戌，赐裴度爵晋国公，复入知政事。""命珪"，帝王授给大臣的玉珪。诸侯即位，天子赐命珪以为瑞。"相印"，宰相的印信，代指宰相。"重叠"，指所封爵位和宰相之位。"元功"，最大的功绩。

晋公破贼回重拜台司，以诗示幕中宾客，愈奉和[①]

南伐旋师太华东，天书夜到册元功[②]。将军旧压三司贵，相国新兼五等崇[③]。鹓鹭欲归仙仗里，熊罴还入禁营中[④]。长惭典午非材职，得就闲官即至公[⑤]。

① 平淮西乱后，官军于该年十二月凯旋于太华山东时，晋爵晋国公、复为宰相的裴度以诗示幕中宾客，韩愈写此诗奉和。"拜"，授予官职。"台"，三台。星名，喻宰相、三公等重臣。"司"，主持，掌管。

② 首两句说，平淮西后官军凯旋至桃林塞时，皇帝册封裴度的诏书已到。"太华"，即"华山"。"天书"，指皇帝的诏书。"册"，封爵的策命。"元功"，见《桃林夜贺晋公》注③。

③ 这两句说，裴度的职务显赫。"将军"，言其督师平淮西时之身份。"三司"，唐时以御史大夫、中书、门下为三司。"相国"，指裴度的新职。"五等崇"，五等爵位中最高的爵位。五等，爵位的五个等级，即公、侯、伯、子、男。公为最高爵，裴度封晋国公，故谓"五等崇"。

④ 这两句说凯旋后，人物各归其所。"鹓鹭（yuān lù)"，二鸟群飞有序，因以喻朝官班行。"仙仗"，皇帝的仪仗。"熊罴（pí)"，熊和罴，皆为猛兽，此喻勇士。"禁营"，禁军之营。

⑤ 末二句是谦辞，言自己无才，能得个行军司马就是最公允的了。“典午”，司马的隐语。“典”，掌管，与“司”同义。“午”，在十二属相中是马（午马），韩愈任行军司马，故谓。“闲官”，指行军司马。“至公”，至为公允。

王　涯

王涯（？—835），字广津，太原（今属山西省）人。贞元中擢进士后，历仕德宗、顺宗、宪宗、穆宗、敬宗、文宗六朝，屡居高位。文宗时，任尚书右仆射，代郡公。久之，以本官同中书门下平章事、加检校司空、兼门下侍郎。大和九年（835）“甘露之变”中，宦官仇士良诛杀朝臣，诬他谋反，乃及祸。《全唐诗》编其诗一卷。

太平词①

风俗今和厚，君王在穆清②。行看采华曲，尽是泰阶平③。

① 唐宪宗是位较有作为的皇帝。他即位后，先是平定剑南西川和镇海浙西节度使的叛乱。元和七年（812），魏博节度使田弘正举六州之地归附朝廷。元和十二年（817），擒吴元济，平定淮西之乱。承德王承宗、卢龙刘总也归附朝廷。元和十四年（819），又清除了淄青李师道的势力，一时天下平定。该诗大约作于此时。

②“和厚”，和淳惇厚。“穆青”，指天。《史记·太史公自序》：“汉兴以

来，至明天子，获符瑞、封禅、改王朔、易服色，受命于穆清。”

③“采”，搜集。“泰阶”，星名。即三台。上台、中台、下台共六星，两两并排而斜上，如阶梯，故名。晋左思《魏都赋》：“故令斯民睹泰阶之平，可比屋而为一。”晋张载《注》云：“泰阶者，天之三阶也……三阶平则阴阳和，风雨时，岁大登，民大息，天下平，是谓太平。”

平戎辞[①]

太白秋高助发兵，长风夜卷虏尘清[②]。男儿解却腰间剑，喜见从王道化平[③]。

①“戎”，古代泛指我国西部的少数民族。

②“太白”，星名。即金星。传说太白星主杀伐，故诗文中多以此比喻兵戎。“虏”，对西戎军队的贬称。“虏尘清”，指对“虏”战争胜利结束。

③“从王道化”，即顺从归化。

献寿辞[①]

宫殿参差列九重[②]，祥云瑞气捧阶浓。微臣欲献唐尧寿[③]，遥指南山对衮龙[④]。

① 这首诗是为皇帝献寿而作。

②“参差”，不齐貌。“九重（chóng）”，指宫禁。极言其深远。

③“微臣”，作者自指。“唐尧”，上古明君，此指当朝皇帝。

④“南山”，此处系“寿比南山”的缩语。“衮（gǔn）龙”，帝王绣有龙饰的礼服，代指皇帝。

欧阳詹

欧阳詹（755—800），字行周，泉州晋江（今属福建省）人，常衮荐之，登进士第。闽人擢第自欧阳詹始。官国子监助教。有集十卷。《全唐诗》编其诗一卷。

元日陪早朝[①]

斗柄东回岁又新，邃旒南面挹来宾[②]。和光仿佛楼台晓，休气氛氲天地春[③]。仪籥不唯丹穴鸟[④]，称觞半是越裳人[⑤]。江皋腐草今何幸，亦与恒星拱北辰[⑥]。

① 本篇系作者大年初一陪早朝之作。元日早朝，是唐代惯例，此日早朝，皇帝接受朝臣及外国使者朝贺。

②“斗柄”，北斗七星的“斗柄”三星（即玉衡、开阳、摇光三星）。“东回”，即（斗柄）东指。《鹖冠子·环流》：“斗柄东指，天下皆春。”“邃”，深。“旒”，冕旒，代指皇帝。“南面”，古代以坐北朝南为尊位，故天子见群臣，皆南面而坐。“挹（yì）来宾”，谦下以对来宾。挹，抑制，谦下。

③“和光”，温和的光，指晨光。此正是早朝时分，故有此称。“仿佛”，

好像，看不真切。“休气”，喜庆祥和之气。“氛氲”，盛貌。

④“籥（yuè）”，古代管乐器。“丹穴”，传说中的山名。《山海经·南山经》：“丹穴之山，……有鸟焉，其状如鸡，五采而文，名曰凤皇。”

⑤“称觞”，举杯祝酒。“越裳”，古南海国名。此处代指外国。越裳人，代指外国朝贺使者。亦暗寓南方籍贯的官员。

⑥“江皋腐草”，自我谦称。作者为晋江人。皋，水边的高地。腐草，腐朽之草。“恒星”，指其所陪之高官。“北辰”，北极星，此处代指皇帝。

柳宗元

柳宗元（773—819），字子厚，河东解州（今山西永济）人，世称柳河东。德宗贞元九年（793）进士及第，累官监察御史里行。顺宗时，参加了主张革新的王叔文集团，任礼部员外郎。宪宗立，此革新集团遭旧势力猛烈反击而惨败，柳宗元被贬为永州司马，十年后改为柳州刺史，故又称柳柳州。与韩愈同倡古文运动，二人并称“韩柳”，同列“唐宋八大家”。其诗语意深切，苏轼论其诗：“发纤秾于简古，寄至味于淡泊，非馀子可及也。”可谓的评。有《河东先生集》。《全唐诗》编其诗四卷。

古东门行①

汉家三十六将军②，东方雷动横阵云③。鸡鸣函谷客如雾，貌同心异不可数[④]。赤丸夜语飞电光，徼巡司隶眠如羊[⑤]。当街一叱百吏走，冯敬胸中函匕首[⑥]。凶徒侧耳潜惬心，悍臣破胆皆杜口[⑦]。魏王卧内藏兵符，子西掩袂真无辜[⑧]。羌胡毂下一朝起，敌国舟中非所拟[⑨]。安陵谁辨削砺功，韩国讵明深井里[⑩]。绝咽断骨那下补，万金宠赠不如土[⑪]。

①“东门行”，乐府曲名。内容原为贫士悲愤之作，柳宗元拟作则咏兵事，与古辞异义。唐宪宗元和年间，握军要者便有宰相武元衡。元和九年秋，割据淮西的吴元济叛变，元和十年正月，宪宗发兵征讨，藩镇王承宗和李师道上表请赦吴，不许。六月三日武元衡上朝途中遇刺。这首诗写的正是此事。诗中既申悼念武元衡意，又对藩镇割据乱局予以申讨。其时柳宗元再次被逐岭南，依然是“待罪”之身。故诗写得较隐晦，用典亦多，自见他的难言之隐。

②“三十六将军”，汉景帝三年（前154），吴王刘濞、楚王刘戊等七王反，景帝派周亚夫率三十六将军以击之。此处借指唐宪宗伐淮西兵将之雄。

③“东方”，指淮西，在长安东，故称。“雷动横阵云”，指吴元济割据淮西对抗，朝廷下令诛讨，一时战云密布，形势紧张。“阵云”，战地烟云。

④“鸡鸣函谷”，用孟尝君典。据《史记·孟尝君传》记载，齐孟尝君逃离秦国，夜半至函谷关。关法：鸡鸣而出客。而后有追兵，危急之时，其食客中有人能学鸡鸣，一鸣而群鸣尽鸣，遂得出关。“客如雾”，指藩镇的依附者甚多，有野心的并非只有节度使王承宗和李师道。“貌同”句，是说各怀鬼胎的节度使大有人在。

⑤“赤丸”句，言王承宗、李师道密遣刺客杀武元衡。“赤丸”，《汉书·尹赏传》载，长安少年有专门刺杀官吏、为人报仇的组织。行动前设赤、白、黑三种弹丸，使各人摸取，持赤丸者杀武吏，持黑丸者杀文吏，持白丸者为行动中死去的同伙办丧。“飞电光”，指刺客持刀行凶之状。电光，形容凶器之寒光。“徼巡司隶”，管巡回检查的官吏。“眠如羊”，形容软弱。

⑥“一叱”，一声大吼。“百吏走”，护卫们逃散。“冯敬”，汉代人。如淳曰：“冯无择子，名忠直，为御史大夫，奏淮南厉王诛之。”《汉书·贾谊传》：“陛下之臣虽有悍如冯敬者，适启其口，匕首已陷其胸矣。”（师古曰：“始欲发言节制诸侯王，则为刺客所杀。”）此处以冯敬喻武元衡。《资治通鉴》卷二三九记载：“六月癸卯，天未明，元衡入朝，出所居靖安坊东门，有贼自暗中突出射之，从者皆走。贼执元衡马，行十馀步而杀之，取其颅骨而去。”

⑦“凶徒”，指李师道等人。“潜惬心”，暗暗高兴。“悍臣”，正直之臣。“杜口”，被吓得闭口不言。

⑧“魏王”，魏安釐（xī）王。《史记·信陵君列传》：秦兵围赵国之邯郸，魏安釐王使晋鄙将十万众救赵。但两人救赵并非出自真心。信陵君用侯嬴计，请如姬盗得魏王兵符，取得晋鄙军之指挥权，解了邯郸之围。这句借战国时代的魏王以比唐宪宗，言武元衡案查不出凶手，与唐宪宗不真心追究主使者李师道有关。“子西”，春秋末楚惠王大臣，被白公所杀，子西后悔不听叶公劝告：“此人诈而乱，终为祸患。”于是用袖遮着脸死去。此处用以比武元衡之死。“无辜”，无罪。

⑨“羌胡毂（gǔ）下”，汉司马相如《谏猎疏》：“胡越起于毂下而羌夷接轸也。”“敌国舟中”，《史记·孙子吴起列传》：吴起对魏武侯说，“若君不修德，舟中之人尽为敌国也。”这两句说宪宗因讨淮西兵不利，便想借用沙陀（沙陀系西突厥的别部）兵，柳宗元恐其再为唐王

朝后患。

⑩“安陵”句，用袁盎典。《汉书·袁盎传》载，文帝废栗太子，太后心欲以梁孝王刘武为嗣，袁盎向景帝建议不立此人，梁王遂怨袁盎，遣刺客杀袁盎于安陵郭门外。“削砺”，指锻工，当时锻工供称刺杀袁盎之剑是由梁王的一个儿子所锻造。“韩国”句，用韩刺客聂政刺杀韩相侠累典。聂政是轵县深井里人，为严仲子（遂）报仇而杀韩相侠累。事成后毁容以自杀，所以人们认不出他是谁。“讵明”，岂能明白。这两句借“削砺”和“深井里”之人难明来说明武元衡遇刺后宪宗竟不敢宣布凶犯。

⑪“绝咽断骨”，指刺客割下武元衡的头颅。“那下补”，哪能补救。是说身首两异再无医治之法了。下，动词，此处指施救手段。“万金”句，是说纵然抚恤以万金，也绝无价值。

刘禹锡

刘禹锡（772—842），字梦得，洛阳（今属河南）人。自言系出中山（今河北唐县定州一带）。贞元九年（793）进士，官监察御史。顺宗时因参加主张革新的王叔文集团，宪宗时即被贬朗州司马，迁连州刺史。后因裴度力荐，任太子宾客，加检校礼部尚书，世称刘宾客。刘禹锡不仅是当时进步的政治家，且是哲学家、思想家，又是杰出的诗人，其诗作多桀傲豪雄之气，绝无小儿戚戚之语。白居易评刘禹锡的诗：“其锋森然，莫敢当者。”被誉为“诗豪”。《全唐诗》编其诗十二卷。

太和戊申岁大有年，诏赐百僚出城观秋稼，谨书盛事以俟采诗者①

长安铜雀鸣，秋稼与云平②。玉烛调寒暑，金风报顺成③。川原呈上瑞，恩泽赐闲行。欲反重城掩，犹闻歌吹声④。

①“太和戊申岁”，即唐文宗大（太）和二年（828），刘禹锡被外贬二十四年后，调长安任主客郎中，所写这首观稼诗，就是以备采诗官采录而作。“采诗者”，指采诗官，此官周朝始设，其职责就是到各地收集诗歌，通过这些诗歌，使统治者知道各地的风俗民情和政治得失。“大有年”，大丰收之年。“俟”，等候。

②“铜雀”，铜制的鸟雀。《三辅黄图·建章宫》：“古歌者云：‘长安城西有双阙，上有铜雀鸣，一鸣五谷成，再鸣五谷熟。’”铜雀鸣，庆丰收也。“与云平”，言秋稼一望无垠，远接云际也。

③“玉烛”，四季气候调和。言人君德美如玉，可致四时和气之祥。“金风”，秋风。西方为金而主秋，故云。

④“重城”，指长安城。“掩”，遮盖。一眼望去，重城被秋稼遮盖，此即“重城掩”之意。“歌吹”，歌声和鼓吹声。

张仲素

张仲素（？—819），字仲之，河间（县名，今属河北省）人。贞元十四年登进士第，贞元二十年，迁司勋员外郎，宪宗时为翰林学士。《全唐诗》编其诗一卷。

圣明乐[①]

九陌祥烟合[②]，千春瑞月明。宫花将苑柳，先发凤凰城[③]。

① 唐宪宗，史评其“刚明果断，志平僭（jiàn）逆，能用忠谋，不惑群议，卒收成功。自吴元济诛，强藩悍将皆欲悔过而效顺，当此之时，唐之威令，几于复振”。（见《新唐书》）此诗与下面的《太平乐》当作于此时。均系歌颂唐宪宗之治的。

②“九陌”，汉长安城中有八街、九陌。后泛指京城的道路。

③“将”，携带。“凤凰城”，指京城。

太平乐

圣德超千古，皇威静四方[①]。苍生今息战，无事觉时良[②]。

①“圣”，指唐宪宗。这两句是说，唐宪宗之德威，使天下太平。

② 这两句是说，海清河晏，天下太平。“无事”，指无战事。

汉苑行（二首选一）[①]

回雁高翻太液池，新花低发上林枝[②]。年光到处皆堪赏，春色人间总不知[③]。

①“汉苑”，汉代的宫苑，此代指唐宫苑。“行”，乐府和古诗的一种体裁。原诗两首，此为第一首。

②“回雁高翻”，指从南方回归的大雁落在太液池。“高翻”，指大雁从高空下落时的翻身飞姿。“太液池”，古池名。汉太液池在唐长安城西。唐太液池在大明宫含凉殿北，波光百亩，池中有太液亭。“上林”，汉代宫苑名，此代指唐之禁苑。

③“年光”，指春光。“春色”句，意双关：一为禁苑所在，人不知也；一为向阳花木，易为春也。

元　稹

元稹（779—831），字微之，洛阳（今河南洛阳）人。年十五擢明经科，补校书郎。元和初，对策第一，拜左拾遗，历监察御史。因与宦官及守旧官僚斗争，贬江陵士曹参军。后转而依附宦官，官至同中书门下平章事。其后被贬，最后以暴疾卒于武昌军节度使任所。元稹与白居易齐名，世称“元白”。其诗反映现实多而有力，题材广泛，言浅而思深，词微而意显。成为所谓通俗诗派的旗帜，是中唐新乐府运动中仅次于白居易的人物。有《元氏长庆集》。《全唐诗》编其诗二十八卷。

宪宗章武孝皇帝挽歌词三首（选一首）①

天宝遗馀事②，元和盛圣功③。二凶枭帐下④，三叛斩都中[5]。始服沙陀虏，方吞逻逤戎[6]。狼星如要射，犹有鼎湖弓[7]。

① 宪宗李纯是中唐较有作为之皇帝，在位十五年，于元和十五年被宦官毒死，年四十三，谥曰圣神章武孝皇帝。时任膳部员外郎的元稹作挽歌词三首痛挽之。此系第二首。

② “天宝”，唐玄宗年号（742—755）。“遗馀事”，指安史之乱八年后，在河北、山东等地形成了藩镇割据的局面，在剑南、山南、淮南和岭南，甚至京畿之内，也常发生节度使或军将叛变之事。

③ “元和”，唐宪宗年号，计十五年（806—821）。“盛圣功”，皇帝有极盛的功德。

④ “二凶”，指杨惠琳和李师道。元和元年（806），杨惠琳自称夏绥节度使被斩，传首京师。李师道，唐地方割据者。继其兄师古为平卢淄青节度使，唐军平淮西后，对其讨伐。元和十四年，李师道被斩，传首京师。“枭（xiāo）”，杀人而悬其头于木上。

⑤ “三叛”，指刘辟、李锜、吴元济。刘辟系西川节度使，反叛，元和元年（806）十月在长安被腰斩。李锜系镇海军节度使，反叛，次年十一月在长安被腰斩。吴元济在其父死后自称彰义军节度使，为乱淮西，于元和十二年（817）十一月在长安被腰斩。

⑥ “沙陀”，我国古代部族名。西突厥的别部。元和初始通中国。“罗逤”，地名。唐时吐蕃都城（地在今西藏之拉萨）。此处代指吐蕃。吐蕃与唐朝争战数十年，宪宗初，遣使者修好。

⑦ “狼星”，即天狼星。旧说主侵略。“鼎湖”，古代传说，黄帝铸鼎于荆山下，鼎成，有龙垂胡髯迎黄帝上天，后世因名其处曰鼎湖。并因以为皇帝死亡之典。

白居易

白居易（772—846），字乐天，号香山居士，下邽（今陕西省渭南市临渭区）人。贞元进士及第，授秘书省校书郎，元和年间任左拾遗及左赞善大夫。因写讽喻诗得罪权贵，宰相武元衡被刺杀后，他上书请亟捕贼，以雪国耻，为当政者所恶，贬为江州司马。后被召为主客郎中，知制诰，又出任杭州、苏州刺史，官至刑部尚书。有《白氏长庆集》。白居易是中唐新乐府运动的倡导者，并以三千八百首的诗歌实践，对当时诗歌的发展起了重要作用。他的诗题材广泛，诗风平易通晓，广被传诵，以“讽喻诗”和“感伤诗”最为著名。《全唐诗》编其诗三十九卷。

贺雨①

皇帝嗣宝历②，元和三年冬。自冬及春暮，不雨旱爞爞③。上心念下民，惧岁成灾凶。遂下罪己诏，殷勤告万邦④。帝曰予一人⑤，继天承祖宗。忧勤不遑宁，夙夜心忡忡⑥。元年诛刘辟，一举靖巴邛⑦。二年戮李锜，不战安江东⑧。顾惟眇眇德，遽有巍巍功⑨。或者天降沴，无乃儆予躬⑩。上思答天戒，下思致时邕⑪。莫如率其身，慈和与俭恭。乃命罢进献，乃命赈饥穷。宥死降五刑，责己宽三农⑫。宫女出宣徽，厩马减飞龙⑬。庶政靡不举，皆出自宸衷⑭。奔腾道路人，伛偻田野翁[15]。欢呼相告报，感泣涕沾胸。顺人人心悦，先天天意从。诏下才七日，和气生冲融[16]。凝为油油云，散作习习风[17]。昼夜三日雨，凄凄复濛濛[18]。万心春熙熙，百谷青芃芃[19]。人变愁为喜，岁易俭为丰。乃知王者心，忧乐与众同。皇天与后土[20]，所感无不通。冠珮何锵锵，将相及王公。蹈舞呼万岁，列贺明庭中。小臣诚愚陋，职忝金銮宫[21]。稽首再三拜，一言献天聪[22]。君以明为圣，臣以直为忠。敢贺有其始，亦愿有其终[23]。

①《全唐诗》编白居易诗三十九卷，此诗为第一首。元和三年（808）冬直到次年春闰三月，大旱，宪宗惧岁成灾凶，以当时的认识水平，以为是上天的警告，遂采纳翰林学士李绛和白居易的建议，下罪己诏，十日后，大雨三日而旱解。这首诗就写在旱解之后。此诗极有识见，谁知招致物议，就像他在《与元九书》中所道：“凡闻仆《贺雨》诗，而众口籍籍，已谓非宜矣。”

②“皇帝”，指唐宪宗。“宝历”，指国祚。即封建王朝统治的年代。

③“爞（chóng）爞”，旱热熏人。

④“罪己诏”，历史上封建王朝遇危难之时，为收拾民心，往往以皇帝的名义，取《左传·庄公十一年》“禹汤罪己”之意，下诏自责，昭告内外，称罪己诏。“万邦”，犹天下。

⑤“予一人”，古代天子的自称。以下二十四句写“罪己诏”的内容。

⑥“遑”，闲暇。“忡忡”，忧愁貌。

⑦“元年”句，是说元和元年，知西川节度使刘辟求兼领三川，宪宗不许，他便发兵围东川节度使李康于梓州。宪宗命长武城使高崇文为左

神策行营节度使，率山南西道节度使严砺等以讨刘辟，十一月，刘辟伏诛。“巴邛”，巴州和邛州（地在今四川省境）。

⑧“二年”句，是说元和二年十月，镇海军节度使李锜反，宪宗命淮南节度使王锷为诸道行营兵马招讨使以讨之，十一月，李锜伏诛。“江东”，自汉至唐，称自今安徽芜湖以下的长江南岸地区为江东。

⑨“眇眇”，微小。“遽（jù）”，突然。

⑩“沴（lì）”，指沴气，即灾害不祥之气。“无乃”，莫非，岂不是。“儆”，戒备，警惕。“予躬”，古代帝王的自称。予，我，同“余”。

⑪“天戒”，上天的禁戒。“时邕”，指时世安定、太平。同“时雍”。

⑫“宥（yòu）死”，赦免死罪。宥，宽免，赦罪。“五刑”，五种轻重不等的刑律。唐律于名例之首，列笞、杖、徒、流、死五刑。“三农”，春夏秋三个农时。

⑬“宣徽”，即宣徽院。官署名。唐设宣徽南北院使，由宦官担任，总领国内诸司及三班内侍的名籍和郊庙朝会宴飨供帐等事宜。这句是说放宫女出宫。“飞龙”，骏马。

⑭“庶政”，各种政务。“宸衷”，帝王的心愿。

⑮“伛偻（yǔ lǚ）”，腰背弯曲，恭敬貌。

⑯“冲融”，谦和恬适。冲，虚。引申指谦和。融，和乐，恬适。

⑰“油油”，流动貌。常形容云、水。“习习”，和煦貌。

⑱“凄凄”，寒凉。

⑲“熙熙”，温和观乐貌。“芃（péng）芃”，草木茂密貌。

⑳“皇天”，尊言天。“后土”，古时称地神或土神为后土。皇天后土，指天地。

㉑“职忝”，谦言不称职。忝，羞辱，有愧于。“金銮宫”，即金銮殿。在大明宫内金銮坡上，故名。该殿与翰林院相接，皇帝召见学士常在

此殿。

㉒"稽（qǐ）首"，古时所行跪拜礼。"天聪"，颂扬皇帝君王视听聪明之词。

㉓结尾四句，表示君要明，臣要直，希望有始有终。

新乐府（选一首）[①]

七德舞　美拨乱，陈王业也[②]

七德舞，七德歌，传自武德至元和。元和小臣白居易，观舞听歌知乐意，乐终稽首陈其事[③]。太宗十八举义兵，白旄黄钺定两京[④]。擒充戮窦四海清，二十有四功业成[⑤]。二十有九即帝位[⑥]，三十有五致太平[⑦]。功成理定何神速，速在推心置人腹[⑧]。亡卒遗骸散帛收[⑨]，饥人卖子分金赎[⑩]。魏徵梦见子夜泣[⑪]，张谨哀闻辰日哭[⑫]。怨女三千放出宫[⑬]，死囚四百来归狱[⑭]。剪须烧药赐功臣，李勣呜咽思杀身[⑮]。含血吮创抚战士，思摩奋呼乞效死。则知不独善战善乘时[⑯]，以心感人人心归。尔来一百九十载[⑰]，天下至今歌舞之。歌七德，舞七德，圣人有作垂无极。岂徒耀神武，岂徒夸圣文。太宗意在陈王业，王业艰难示子孙[⑱]。

①《新乐府》五十篇，是白居易元和四年（809）为左拾遗时在长安所作，其序云，这些诗是"为君、为臣、为民、为物、为事而作，不为文而作也"。本篇系该组诗中第一篇。

②“七德舞”，歌舞名。是唐高祖所作《秦王破阵乐》演变而成。“秦王”，指高祖的次子李世民，武德元年（618）即封秦王。《秦王破阵乐》乃是歌颂李世民功业之舞。李世民即位后，于贞观初，重制破阵乐舞图，诏魏徵、虞世南等为之歌词，贞观七年，更名《破阵乐》曰《七德舞》。自龙朔（高宗年号之一，661—663年）以后，诏郊庙享宴，皆先奏之。

③“武德”，唐高祖李渊年号。“元和”，唐宪宗李纯年号。“小臣”，低级官员。白居易时任左拾遗，官阶属“从八品上”，故自谓“小臣”。“稽首”，见《贺雨》注㉒。

④这两句说，李世民十八岁时随父起兵反隋，进入关中，而定两京（长安和洛阳）。隋大业十三年（617），李世民策动其父——太原留守李渊起兵反隋，进入关中，迅速打下长安，控制了渭水流域，后又戡靖洛阳。“旄钺”，借指军权。钺，黄钺，以黄金为饰之钺，天子所用。

⑤这两句说，李世民二十四岁时，擒王世充，诛窦建德，使四海澄清。“擒充”，擒获王世充。“戮窦”，诛杀窦建德。唐高祖武德元年（618），李世民封秦王，任尚书令，屡为统兵主将。武德四年，二十四岁的李世民统兵围攻割据洛阳的王世充，另一自建天子旗的窦建德接受王氏求救呼吁，出兵十万驰援，进迫虎牢（地在今河南荥阳西北），战败，被李世民所擒，王世充乃降。窦建德被俘至长安后，遭诛戮。

⑥“二十有九即帝位”，高祖武德九年（626）六月，李世民发动玄武门之变，杀太子建成及齐王元吉，迫使高祖传位为帝。次年改元贞观。贞观元年（627），李世民二十九岁。

⑦“三十有五致太平”，李世民即位后与大臣制定了“偃武修文，中国既安，四夷自服”的施政方针，从谏如流，实行德政，史称“贞观之

治”。贞观四年（630），击灭了侵扰内地的东突厥，在蒙古高原设置行政机构。贞观六年，既荡平静州獠反，又使诸羌内属者达三十万人。贞观七年（633），天下大安，时李世民三十五岁。

⑧这两句说，李世民快速成功的原因是能推心置腹，即以至诚待人。以下十二句申其至诚之心。

⑨“亡卒”句，原有注云：“贞观初，诏收天下阵死骸骨，致祭而瘗（yì）埋之，寻有散帛以求之也。”

⑩“饥人”句，原有注云：“贞观二年大饥，人有鬻（yù，卖）男女者，诏出御府金帛尽赎之，还其父母。”

⑪“魏徵”句，原有注云：“魏徵疾亟（病重），太宗梦与徵别，既寤，流涕。是夕徵卒。故御亲制碑云：‘昔殷宗（殷高宗武丁）得良弼（贤宰相，指傅说）于梦中，今朕失贤臣于觉后。’”魏徵，官至谏议大夫，秘书监，遇事敢谏，前后陈谏二百馀事，为太宗所敬畏。贞观十七年（643）卒。“子夜”，半夜。

⑫“张谨”句，原有注云：“张公谨卒，太宗为之举哀。有司奏曰：‘在辰，阴阳所忌，不可哭。’上曰：‘君臣义重，父子情也，情发于中，安知辰日？’遂哭之痛。”张谨，系襄州都督，贞观六年卒。“哀闻”，死讯。

⑬“怨女”句，原有注云：“太宗尝谓侍臣曰：‘妇人幽闭深宫，情实可愍（mǐn），今将出之，任求伉俪。’于是令左丞戴青、给事中杜正伦于掖庭宫西门拣出数千人，尽放归。”

⑭“死囚”句，原有注云：“贞观六年，亲录囚徒死罪者三百九十放出归家，令明年秋来就刑。应期（到归狱之时）毕至，诏悉原之（全部赦之）。”

⑮“剪须”两句，原有注云：“李勣尝疾，医云：‘得龙须烧灰，方可疗

之。’太宗自剪须烧灰赐之，服讫而愈。勣叩头泣涕而谢。”李勣即徐世勣，字懋功。唐初大将，封英国公，太宗赐以国姓“李”，故名李勣。

⑯“乘时”，趁着机会。

⑰“尔来”句，言高祖自武德年间作《秦王破阵乐》，至元和四年(608—809)，共一百九十载。

⑱以王业艰难作结，使后继者知创业难，守业亦难，这正是七德舞所展现的本意。

太和戊申岁大有年，诏赐百僚出城观稼，谨书盛事以俟采诗[①]

清晨承诏命[②]，丰岁阅田闾。膏雨抽苗足[③]，凉风吐穗初。
早禾黄错落，晚稻绿扶疏[④]。好入诗家咏，宜令史馆书[⑤]。
散为万姓食，堆作九年储[⑥]。莫道如云稼，今秋云不如[⑦]。

①“太和戊申岁”，即唐文宗大（太）和二年（828），该年正月，五十七岁的白居易改任刑部侍郎，所写这首观稼诗，就是为采诗官采录此诗。“采诗”“大有年”“俟”，俱见刘禹锡同题诗注①。

②“诏命”，皇帝的命令。“田闾”，乡下的田野。

③“膏雨”，雨贵如油。指滋润农作物的及时雨。“抽苗足”，指田禾茁壮成长。

④“黄错落”，指早禾渐次成熟。“扶疏”，繁茂分披貌。

⑤“史馆”，官修史书的机构。

⑥“九年储”，指该年所产的粮食，可满足九年所需。极言丰产之事。

⑦“如云稼”，言庄稼长势良好，一望无际，有如平云所铺也。“云不如”，言丰收之秋稼尤胜平云也。

太平乐[①]

岁丰仍节俭，时泰更销兵[②]。圣念长如此，何忧不太平[③]。
湛露浮尧酒，薰风起舜歌[④]。愿同尧舜意，所乐在人和[⑤]。

①“太平乐”，唐时曲名。题下原注：“商调曲也。”

②“岁丰仍节俭”，利国利民也；“时泰更销兵”，边尘不起也。

③“圣念”，皇帝的意志。这首歌贯串着白居易的理念：重节俭，息干戈，天下自然太平。

④“湛露”，《诗经·小雅》篇名，序谓天子宴诸侯之诗。“尧酒”，尧帝时美酒，美酒之借指。“薰风”，见李适《中春麟德殿会百僚观乐诗一章章十六名》注⑦。尧、舜，皆古代明君，此代指唐朝皇帝。尧酒舜歌，言清平之世也。

⑤“人和”，人民的欢心。乐在人和，普天同乐也。

上巳日恩赐曲江宴会即事[①]

赐欢仍许醉，此会兴如何？翰苑主恩重[②]，曲江春意多。
花低羞艳妓，莺散让清歌[③]。共道升平乐，元和胜永和[④]。

①“上巳”，此处指三月上巳，系古代节日。汉以前，上巳必取巳日，但不必三月初三，自魏以后，一般习用三月初三，但不一定为巳日。“恩赐”，指皇帝所赐。此次宴会，白居易《三月三日谢恩赐曲江宴会状》中有云：“获侍宴于内廷，又赐欢于曲水。蹈舞蹋地，欢呼动天。况妓乐选于内坊，茶果出于中库，荣降上天，宠惊人间。”

②“翰苑”，文翰荟萃之处，犹言翰林，即文苑。“主”，指皇帝。

③“花低”句，言内坊盛妆之乐妓其色胜花。“清歌”，清亮的歌声。

④“升平”，谓太平之世。“元和”，此次曲江宴会，是在唐宪宗元和年间。“永和”，晋穆帝的年号之一。永和九年（353）暮春之初，即上巳日，王羲之和谢安、孙绰等四十一人在会稽境内的兰亭，举行了一次大规模的文人集会，他们轮流赋诗，各抒怀抱，王羲之写了著名的《兰亭集序》，对此盛会作了形象生动的艺术概括。这两句是说，元和乃天下一统，而永和则系偏安，故而这次曲江宴会胜过了永和的兰亭之会。

李德裕

李德裕（787—849），字文饶。赵郡（今河北赵县）人。父李吉甫为宰相，以荫补校书郎，历仕宪、穆、敬、文、武诸朝。武宗时，自淮南节度使入相，执政六年，政绩卓著，威名独重于时。又拜太尉，封卫国公。他反对牛僧孺、李宗闵集团，是“牛李党争”中李派的首领。宣宗立，遭牛党打击，被贬潮州司马，继又贬崖州（治今海南省三亚市崖州区）司户参军，卒于任所。《全唐诗》编其诗一卷。

长安秋夜[1]

内宫传诏问戎机[2]，载笔金銮夜始归[3]。万户千门皆寂寂[4]，月中清露点朝衣[5]。

①李德裕在武宗朝时，自淮南节度使入相，力主削弱藩镇，为政六年，建树卓然。内治阉竖（宦官）以恢政体，外复幽燕以复元气；定回鹘之骚扰以固边庭，平泽潞之藩镇以销纷扰，系名相。这首诗，当为此时所作，写的是戎机之事。

②“内宫”，皇帝宫中。“诏”，皇帝的命令文告。“戎机”，指战争，也指军事。“宫”，一作“官”。

③“载笔”，携带文具纪录王事。此处指拟定“戎机”之决策。“金銮”，金銮殿的省称，在大明宫内。与翰林院相邻，故而皇帝召见学士及大臣常在此殿。

④“万户”句，言回家时已是深夜，故曰“皆寂寂”。又寓社会安定之义。

⑤“月中”，即月下。“清露”，指秋夜的露水，入夜，正是露下之时。从太明宫回到其宅邸安邑坊，有十馀里，故露水使朝衣微微潮湿。“点”，一触即起。这后两句写的正是作者以天下为己任的情怀。

舒元舆

舒元舆，婺州东阳（今浙江金华）人。元和中登进士第。擢监察御史。敢言能文，再擢御史中丞、兼刑部侍郎，累官同中书门下平章事。与郑注、李训善。文宗大和九年（835），注、训潜谋尽杀干政之宦官，元舆密谋其事，未发事泄，与注等皆被仇士良（宦官头子）所害。《全唐诗》编其诗一卷。

坊州按狱①

中部接戎塞②，顽山四周遭。风冷木长瘦，石硗人亦劳③。
牧守苟怀仁，痒之时为搔④。其爱如赤子，始得无啼号⑤。
奈何贪狼心，润屋沉脂膏⑥。攫搏如猛虎，吞噬若狂獒⑦。
山秃逾高采，水穷益深捞。龟鱼既绝迹，鹿兔无遗毛⑧。
氓苦税外缗，吏忧笑中刀⑨。大君明四目，烛之洞秋毫⑩。
眷兹一州命，虑齐坠波涛⑪。临轩诏小臣，汝往穷贪饕⑫。
分明举公法，为我缓穷骚⑬。小臣诚小心，奉命如煎熬⑭。
饮冰不待夕，驱马凌晨皋⑮。及此督簿书，游词出狴牢⑯。
门墙见狼狈，案牍闻腥臊⑰。探情与之言，变态如奸猱⑱。
真非既巧饰，伪意乃深韬⑲。去恶犹农夫，稂莠须耘耨⑳。
恢恢布疏网，罪者何由逃㉑。自顾孱钝姿，利器非能操㉒。
六旬始归奏，霜落秋原蒿㉓。寄谢守土臣，努力清郡曹㉔。
须知听甚卑，勿谓天之高㉕。

① 这是唐诗中极为罕见的一首按狱诗。舒元舆任监察御史时，坊州刺史汪渊贪污纳贿肆无忌惮，被捕入狱，御史大夫温造派舒元舆前去审

讯。“坊州”，地名。汉属中部郡，北魏改鄜州。北周曾于此置马坊，唐武德中，取马坊为名，改置坊州（治所设中部县，即今陕西黄陵县）。“按狱”，审讯狱案。

②“中部”，县名。地在今陕西黄陵县境。“戎”，古时泛称我国西部少数民族为戎。“塞”，边塞。

③“硗（qiāo）”，坚硬瘠薄。“劳”，劳苦。

④“牧守”，州郡的长官。指坊州刺史汪渊。“苟”，如果。“怀仁”，怀以仁道。“痒之”句，痒以搔之，则人爽。以此作喻，言爱民。此写汪渊之不仁。

⑤“赤子”，婴儿。引申为子民百姓。这句的意思是爱民如子。“啼号”，哭号。

⑥以下十句写汪渊之贪黩。“奈何”，如何。“贪狼”，贪狠如狼。“润屋”，使居室华丽生辉。引申为家室富有。“脂膏”，喻人民的财物。

⑦“攫（jué）搏”，谓鸟兽之抓取、搏击。此处代指汪渊的掠夺。“吞噬”，吞食。“獒（áo）”，狗的一种，系凶猛善斗的烈性狗。

⑧此四句状汪渊之贪狠。山已采秃，而愈向山之高处采伐，手不歇也；水已捞完，而又向水之更深处捕捞，意不绝也。龟鱼绝迹，搜刮尽净也；鹿兔无毛，聚敛恶辣也。

⑨“氓（méng）”，古称百姓。“缗（mín）”，成串的钱，此指税外之税。“笑中刀”，笑里藏刀，比喻人的阴险。此四句写汪渊之阴狠。

⑩以下四句写皇帝的觉察。“大君”，天子。“四目”，《尚书·舜典》：“（舜）询于四岳，辟四门，明四目，达四聪。”孔传：“广视听于四方，使天下无壅塞。”孔颖达疏：“明四方之目，使为己远视四方也。”“烛”，照。“洞”，明察。“秋毫”，鸟兽在秋天新长的细毛，比喻微小的事物。

⑪“眷”，垂爱关注。“一州命”，一州生民之命。“齐”，全。“坠波涛”，（人）坠入波涛之中。喻凶多吉少。

⑫以下四句是上司温造对舒元舆的嘱咐。“诏”，告知。“小臣”，作者自指。“穷贪饕（tāo）”，穷究此贪黩案。贪饕，贪得无厌。

⑬“公法”，国家的法令。“缓穷骚”，缓解坊州穷人的忧愁。

⑭这两句写其按狱的心境。“如煎熬”，言其受命，内心焦灼。煎熬，形容心情焦灼愁苦。

⑮“饮冰”，喻忧心。《庄子·人间世》：“今吾朝受命而夕饮冰，我其内热与。”唐代成玄英疏：（沈）诸梁晨朝受诏，暮夕饮冰，足明怖惧忧愁，内心熏灼，询道情切，达照此怀也。”引申喻惶恐忧心。“不待夕”，等不到晚上。“凌”，越过。“皋”，水边的高地。指沮水边的坊州州治。

⑯“督”，督促。“簿书”，案卷。“游词”，浮而不实的话。此指汪洌的供词。“狴（bì）牢”，监狱。狴，兽名，也指监狱。

⑰“门墙”以下八句，写在监狱的角落见到狼狈不堪的汪洌。“案牍”，官府文书。“臊（sāo）”，恶臭的气味。“腥臊”，比喻秽恶的事物，指汪洌的贪腐。

⑱“探情”，探问案情。“变态”句，言汪洌奸诈狡猾如猱。“猱（náo）”，兽名。猿类，灵长类动物。

⑲“真非”，真的过失。“巧饰”，巧言掩饰。“伪意”，欺诈之意。伪，假，欺诈。“深韬”，深藏。

⑳“去恶”，去除恶秽。“稂莠（láng yǒu）”，两种害禾苗的杂草，即狼尾草、狗尾草，比喻害群之人。这两句以农夫作喻，言除恶务尽。

㉑这两句说国家法令虽疏，但不会漏掉汪洌一类的坏人。“恢恢”，宽阔广大貌。“疏网”，喻刑法宽大。《老子》：“天网恢恢，疏而不失。”

㉒这四句是谦言自己的鲁钝之资。“孱（chán）钝”，浅陋愚钝。孱，

狭窄，引申为窘迫，浅陋。“利器”，比喻国家权力。此处指坊州按狱事。《老子》：“国之利器，不可以示人。”后来凡刑赏兵柄，常以利器为喻。

㉓“六旬”，六十天。“归奏”，回奏（上司）。这句是说，此案历时六十天方才了结。“霜落”，言时已至深秋。

㉔“寄谢”，写信告诉。谢，告诉。“守土臣”，当地的行政长官。“清郡曹”，整顿郡县之属官。清，澄清。引申为清除，整理。曹，郡县属官亦称曹。这两句写对守土臣的希望。

㉕这两句是说，天子能听见小民诉说。“听”，断决，治理。“卑”，低下。《史记·宋微子世家》：“天高听卑。”这两句是对守土臣的规劝。

李 绅

李绅（772—846），字公垂，无锡（今江苏无锡市）人，原籍亳州。穆宗时为翰林学士，与李德裕、元稹同号“三俊”。其《新题乐府二十首》（惜未能流传）系现实主义之作，为中唐元白新乐府运动之前驱。而早年所作之《古风二首》（一作《悯农二首》）最为后世所称道。《全唐诗》编其诗四卷。

忆春日太液池亭候对[1]

宫莺报晓瑞烟开，三岛灵禽拂水回[2]。桥转彩虹当绮殿，舰浮花鹢近蓬莱[3]。草承香辇王孙长，桃艳仙颜阿母栽[4]。簪笔此时方侍从，却思金马笑邹枚[5]。

①“太液池”，在大明宫紫宸殿蓬莱殿之北，系一人工湖泊，池中有岛曰蓬莱山。太液亭突兀其上。“候对”，等候皇帝问对。此诗作于穆宗长庆三年（823），李绅时由翰林学士迁中书舍人。诗题中有“忆”字，乃因其六十多岁时作《追昔游》诗三卷，追述生平的遭遇和经历。

②“三岛”，太液池中有岛曰“蓬莱山”，蓬莱又与方壶、瀛洲称为海上三神山（三岛），故以三岛代指池中蓬莱山。

③“绮殿”，华丽、盛美的宫殿。“鹢（yì）”，水鸟名，此处指船。古代画鹢首于船头，故亦称船为鹢或鹢首。此处指舰上所画的鹢首。

④“辇”，天子所乘之车曰辇。“王孙”，草名。《楚辞·招隐士》：“王孙游兮不归，春草生兮萋萋。”“桃艳”句，是说仙桃是西王母所栽。“仙桃”，皇宫里的桃树。古代神话中，说王母曾经以玉盘盛仙桃送给汉武帝，称“此桃三千年一生实”。

⑤“簪（zān）笔”，古代臣子朝见，插笔于冠，以备纪事。“金马”，汉代长安有金马门，天子之门。“玉堂”，天子之殿。后亦以“金马玉堂”称翰林院。李绅时任翰林学士。“邹枚”，汉代的邹阳和枚乘，两人皆以才辩著名于当时，后因作才辩之士的通称。

忆夜直金銮殿承旨①

月当银汉玉绳低，深听箫韶碧落齐②。门压紫垣高绮树，阁连青琐近丹梯③。墨宣外渥催飞诏，草布深恩促换题④。明日独归花路远，可怜人世隔云霓⑤。

①“金銮殿”，见李德裕《长安秋夜》注③。时任翰林学士的李绅在翰林院夜直（直宿）时，应穆宗之召去金銮殿而草拟敕书。“直”同

“值”。“承旨”，秉承皇帝旨意。

② 这两句写夜直时所见所闻。“银汉”，天河。“玉绳低”，指北斗星刚从东方升起，故曰低，此是入夜景象。玉绳，星名，指北斗第五星玉衡之北的两星。代指北斗。“深听”，远远听见。“箫韶”，相传为舜时乐曲名。《尚书·益稷》：“箫韶九成，凤皇来仪。”“碧落齐”，指乐声在天地间回荡。碧落，天空。

③ 这两句写金銮殿的地势和位置。“紫垣”，指金銮坡。“高绮树”，指殿门的位置比绮树还高。“青琐”，指金銮殿门。天子门内有眉格再重，裹青画曰琐。“丹梯”，指金銮殿前的红色台阶。

④ 这两句写在金銮殿草拟敕书。“墨宣外渥”，所草敕书的内容是施恩于外，使恩泽外传。“渥”，沾润，指恩惠。“催飞诏”，催促立即发出的诏命。“草布深恩”，草拟的敕书中有皇帝所施深厚恩泽的内容。“布”，施与，布施。“换题”，又同皇帝谈了一些题外的话。“布”一作“定”。“深”一作“新”。

⑤ 这两句写天明后独归时的感受。“花路”，鲜花所夹之路。“可怜”，可叹。“人世”，世间。“隔云霓”，云霓在天，尘寰在地，而皇帝更在云霓之上，更见高低悬殊。这句是说，世间人若与皇王相比，简直有天壤之别。

薛　能

薛能，字太拙，汾州（今山西汾阳）人。会昌六年（846）进士及第。历御史、刑部员外郎。李福镇蜀，奏以自副。懿宗咸通间，摄嘉州刺史，迁至刑部郎中，权京兆尹事，授工部尚书。

后节度徐州，徙镇忠武。广明元年（880），徐军戍溵水，经许州，薛能因其军多怀旧惠，馆待于城中，许州军惧遭袭击，大将周岌乘众疑怒，驱逐薛能，自称留后，随之将其杀害。《全唐诗》编其诗四卷。

升平词十首（选二首）[①]

瑞气绕宫楼，皇居信上游[②]。远冈延圣祚，平地载神州[③]。
会合皆重译，潺湲近八流[④]。中兴岂假问，据此自千秋[⑤]。

① 题下原注："乐府作升平乐。"以其诗中所写的"中兴"云云，当是作于宣宗收复河湟后。

② 此首为《升平词》十首中的第一首。"信"，的确。"上游"，比喻高位。"瑞"，一作"正"。"信上"，一作"上苑"。

③"远冈"，大明宫在龙首原上，有庞大的宫殿群，所处地势不一，故有远冈云云。"祚（zuò）"，皇位。"神州"，指国都长安。"延"，集中作"连"。

④"会合"，聚集。"重译"，辗转翻译。这句说所会之人系外国使节或少数民族首领。"潺湲"，水声。"八流"，指绕长安之八水，即泾、渭、浐、灞、沣、涝、潏、滈。

⑤"中兴"，由衰落而重新兴盛。"假"，因，凭借。

日日听歌谣，区中尽祝尧[①]。虫蝗初不害，夷狄近全销[②]。
史笔唯书瑞，天台绝见妖[③]。因令匹夫志，转欲事清朝[④]。

① 此首为《升平乐》十首中第六首。“区中”，人世间。“尧”，古时圣君，此比唐宣宗。

② “虫蝗”，蝗虫。这句是说未形成蝗灾。“夷狄”，古对异族的贬称。夷，多用于东方民族。狄，多用于北方民族。也泛称周边的民族。“销”，销声匿迹，指未起边患。

③ “天台”，帝都，泛指全国。“绝见妖”，已经没有了怪异、邪恶的事物。

④ “匹夫”，独夫，指夷狄首领，带有轻蔑之意。“事”，侍奉。“清朝”，清明的唐朝廷。

薛存诚

薛存诚，字资明，河东人。登贞元进士第。元和末，官至御史中丞。《全唐诗》编其诗十二首。

闻击壤[①]

尧年听野老[②]，击壤复何云。自谓欢由己，宁知德在君[③]。
气平闲易畅，声贺作难分。耕凿方随日，恩威比望云[④]。
篑桴均下调，和木等南薰[⑤]。无落于吾事，谁将帝已闻[⑥]。

① 此诗系歌颂太平时世之作，当在元和年间（806—820）。史载，宪宗

刚明果断，自吴元济诛，强藩悍将皆欲悔过而效顺。当此之时，唐之威令，几于复振。“击壤”，相传尧时，有老人击壤而歌曰：“日出而作，日入而息，凿井而饮，耕田而食，帝何力于我哉?”后成为歌颂太平盛世的典故。

②“尧年”，古时传说尧时天下太平，因以尧年称太平盛世。“野老”，田野老人，此指老农夫。

③“宁（nìng）”，岂，难道。

④“耕凿”，耕田凿井，指悠闲生活。“恩威”，德惠和威仪。“随日”“望云”，指仰慕君王。《史记·五帝本纪》：“帝尧者，……就之如日，望之如云。”

⑤“篑桴（kuì fú）”，篑，盛物竹器；桴，小舟。泛指农（渔）事。这句说，老年人出力干活之年龄段在下调。“和木”，指乐器。和，乐器。木，八音之一。古代称金、石、丝、竹、匏、土、革、木为八音。柷敔（zhù yǔ，乐器名）为木。“南薰”，见陈子昂《庆云章》注④。后以南薰为煦育的意思。这两句说，生民在歌颂太平盛世。

⑥“落（là）”，遗漏。“将”，送，进。这两句说，谁将生民享太平的事报告给了皇帝。

膏泽多丰年[1]

帝德方多泽，莓莓井迳同[2]。八方甘雨布，四远报年丰。
廒庾千厢在，幽流万壑通[3]。候时勤稼穑，击壤乐农功[4]。
畎亩人无惰，田庐岁不空[5]。何须忧伏腊，千载贺尧风[6]。

①这首诗称颂帝德：风调雨顺，帝德膏泽；天下大熟，尧风拂拂也。“膏泽”，比喻恩惠。

②“泽”，恩德，恩泽。“莓莓”，田禾茂盛貌。“井迳（jìng）”，谓有人烟之处。井，相传古制八家一井。后引申为乡里、人口聚居地。“迳”，同“径”。小路。

③“廒（áo）庾”，粮仓。庾，露天的谷仓。“廂”，即“箱”。“幽流”，地沟中的流水。

④“稼穑（sè）”，种谷曰稼，收获曰穑。泛指农业劳动。“击壤”，见薛存诚《闻击壤》注①。

⑤“畎（quǎn）亩”，田地，田间。

⑥“伏腊”，伏，夏天的伏日；腊，冬天的腊日。此指夏冬祭祀之日。这句是说，仓中有粮，冬夏不慌。“尧风”，即尧年，喻太平盛世。

白敏中

白敏中（792—861），字用诲，华州下邽（今陕西渭南市临渭区北）人，祖籍太原，系白居易从弟。长庆中登进士第，擢累侍御史、左司员外郎。武宗召入翰林，为学士。宣宗立，以兵部侍郎同中书门下平章事，寻出为邠宁节度使。懿宗复召拜司徒，门下侍郎，还平章事。出为凤翔节度使，以太傅致仕。《全唐诗》编其诗二首。

贺收复秦原诸州诗[①]

一诏皇城四海颁，丑戎无数束身还[②]。戍楼吹笛人休战，牧野嘶风马自闲[③]。河水九盘收数曲，天山千里锁诸关[④]。西边北塞今无事，为报东南夷与蛮[⑤]。

① 宣宗大中三年（849）六至八月，泾原节度使康季荣收复原州及石门等六关；灵武节度使朱叔明收复安乐州（即威州）；邠宁节度使张君绪收复萧关；凤翔节度使李玭收复秦州。至此，安史乱后陷吐蕃的三州七关，百馀年后重新纳入了唐之版图。兴师致讨的统帅白敏中凯旋后，与同列宰辅进诗以贺之。

②“一诏”，三州七关收复后，河陇老幼千馀人来到长安，宣宗于延喜门楼见之，这些人欢呼雀跃，解胡服，袭冠带，观者皆呼万岁。宣宗下诏，募百姓开垦三州七关土田，五年不交租税。“四海颁”，颁布于天下。“丑戎”，对吐蕃军队的贬称。“束身还”，放下兵器而还。

③ 这两句写天涯静处，而无战事。“戍楼”，边防驻军的瞭望楼。“牧野”，畜牧之野，“嘶风”，指马当风而嘶鸣。

④ 这两句写诸州重归于唐。“河水九盘”，言黄河九曲。“盘”，盘曲。“收数曲”，指河陇河湟陷吐蕃百馀年至此收复。“天山”，唐时称伊州西州以北一带山脉为天山。“伊州”，地在今新疆哈密。“西州”，地在今新疆吐鲁番。泛指西北边境。“诸关”，指萧关等七关。

⑤ 这两句是说，西边北塞已被唐军收复，东南方尚与朝廷为乱之人也应该醒悟了。“夷”，古时对异族的贬称，多用于东方民族。“蛮”，古时

对南方民族的泛称。这里的夷与蛮，指藩镇武宁军握权柄者。武宁军即徐州节度，领徐、泗、亳、宿四州。自穆宗长庆二年（822），王智兴以武力得此职后，朝廷对徐、泗之地便难掌控，后来者愈甚。大中三年五月，武宁军为乱，驱逐朝廷任命的节度使李廓。“报”，告知。

至日上公献寿酒[①]

候晓天门辟，朝天万国同[②]。瑞云升观阙，香气映华宫[③]。
日色临仙籞，龙颜对昊宫[④]。羽仪瞻百姓，献寿侍三公[⑤]。
化被君王洽[⑥]，恩沾草木丰。自欣朝玉座，宴此咏皇风[⑦]。

①“至日”，冬至日、夏至日通称至日，此处指冬至日，而且很可能是在大中三年（849）。宣宗初临御五年多，可称道者为大中三年和五年。因刚正立朝的三公之一魏扶于大中四年去世，另一三公之一的马植也于该年罢相。（据《通鉴》）“上公”，官位最高的大臣，此处指官居相位的魏扶、马植、崔铉。“献寿酒”，献酒祝福。

②“天门”，指帝王宫殿的门。“辟”，开。“朝天”，谒拜皇帝。“万国”，四方各国，这里指外国使节。

③“香气”，指早朝时御炉所燃熏香的气味。

④“籞（yù）”，禁苑。“龙颜”，谓眉骨圆起。《史记·高祖本纪》：“高祖为人隆准而龙颜。”后因称皇帝的相貌为龙颜。“昊宫”，指皇宫。

⑤“羽仪”，仪仗中以羽毛装饰的旌旗之类。“百姓”，谒拜皇帝的官员众多，姓氏亦多，故曰百姓。“三公”，此处系双关语。既指辅助国君掌

握军政大权的最高官员，包括白敏中在内的四相。又谦指除过自己之外的魏、马、崔三相，故曰“侍”。

⑥“化”“洽”，普及教化。“被”，覆盖。这句是说，君王的教化覆盖普天之下。

⑦“玉座”，皇帝的御座。“皇风”，见王昌龄《驾出长安》注②。

魏　扶

魏扶（？—850），大和四年（930）登进士第，大中三年（849）任兵部侍郎同平章事。《全唐诗》编其诗三首。

和白敏中圣德和平致兹休运，岁终功就，合咏盛明呈上[①]

萧关新复旧山川，古戍秦原景象鲜[②]。戎虏乞降归惠化，皇威渐被慑腥膻[③]。穹庐远戍烟尘灭，神武光扬竹帛传[④]。左衽尽知歌帝泽，从兹不更备三边[⑤]。

① 大中三年（849）夏秋，唐收复三州七关，该年闰十一月，宰相以克复河湟请上尊号，宣宗以宪宗常有志光复河湟为由，动议加顺宗、宪宗二庙尊谥，以昭功烈。宰相白敏中以诗贺之。敏中诗题曰：《圣德和平致之休运，岁终功就，合咏盛明呈上》。另外二相魏扶、马植以诗和之。白敏中此诗《全唐诗》未见收录。“圣德”，指宣宗皇帝之德操。“休运”，美善之运。

②“萧关”，关塞名，一名郭关，在今宁夏固原东南。“秦原”，指秦州和原州。

③“戎”，指吐蕃。“虏”，系蔑称。“被”，及。“慑”，震慑。“腥膻”，腥臊的气味。此处代指吐蕃。

④“穹庐”，毡帐。此指戍边之营帐。“戍”，戍边。“烟尘灭”，无边尘，即无有战事。“神武”句，是说唐宣宗的神武光照史册。“竹帛”，竹指竹简，帛指白绢。古代初无纸，用竹帛书写文字。后用以指书册、史乘。

⑤“左衽（rèn）”，衽，衣襟。我国古代少数民族的服装，前襟向左，不同于中原一带人民的右衽。左衽亦指受外族的统治。“帝泽”，皇帝的恩泽。

马　植

马植，字存之，擢进士第。宣宗朝曾任刑部、户部侍郎，俄迁同中书门下平章事，进中书侍郎。《唐诗纪事》载其诗一首。

和白敏中诗①

舜德尧仁化犬戎，许提河陇款皇风②。指挥貔武皆神算，恢拓乾坤是圣功③。四帅有征无汗马，七关虽戍已弢弓④。天留此事还英主，不在他年在大中⑤。

① 见魏扶《和白敏中圣德和平致兹休运，岁终功就，合咏盛明呈上》注①。

②“舜德尧仁”，以古圣君喻唐宣宗之德与仁。“犬戎”，古戎族的一种，在殷周时居于我国西部，此处指吐蕃（bō）。“化”，教化。“河陇”，指河西和湟水一带。“款”，至。“皇风”，见舞曲歌辞《凯乐歌辞》注⑧。

③ 这两句称颂白敏中收复河湟的文韬武略。“貙（chū）武”，代指军队。貙，貙虎，兽名。“恢拓”，恢复开拓。“圣功”，至高无上的功业德行。

④“四帅”句写收复河湟诸州的四节度使。见白敏中《贺收复秦原诸州诗》注①。“无汗马”，谓未经杀伐之劳、不战而屈人之兵。汗马，出汗之马。马负重太累或长时奔驰方出汗。“戍”，防守。“弢（tāo）”，掩藏。

⑤ 这两句称颂收复河湟的伟绩。“此事”，指收复河湟。“还（huán）”，归还。“英主”，指唐宣宗。“大中”，唐宣宗年号。

杜　牧

杜牧（803—约852），字牧之，京兆万年（今陕西西安）人，大和进士，曾为黄、池、睦等州刺史，后入朝任司勋员外郎、中书舍人等职，有《樊川文集》。杜牧刚正有奇节，敢论列大事，指陈时弊，企求恢复唐帝国昔日的繁荣昌盛，自称“平生五色线，愿补舜衣裳”，然其势难为，故理想必然落空。其诗文以意为主，以气为辅，诗情豪迈，语率惊人，识者以拟杜甫，故称“大杜”“小杜”以别之。与李商隐并称“小李杜”。其诗追求高绝，在晚唐浮浅轻靡的诗风之外，独树一帜，古体诗流丽之中骨气遒劲，近体诗俊爽之中味永趣长。《全唐诗》编其诗八卷。

皇风①

仁圣天子神且武，内兴文教外披攘②。以德化人汉文帝，侧身修道周宣王③。远蹊巢穴尽窒塞，礼乐刑政皆弛张④。何当提笔侍巡狩，前驱白旆吊河湟⑤。

① 此诗是歌颂唐武宗的，作于会昌四年（844）。上一年，唐武宗制止了东方节度使扩大割据的举动，诗人希望武宗乘势收复河湟。“皇风”，见舞曲歌辞《凯乐歌辞》注⑧。

② 这两句歌颂唐武宗的文治武功。“仁圣天子”，指唐武宗。会昌二年，群臣上尊号曰仁圣文武至神大孝皇帝。“披攘”，指收复失地，披，劈。攘，夺取。

③ 这两句以汉文帝、周宣王比唐武宗。汉文帝，西汉皇帝，在位期间，主张清静无为，与民休息，又厉行节俭，故曰“以德化人”。周宣王，西周君主，在位期间，曾北伐猃狁，南征荆蛮、淮夷、徐戎，旧史称为中兴之主。“侧身”，置身。

④ 这两句歌颂唐武宗之武功及德化。“远（háng）蹊”，征伐的道路。远，道路。蹊，踩踏。“巢穴”，本指鸟兽栖身之处，这里用来比喻敌人的屯居之地。“窒（zhì）塞”，阻塞不通。“弛张”，张，拉紧弓弦；

弛，放松弓弦。喻兴废、宽严、劳役等。

⑤ 这两句转写作者盼望收复河湟。“何当”，用反问语气表示应当。当，应当。“侍”，进言，进谏。“巡狩”，帝王离开国都巡行境内。“旆”，古时末端形状像燕尾的旗。泛指旌旗。“吊”，取。“河湟”，指黄河、湟水两流域地。《新唐书·吐蕃传》：“湟水出蒙谷，抵龙泉与（黄）河合。……故世举谓西戎之地曰河湟。”这里指吐蕃自安史乱后所掠河西陇右诸地。

今皇帝陛下一诏征兵，不日功集，河湟诸郡次第归降，臣获睹圣功辄献歌咏[①]

捷书皆应睿谋期，十万曾无一镞遗[②]。汉武惭夸朔方地，周宣休道太原师[③]。威加塞外寒来早，恩入河源冻合迟[④]。听取满城歌舞曲，凉州声韵喜参差[⑤]。

① 这首诗是歌颂唐宣宗收复秦原诸州的。“今皇帝”，指唐宣宗。“一诏征兵”，大中三年（849），吐蕃所占之秦、原、安乐三州及石门等七关，人民起义归唐，宣宗诏泾原、灵武、凤翔、邠宁、振武节度使，皆出兵接应。“功集”，功成。集，成功。“河湟”，见《皇风》注⑤。“河湟诸郡次第归降”，指唐节度使六月取原州及石门等六关，七月收安乐州、秦州、萧关。“次第”，转眼，顷刻。

② “捷书”，指唐数路节度使收复河湟诸州关之捷报。“应”，应验。“睿谋期”，指皇帝策划的收复河湟的方略。睿，用作对皇帝的敬辞。“十万”，指唐军之规模。“镞”，箭。这句是说唐军不战而功成。

③“朔方”，地名。汉武帝元朔二年（前127），汉击匈奴，大胜后，遂取（黄河）南地为朔方郡。“周宣”，指周宣王。“太原”，地名。亦作大原。《诗经·小雅·六月》：“薄伐猃狁（xiǎn yǔn），至于大原。”这是赞美周宣王兴师北伐猃狁获胜的诗。宋朱熹以为太原即太原府阳曲县，清顾炎武以为在今宁夏固原。“猃狁”，我国古代北方少数民族，即秦汉时西北部的匈奴族。太原即大原，地在今宁夏和甘肃平凉一带。“太原师”，指北伐猃狁的周朝军队。这两句称颂唐宣宗功绩高于汉武帝和周宣王。

④这两句是说皇威皇恩又达河源。河源，指河源军。置于湟水东，治所在今西宁。此泛指河湟地区。威有肃杀之气，故曰“寒来早”；恩有和暖之气，故曰“冻合迟”。

⑤“凉州”，即“凉州破”，乐曲名。晋末由西凉传入中原，其歌曲以凉州为名。唐天宝时西凉府都督郭知运进献于朝廷。破者，谓曲终入破，骤变为繁弦急响破碎之音。“参差”，不齐貌，此处指歌曲和谐独特的美学效果。这两句是说收复河湟，长安满城歌舞，以庆祝也。

奉和白相公圣德和平致兹休运，岁终功就，合咏盛明，呈上三相公[①]

行看腊破好年光，万寿南山对未央[②]。黠戛可汗修职贡[③]，文思天子复河湟[④]。应须日驭西巡狩，不假星弧北射狼[⑤]。吉甫裁诗歌盛业，一篇江汉美宣王[⑥]。

①见魏扶《奉和白敏中圣德和平致兹休运，岁终功就，合咏盛明呈上》

注①。“白相公”，指白敏中。相公，指丞相。汉魏以来拜相者必封公，白敏中官兵部侍郎同中书门下平章事，位居宰相，因有是称。“三相公”，指白敏中、魏扶和马植。

②“行”，将要。“腊破”，腊尽，年终。腊，岁末。“万寿南山”，即南山之寿。“未央”，汉宫名，代指唐宫。

③“黠戛（xiá jiá）”，黠戛斯的省称，古代少数民族名（今称柯尔克孜族）。开成五年（840），黠戛斯人攻占了回鹘的都城，迫使回鹘人西迁。其中一支迁到河西走廊一带，称甘州（今甘肃张掖）回鹘。“可汗”，我国古代回鹘、蒙古等族的最高统治者称可汗。“修职贡”，进献方物于朝廷，贡者以下献上之称。即向唐朝承顺之意。

④“文思天子”，指唐宣宗。《旧唐书·宣宗纪》：“大中二年春正月壬戌，宰臣率文武百僚上徽号曰圣敬文思和武光孝皇帝，御宣政殿受册讫，宣德音。”“河湟”，此处当指河湟部分地区，即秦原、安乐三州及石门等七关。

⑤“应须”句，是说天子应当亲临河湟。“日”，太阳，代指皇帝。“巡狩”，帝王离开国都巡行境内。“不假”句，是说不用借天弓也能驱走吐蕃。“假”，借。“星弧”，意即天弓。也称弧矢。《晋书·天文志》：“弧九星，在狼东南，天弓也。”“狼”，指天狼星。喻以贪残。

⑥“吉甫”，尹吉甫，西周宣王时著名贤相。相传他是我国第一部诗集《诗经》的采风者和编纂者，又是《大雅》中《江汉》《崧高》《烝民》的作者，其中对周宣王多有赞美。后以代宰辅颂君之作。“裁诗”，作诗。“江汉”，《诗经·大雅》篇名。诗中叙述周宣王命召虎带兵讨伐淮夷之役，并对周宣王祝祷颂扬。此处以周宣王代指唐宣宗，以吉甫代指白敏中。

感怀诗一首[1]

高文会隋季，提剑徇天意[2]。扶持万代人，步骤三皇地[3]。
圣云继之神，神仍用文治[4]。德泽酌生灵，沉酣薰骨髓[5]。
旄头骑箕尾，风尘蓟门起。胡兵杀汉兵，尸满咸阳市[6]。
宣皇走豪杰，谈笑开中否[7]。蟠联两河间，烬萌终不弭[8]。
号为精兵处，齐蔡燕赵魏。合环千里疆，争为一家事[9]。
逆子嫁虏孙，西邻聘东里。急热同手足，唱和如宫徵[10]。
法制自作为，礼文争僭拟[11]。压阶螭斗角，画屋龙交尾[12]。
署纸日替名，分财赏称赐[13]。刳隍歔万寻，缭垣叠千雉[14]。
誓将付孱孙，血绝然方已[15]。九庙仗神灵，四海为输委。
如何七十年，汗赩含羞耻[16]。韩彭不再生，英卫皆为鬼[17]。
凶门爪牙辈，穰穰如儿戏[18]。累圣但日吁，阃外将谁寄[19]。
屯田数十万，堤防常慑惴[20]。急征赴军须，厚赋资凶器[21]。
因隳画一法，且逐随时利。流品极蒙尨，网罗渐离弛[22]。
夷狄日开张，黎元愈憔悴[23]。邈矣远太平，萧然尽烦费[24]。
至于贞元末，风流恣绮靡[25]。艰极泰循来，元和圣天子[26]。
元和圣天子，英明汤武上。茅茨覆宫殿，封章绽帷帐[27]。
伍旅拔雄儿，梦卜庸真相[28]。勃云走轰霆，河南一平荡[29]。
继于长庆初，燕赵终舁襁。携妻负子来，北阙争顿颡[30]。
故老抚儿孙，尔生今有望[31]。茹鲠喉尚隘，负重力未壮[32]。
坐幄无奇兵，吞舟漏疏网[33]。骨添蓟垣沙，血涨滹沱浪[34]。
只云徒有征，安能问无状。一日五诸侯，奔亡如鸟往[35]。

取之难梯天，失之易反掌。苍然太行路，翦翦还榛莽[36]。
关西贱男子，誓肉虏杯羹[37]。请数系虏事，谁其为我听[38]。
荡荡乾坤大，曈曈日月明[39]。叱起文武业，可以豁洪溟[40]。
安得封域内，长有扈苗征[41]。七十里百里，彼亦何尝争[42]。
往往念所至，得醉愁苏醒[43]。韬舌辱壮心，叫阍无助声[44]。
聊书感怀韵，焚之遗贾生[45]。

① 题下原注："时沧州用兵。"敬宗宝历二年（826），藩镇之一的横海节度使（治沧州）李全略死，其子李同捷反。官军遂于次年、即文宗大和元年（827）讨之，三年始得平。作者因沧州战事对中唐以来的藩镇割据极为愤恨，故作此诗。诗写于讨李同捷战争期间。该诗夹叙夹议，绎为长篇，上继杜子美《北征》，下接李商隐《行次西郊作一百韵》，同为忧愤国事之力作。

② 这两句写李渊李世民父子以武力灭隋而立唐。"高"，指唐高祖李渊。"文"，指唐太宗李世民。太宗谥号"文皇帝"。"提剑"句，以汉高祖之事业比李渊李世民。《史记·高祖本纪》载刘邦语云："吾以布衣提三尺剑取天下，此非天命乎?""徇"，依从。

③ "扶持"，扶助，护持。"三皇"，传说中远古部落的酋长，指伏羲、神农、黄帝。这两句说，李渊父子平天下而救百姓，功比三皇。

④ 这两句说太宗继承高祖，施以文治。"圣"，指唐高祖。"神"，指唐太宗。《旧唐书·音乐志》载唐太宗语："朕虽以武功定天下，终当以文德绥海内。"

⑤ 这两句写太宗德泽之厚。"生灵"，生民，即人民。"沉酣"，沉醉，此处指德泽使人陶醉。

以上是第一段，计四韵，写初唐盛世。

⑥这四句写安史之乱发生，长安罹沦陷之祸。“旄头”，“箕”、“旄”，皆星名，古人认为星象与人间之事相应。《晋书·天文志》记载，据说旄头星变大而闪动时主发大战争。箕、尾二星下应燕地。“旄头骑箕尾”，言从星象来看，战乱将从燕地发生。“蓟（Jì）门”，蓟门关，在今北京北。代指安史之乱的肇始地。“咸阳”，代指长安。

⑦“宣皇”，指唐肃宗。其谥号为“文明武德大圣大宣孝皇帝”，故云。“走豪杰”，使天下豪杰勤王安天下。“否（pǐ）”，《易经》卦名。象征否闭：“否闭之世人道不通。”开中否，指平定安史祸乱。

以上三韵为一节，写安史祸乱。

⑧这两句说，安史馀孽继续祸害黄河南北。“蟠（pán）”，盘伏。“两河”，指河南道和河北道。系行政区划。“烬萌”句，是说未除尽的安史部下，降唐复叛。“烬萌”，指死灰复燃。烬，物体燃烧后剩下的东西。“弭（mǐ）”，平息，消灭。

⑨这四句写五大藩镇相互勾结，串通一气，对抗朝廷。“齐”，指淄青节度，治青州；“蔡”，指彰义节度，治蔡州；“燕”，指卢龙节度，治幽州；“赵”，指成德节度，治镇州；“魏”，指魏博节度，治魏州。

⑩这四句写五大藩镇互通婚姻，亲如手足。“逆”，“虏”，皆指五镇。“急热”，犹言打得火热。“宫徵（zhǐ）”，古乐五声音阶（宫、商、角、徵、羽）的两个阶名。

⑪这两句写藩镇占地为王，罔顾君臣大义。“僭拟”，超越本分，自比于居上位者。此指五镇超越身份，竟敢用皇帝之制度。下六句举实例。

⑫“螭（chī）”，古代传说中动物，蛟龙之属。宫殿陛阶上刻凿螭首以为雕饰，藩镇屋室画龙，言其蓄异志也，视所居屋室为宫殿。

⑬“署纸”句，是说在文书上不再署名，而是用皇帝诏书之例。“替”，

废弃。“分财”句，是说予人财物称“赐”，亦是仿皇帝口吻。

⑭“刳（kū）隍”，掘城壕。“欿（hán）”，贪，欲。“寻”，古代长度计量单位，长八尺。“缭垣”，围墙。此处指城垣。“雉”，计算城墙面积的单位。方丈曰堵，三堵曰雉。一雉之墙长三丈，高一丈。古礼：“天子千雉。”

⑮这两句是说，五大藩镇都想将权力传给子孙，直到嗣续断绝为止。“孱”，瘦弱，软弱。“血”，指血脉。

以上十韵为一节，言诸藩镇的狼子野心：建小朝廷，以自雄也；位传子孙，以世袭也。

⑯这四句慨叹唐室七十年蒙受之羞耻。“九庙”，皇帝祀祖的宗庙。“输委”，指运送。以物置于舟车上叫委，转运到他处交卸叫输。此处言普天之下将财物输送到中央。“七十年”，指从安史乱起的天宝十四载（755）到李同捷谋反的宝历二年（827），举其成数。“艴（xì），赤色。

⑰这两句说，七十年间未有杰出之将帅。“韩彭”，指汉初名将韩信和彭越。“英卫”，指唐太宗时的名将英国公李勣、卫国公李靖。

⑱这两句写武臣们视战争如儿戏。“凶门”，古代将军出征时，凿一扇向北的门，由此出发，以示必死的决心，称凶门。“凶门爪牙”，引申指武臣。《诗经·小雅·祈父》：“祈父予王之爪牙。”“穰（ráng）穰”，众多。

⑲这两句说，七十年来的历代皇帝感叹兵事无人可倚。“累圣”，此指唐玄宗至敬宗的历代皇帝。“吁”，忧愁。“阃（kǔn）外”，指统兵在外。阃，门槛，此处指国门。“寄”，此指阃寄，委武将以军权曰阃寄，谓寄以阃外之事。

⑳这两句说，军队屯田本为防止边患，但这些人并不可靠。“屯田”，此

指军人屯田。即天涯静处时垦种土地征取收成以为军饷，称屯田。“堤防”，土石筑成的防水工事，“防”作动词用，便是防范。“慑惴(shè zhuì)”，恐惧，忧虑。

㉑ 这两句说，为军事需要而紧急征敛，加重赋税。“凶器”，古称兵器为凶器。

㉒ 这四句说，因为国家制度被毁坏，追逐眼前利益，致使官员流品庞杂，法条废弛。“隳（huī）”，毁坏。“画一法”，汉初丞相萧何所定法律制度极为齐整，百姓赞其“颟（gǎng）若画一”。（见《史记·曹相国世家》）“随时利”，即上文“急敛”“厚赋”之类。“蒙尨(máng)”，芜杂。尨，杂色。“网罗”，喻法律。

㉓ 这两句说叛乱的异族日益嚣张，百姓更加困苦。“夷狄”，古代对异族的贬称。“开张”，此处指肆无忌惮。“黎元”，百姓。“憔悴”，瘦弱萎靡貌。也泛指折磨困苦。

㉔ 这两句说距太平时日尚远，百姓被横征暴敛度日艰难。“邈”，久远，渺茫。“萧然”，骚动貌。“烦费”，耗费。

㉕ 这两句说上述风气一直继续到贞元末年。“贞元”，唐德宗年号(785—805)。“风流”，此处指上述风气。“绮靡”，华丽，浮艳。此处指花样繁多。

㉖ 这两句写直到宪宗时，局势才由艰难转为安泰。古人相信否极泰来，祸福循环。圣天子，指唐宪宗，他是中唐较有作为的皇帝。“元和”，宪宗年号（806—820）。

以上十一韵为一节，写唐军将帅无能，军队失倚，制度败坏，百姓困窘。

㉗ 这四句借古代明君颂扬唐宪宗是圣明天子，厉行节俭。“汤武”，商汤和周武王。二人分别是商、周建立者，皆为明君。“茅茨”，茅草屋顶，也指茅屋。相传尧时宫殿是“茅茨土阶”。“封章”，即机密奏章。

凡奏章皆开封，言机密事则用皂囊重封上进，名封章，也叫封事。这里指装奏章的封囊。《汉书·东方朔传》记载，汉文帝节俭，“集上书囊以为殿帷”（搜集群臣上章的袋子来缝制殿帷）。

㉘ 这两句说唐宪宗尚贤而任能。“伍旅”句，言宪宗能从下级军官中提拔大将（如元和元年，提拔长武城使高崇文为检校工部尚书、左神策行营节度使，讨平割据西川又为乱东川的刘辟）。伍旅，犹言行伍，指军队。“雄儿”，健儿，指猛将。“梦卜”句，言宪宗能任用贤相。“梦卜”，传说殷高宗因梦得傅说，周文王占卜得吕尚。后因以梦占喻帝王求得贤相。唐宪宗亦任用贤相裴度。“庸”，乃。

㉙ 这两句写宪宗时荡平吴元济等地方割据势力及汴、宋、亳、颍诸州归顺朝廷之事。“勃云”，忽然兴起之云。“霆”，疾雷。“一平荡”，全部平定扫荡了。此指元和十二年（817）荡平据淮西作乱之吴元济，十四年荡平淄青李师道。同年七月，宣武节度使韩弘以汴、宋、亳、颍四州归顺朝廷。因其地均在黄河以南，故云。

㉚ 这四句写穆宗初年尚能借宪宗之馀威，使“燕赵”归顺。“长庆”，唐穆宗年号（821—824）。“燕赵”，指卢龙节度使刘总，成德观察支使王承元。“舁（yú）襁”，背着襁褓中的婴儿，欲归顺朝廷。比如元和十五年（820）十月，王承元就“以镇、赵、深、冀四州归于有司”（见《新唐书·穆宗本纪》）。“北阙顿颡”，在皇宫前叩头。“颡”，额。代指头。

㉛ 这两句以故老之口，道出人民对天下太平的希望。

以上七韵为一节，歌颂宪宗刚明果断，志平僭叛，用人得当，使唐之威令，几于复振。

㉜ 这两句说穆宗、敬宗时，朝廷暗弱（史言“穆、敬昏童失德”），难负重任，如喉咙狭细，难吞鱼骨。“茹”，吃。“鲠”，鱼骨。

㉝ 这两句写未有良谋，致强藩叛乱复起。“坐幄”，指运筹策划于帷幄之中。“无奇兵”，无有良策。晋张协《杂诗十首》：“何必操干戈，堂上有奇兵。”“吞舟”，指大鱼。《史记·酷吏列传》：“网漏于吞舟之鱼。”

㉞ 这两句以“蓟丘”“滹沱”代指燕赵复叛，刀兵又起。穆宗长庆元年（821）七月，幽州卢龙军都知兵马使朱克融囚其节度使张弘靖以反，成德军大将王廷凑杀其节度使田弘正亦反。“蓟垣”，即蓟丘，为卢龙军所在地。“滹沱”，水名，流经成德军治所镇州。

㉟ 这四句说朝廷徒有征讨之名，未行问罪之实。“无状”，指罪不可言状。“五诸侯”，长庆元年（821）七月，诏魏博、横海、昭义、河东、义武五节度使兵讨王廷凑。五诸侯即指此。“奔亡”句，言五诸侯征剿如鸟之奔亡。五诸侯发兵十五万，却因宦官监军，节将太多，指挥难以统一，故屯守逾年，终未取胜。

㊱ 这四句说，对叛镇收难失易，致使太行道路阻滞不通。长庆二年（822）正月，魏博又乱；五月，卢龙节度使朱克融被杀，其子延嗣又自称节度使；八月，成德王廷凑遇赦后复叛。三镇皆在太行山以东。“翦翦”，形容狭小。“榛莽”，杂乱丛生的草木。大道而草木丛生，自见荒凉少人行也。以上七韵为一节，写穆宗时的藩镇叛乱。

以上五节为第二段，言安史乱后七十年间朝弱藩强、兵祸不断之状况。

㊲ 这两句写杜牧发誓消灭叛镇。“关西”句，作者自指。“誓肉”句，起誓烹叛镇之肉，分一杯羹来喝，极言对叛镇之愤恨。

㊳ 这两句言其欲申平叛之主张，却无人愿听。“数”，一一列举。“系虏”，指缚住叛镇。

㊴《后汉书·朗觊传》：“诚欲陛下修乾坤之德，开日月之明。”这两句即用此语意，希望皇帝抖擞天威，整饬河山。“荡荡”，大。“曈

曈”，明。

㊵ 这两句说干起周文王、周武王统一天下的事业，可以使当下昏暗的政局豁然开朗。“叱”，呼呵。“洪”，广大。“溟”，昏暗貌。

㊶“封域”，疆域。“扈苗征”，指对叛逆的征讨。《史记·夏本纪》载，帝尧曾征三苗，夏后帝启曾征有扈氏。

㊷ 这两句说藩镇割据虽缩小了唐中央控制的区域，但仍能据此而达到天下大治。“七十”句，传说商汤以七十里，周文王以百里起家，进而统一天下。“彼”，指商汤与周文王。“何尝争”，并未争地盘之大小。

㊸ 这两句作者自谓一想到藩镇割据国家政令难得一统就借酒浇愁，但愿长醉不愿醒。

㊹ 这两句言作者内心之苦痛：闭口不言则有辱壮志，向帝陈说又无人相助。“韬舌”，藏舌，即闭口不言。“叫阍（hūn）”，有冤到朝廷申诉称“叫阍”，也称“叩阍”。阍，宫门。

㊺ 这两句慨叹该诗作，知音者或许只有古代的贾谊。“贾生”，指西汉政论家贾谊。他主张政治改革，关心国事，屡次向文帝上书言天下大事，却怀才不遇，三十三岁即抑郁而终。“遗（wèi）”，赠予。

以上为第三段，为国竭诚进言，饱含忧愤，以之作结，言有尽而意无穷。

咏歌圣德远怀天宝因题关亭长句四韵[①]

圣敬文思业太平，海寰天下唱歌行[②]。秋来气势洪河壮，霜后精神泰华狞[③]。广德者强朝万国，用贤无敌是长城[④]。君王若悟治安论，安史何人敢弄兵[⑤]？

①此诗是歌颂唐宣宗的，时间当为大中五年之后。因继大中三年（849）收复秦原诸州后，大中五年（851）又收复河湟，举国欢庆，正是“圣德”，故咏歌之。“天宝”，唐玄宗年号之一，时在公元742—755年。在天宝十四载（755）冬，爆发了安史之乱。“关”，指潼关。“长句”，唐人以七言律诗和古诗为长句。

②“圣敬文思”，见该作者《奉和白相公圣德和平致兹休运，岁终功就，合咏盛明呈上三相公》注④。“业太平”，继承或创始太平盛世。“海寰”，世界。这两句是说，天下人都歌颂圣德浩荡。

③“洪河”，大河，此指黄河。冯注：“潘岳诗：‘登城望洪河。’”“泰华”，即太华，指华山。泰，通“太”。“狞”，凶猛。此处以状险峻。这句是说肃霜之后，更能显出华山直刺青天的气势。“狞”，一作“宁”。这两句写深秋时的潼关景象。

④“朝万国”，即万国前来朝见。朝：使……朝见，使动用法。“长城”，喻重要，坚固。“者”，一作“有”。这两句说，广德用贤则可强国。当时，宣宗重用了白敏中等贤臣，又重用了一些节度使，使国运一新。

⑤“君王”，指唐玄宗。“治安论”，指汉代贾谊的政论文《治安策》。“安史”，安禄山和史思明，二人在天宝十四载（755）冬反叛唐朝，酿成了八年祸乱，史称“安史之乱”。经此一乱，唐由盛而转衰。“弄兵”，挑起战争。这两句慨叹玄宗后期背离治国之道，终于酿成了“安史之乱”。

崔 铉

崔铉，字台硕，博陵（故地在今河北蠡县）人，擢进士第。累迁翰林学士、中书舍人。会昌二年，拜中书侍郎同中书门下平章事，后罢为陕虢观察使。宣宗初以史大夫召，进尚书左仆射，兼门下侍郎，懿宗初封魏国公。《全唐诗》编其诗二首。

进宣宗收复河湟诗①

边陲万里注恩波，宇宙群芳洽凯歌②。右地名王争解辫，远方戎垒尽投戈③。烟尘永息三秋戍，瑞气遥清九折河④。共遇圣明千载运，更观俗阜与时和⑤。

①“河湟”，见杜牧《皇风》注⑤。

②“边陲”，边疆。“恩波”，指帝王的恩泽。“群芳”，指唐收复失地的节度使及张义朝在河湟领导的人民起义。这两句言皇恩已达河湟地区。

③“右地名王”，指吐蕃主将。右地，因吐蕃在西，西为右，故曰右地。“解辫”，解散辫子，指投降。“戎垒”，西戎的营垒。“投戈”，弃戈，放下武器。这两句言敌已弃戈。

④“戍”，边防驻军的营垒。“九折河”，指黄河。这两句言边尘已息。

⑤“千载运”，千载难逢的机运。“俗阜”，习俗隆盛。阜，盛，大。“和”，和谐，和洽。

李商隐

李商隐（813—858），字义山，号玉谿生，怀州河内（今河南沁阳）人。开成登进士第，曾任县尉、秘书郎和东川节度使判官等职，因受牛李党争影响，被人排挤，终身潦倒。他反对藩镇割据，反对宦官擅权。常以诗歌揭露批判时政，所作“咏史”诗多托古以讽，无题诗也有寄寓，至其实际含义，诸家解释不一。因其政治抱负难以实现，故诗中常带感伤之情调。李商隐的诗，擅长律、绝，富于文采。律诗于秾丽之中时露沉郁，流美之中不失厚重；绝句往往是精工之中巧于用笔，缜密之中唱叹有情，具有独特风格，结集为《玉谿生诗》。《全唐诗》编其诗三卷。

复京①

虏骑胡兵一战摧②，万灵回首贺轩台③。天教李令心如日④，可要昭陵石马来⑤。

①“复京”，指收复京城长安。题下原注：“德宗建中四年（783），朱泚叛，上如奉天（县名，地在今陕西乾县）。兴元元年（784），李晟收复京城。”

②“虏骑”句，言朱泚叛兵被官军摧败。建中四年，官军被淮西军围困于襄城，唐王朝调泾原兵前往援助，泾原兵在长安叛变，德宗出奔奉天，叛军拥朱泚为“大秦皇帝”，改元“应天”。明年（即兴元元年），改国号曰汉，称天皇元年。是年四五月间，朱泚被李晟等摧败，

京城收复。朱泚奔泾州（州治在今甘肃泾川），后至宁州彭原（今甘肃宁县），为部将杀死。“虏骑胡兵”，指叛军。叛军中多胡人，故有是称。

③“万灵”，万民百姓。灵，生灵。“回首”，朱泚长安叛乱，德宗出奔，百姓举首引颈盼望，待其返宫，自然是回首而望。“轩台”，传说中黄帝的轩辕台，此处指宫禁。

④“天教”句，是对李晟的赞美。“李令”，指李晟。李晟收京后，被封为司徒中书令，故云。“心如日”，誉其心大公至正如太阳也。《通鉴》卷一三一载，李晟遣使请德宗还宫，“上泣下曰：‘天生李晟，以为社稷，非为朕也。’”

⑤“可要”，宁要，岂要。“昭陵石马”，据说安史乱时，官军战败，贼将崔乾祐率白旗军左右驰突，忽有黄旗军数百队与之反复交战，过了一会儿，不见了黄旗军，后来看守昭陵的官员报告，那一天昭陵的石人石马都流汗。这句是说，李晟战败叛军不需石马助战。

行次昭应县道上送户部李郎中充昭义攻讨①

将军大旆扫狂童，诏选名贤赞武功②。暂逐虎牙临故绛，远含鸡舌过新丰③。鱼游沸鼎知无日，鸟覆危巢岂待风④。早勒勋庸燕石上，伫光纶綍汉廷中⑤。

① 题下原注：“会昌三年（843），昭义节度使刘从谏卒，（从）子（刘）稹拒命，自为留后，诏成德、魏博、河东、河阳兵讨之。”这首诗是送李郎中充昭义攻讨的。“昭义攻讨”，指讨伐昭义镇刘稹的军事行营

攻讨使、攻讨副使一类的职衔。从诗义看，李郎中是领攻讨衔去辅助军幕的。“昭应”，县名。地在今陕西省西安市临潼区。昭义镇，藩镇名，是下辖泽、潞、邢、洺、磁等州的军府。

②“将军”，指军事行营的主将。当时朝廷征调八镇兵马，四面围攻刘稹。其西南初设晋绛行营，以李彦佐为主将，屯翼城（即下文的“故绛”）。“狂童”，指刘稹。“名贤”，指李郎中。“赞”，辅佐，帮助。

③“逐”，追赶，此处指追随。“虎牙”，汉将军名号，这里借指行营主将李彦佐。“故绛”，春秋时晋国旧都，后迁都新绛后改称故绛，唐在此置翼城县。“鸡舌”，鸡舌香，即丁香。汉代尚书郎奏事时口含鸡舌香。“新丰”，县名。天宝二年（743），分新丰、万年置会昌县，七载改昭应县。这两句说，李郎中跟随主将经昭应而赴晋绛行营。

④“鱼游沸鼎”，鱼在开水锅中游动。“鸟覆危巢”，鸟巢筑于树之弱枝，不等风吹就会倾覆。这两句以此作喻写刘稹败亡即在眼前。

⑤“勒”，刻石。“勋庸”，功勋。“燕石”，东晋窦宪击匈奴，破北单于，于燕然山刻石记功。“伫光”，积储光荣。“纶绂（fú）”，皇帝的诏书。“汉廷”，代指唐廷。这两句祝李郎中早日功成归来，以期得到皇帝的奖赏。

附记：成德、魏博、河东、河阳诸镇进讨刘稹，会昌四年（744）七月，刘稹之大将郭谊斩刘稹，传首京师。大患除。

行次西郊作一百韵①

蛇年建丑月，我自梁还秦。南下大散关，北济渭之滨②。
草木半舒坼，不类冰雪晨。又若夏苦热，燋卷无芳津③。

高田长槲枥，下田长荆榛。农具弃道旁，饥牛死空墩[4]。
依依过村落[5]，十室无一存。存者皆面啼，无衣可迎宾。
始若畏人问，及门还具陈[6]。右辅田畴薄，斯民常苦贫。
伊昔称乐土，所赖牧伯仁[7]。官清若冰玉，吏善如六亲。
生儿不远征，生女事四邻[8]。浊酒盈瓦缶，烂谷堆荆囷[9]。
健儿庇旁妇，衰翁舐童孙[10]。况自贞观后，命官多儒臣。
例以贤牧伯，徵入司陶钧[11]。降及开元中，奸邪挠经纶。
晋公忌此事，多录边将勋。因令猛毅辈，杂牧升平民[12]。
中原遂多故，除授非至尊[13]。或出幸臣辈，或由帝戚恩。
中原困屠解，奴隶厌肥豚[14]。皇子弃不乳[15]，椒房抱羌浑[16]。
重赐竭中国，强兵临北边。控弦二十万，长臂皆如猿[17]。
皇都三千里，来往同雕鸢[18]。五里一换马，十里一开筵[19]。
指顾动白日，暖热回苍旻。公卿辱嘲叱，唾弃如粪丸[20]。
大朝会万方，天子正临轩。采旂转初旭，玉座当祥烟[21]。
金障既特设，珠帘亦高褰。捋须蹇不顾，坐在御榻前[22]。
忤者死艰屦，附之升顶颠[23]。华侈矜递炫，豪俊相并吞[24]。
因失生惠养，渐见征求频[25]。奚寇西北来，挥霍如天翻[26]。
是时正忘战，重兵多在边[27]。列城绕长河，平明插旗幡。
但闻虏骑入，不见汉兵屯[28]。大妇抱儿哭，小妇攀车辐[29]。
生小太平年，不识夜闭门。少壮尽点行[30]，疲老守空村。
生分作死誓[31]，挥泪连秋云。廷臣例獐怯，诸将如羸奔[32]。
为贼扫上阳，捉人送潼关[33]。玉辇望南斗[34]，未知何日旋。
诚知开辟久，遘此云雷屯[35]。送者问鼎大，存者要高官[36]。

抢攘互间谍，孰辨枭与鸾[37]。千马无返辔，万车无还辕。
城空鼠雀死，人去豺狼喧[38]。南资竭吴越，西费失河源。
因令左藏库，摧毁惟空垣[39]。如人当一身，有左无右边。
筋体半痿痹，肘腋生臊膻[40]。列圣蒙此耻，含怀不能宣。
谋臣拱手立，相戒无敢先[41]。万国困杼轴，内库无金钱[42]。
健儿立霜雪，腹歉衣裳单。馈饷多过时，高估铜与铅[43]。
山东望河北，爨烟犹相联。朝廷不暇给，辛苦无半年[44]。
行人榷行资，居者税屋椽[45]。中间遂作梗，狼藉用戈鋋[46]。
临门送节制，以锡通天班[47]。破者以族灭，存者尚迁延[48]。
礼数异君父，羁縻如羌零[49]。直求输赤诚，所望大体全[50]。
巍巍政事堂，宰相厌八珍[51]。敢问下执事，今谁掌其权[52]。
疮疽几十载，不敢抉其根[53]。国蹙赋更重，人稀役弥繁[54]。
近年牛医儿，城社更扳援[55]。盲目把大旆，处此京西藩[56]。
乐祸忘怨敌，树党多狂狷[57]。生为人所惮，死非人所怜[58]。
快刀断其头，列若猪牛悬[59]。凤翔三百里，兵马如黄巾。
夜半军牒来，屯兵万五千[60]。乡里骇供亿，老少相扳牵。
儿孙生未孩，弃之无惨颜[61]。不复议所适，但欲死山间[62]。
尔来又三岁，甘泽不及春[63]。盗贼亭午起，问谁多穷民[64]。
节使杀亭吏，捕之恐无因[65]。咫尺不相见，旱久多黄尘。
官健腰佩弓，自言为官巡[66]。常恐值荒迥，此辈还射人[67]。
愧客问本末，愿客无因循[68]。郿坞抵陈仓，此地忌黄昏[69]。
我听此言罢，冤愤如相焚。昔闻举一会，群盗为之奔。
又闻理与乱，在人不在天[70]。我愿为此事，君前剖心肝。

叩头出鲜血，滂沱污紫宸[71]。九重黯已隔，涕泗空沾唇[72]。使典作尚书，厮养为将军[73]。慎勿道此言，此言未忍闻[74]。

①文宗开成二年（837）季冬，李商隐从兴元府（今陕西汉中市）翻越秦岭，返回长安。途经凤翔府时，所见所闻，有足悲者，激起他对国事和时弊的强烈忧愤，故作此诗。以宰臣贤不肖作为主旨，对祸国殃民之徒，虐人害物之辈，敢于挞伐，实乃以诗为史，以史为诗，是现实主义的力作。清代贺裳谓其“作古诗乃学少陵”，信然。《行次西郊》则为一徵。“西郊”，凤翔府在长安之西，故云。“郊”，距都城百里之谓郊。此处系概指。

②“蛇年”，此指丁巳年（837），在十二地支中，巳属蛇。“建丑”，十二月。详见鲍防《元日早朝行》注②。“梁”，梁州。唐德宗兴元元年（784）升为兴元府，府治在今陕西汉中汉台区。“秦”，特指秦中之长安。“大散关”，即散关。因在今陕西宝鸡市西南之大散岭上，故亦名大散关。“渭之滨”，下散关即是渭水，地属凤翔府。“关”，一作“岭”。这四句写还秦的时间和路线。

③“舒坼（chè）”，舒张而脆裂。“无芳津”，言草木枯无水分。这四句写草木之状：不像严冬受冻而枯萎，倒像是夏季酷日暴晒而卷缩。“燋（jiao）”：木柴。

④“檞枥（jiě lì）”“荆榛”，皆为野生的灌木或小乔木，这两句言田地荒芜。“墩”，土墩。耕牛死而农具弃，这两句言田地难耕。

⑤“依依”，恋恋不舍。此处指不忍心马上离开。

⑥“及门”，到门。“陈”，陈述。这两句写孑遗的村民见到陌生人，开始似乎怕问现实之惨状，待其进门后，还是道出了缘由。

以上九韵，写在长安西郊所见农村荒凉绝困之惨象。

⑦“右辅”，即长安西面之凤翔府。汉时右扶风别称右辅，为畿内三辅之一。凤翔汉时属右扶风。“伊”，发语词，无义。“牧伯”，汉代以后对州郡长官的尊称。下文“官清”“吏善”之官吏则属一般官吏。

⑧“事”，侍奉。女子嫁夫称“事夫”。“事四邻”，言其嫁于近处。

⑨瓦缶（fǒu），小口大腹的瓦器。“烂谷”，成熟的谷物。“荆囷（qūn）”，用荆条编成的圆形粮囤。

⑩“旁妇”，妾，小妻。健儿可养妾，足见其生活富裕。“舐（shì）”，舔，以“老牛舐犊”喻老翁爱孙。

以上六韵言其昔日生活尚可。

⑪“贞观”，唐太宗年号（627—649）。“徵入”，调进京城。“司陶钧”，指做宰相。陶钧，制陶器的转轮。陶人转动陶钧使陶器成圆形，以此而喻治国得法。比喻对事物的控制和调节。

⑫“开元”，唐玄宗年号（713—741）之一。“挠”，阻挠。“经纶”，整理丝缕，理出丝绪为经，编丝成绳为纬。引申为筹划治理国家大事。此处“经纶”指吏制之安排。“晋公”，指奸相李林甫，曾封晋国公。此人自开元二十二年（764）五月起，窃取相位竟达十六年之久。“忌”，憎畏。“此事”，指上文“命官多儒臣”及“贤牧伯”“司陶钧”。“猛毅辈”，指边将。“牧”，治理。“升平民”，即内地太平环境中的人民。升，升平，即太平。杂边将作牧伯，以其少有宰相才也；无宰相之才而内调，李林甫相位无虑也。奸相之奸狡，可见一斑。

⑬“中原”，指黄河流域地区。“多故”，多变乱。“除授”，任命州郡官员。“至尊”，皇帝。

⑭“幸臣”，君主宠信之臣。“帝戚”，皇帝的亲戚。“困屠解”，（如同猪羊）被屠戮，宰割。“奴隶”，指地方官的随从者（即爪牙）。隶，附属。“厌”，饱，满足，通“餍”（yàn）。“肥豚”，牲畜兽类膘肥

肉厚。

以上八韵，言从玄宗开元中期以后，只因权奸居相位，牧伯难得人，致使中原人民遭受苦难。

⑮“不乳”，不养育。开元间因武惠妃宠幸倾后宫，生寿王（李瑁），欲以寿王易太子李瑛位，惠妃女咸宜公主婿杨洄揣妃旨，伺太子短，哗为丑语，惠妃泣诉与帝，帝大怒。开元二十五年（737），杨洄复诬奏太子瑛、鄂王瑶、光王琚潜构谋反，玄宗遂废此三人为庶人，并赐死。此言玄宗昏也。

⑯“椒房”，汉代皇后所居的宫殿，以椒和泥涂壁，取温、香、多子之义，后因以椒房为后妃的代称，此处指杨贵妃。“抱羌浑”，指杨妃“洗儿”事。据《安禄山事迹》，天宝六载（747），杨妃宠冠后宫，“禄山遂请为儿”。当时，安禄山已四十五岁，杨妃年仅二十九，此事竟得到玄宗的认可。天宝十载（751），禄山生日后三日，应玄宗诏入宫。杨妃用绣绷子（锦绣做的大襁褓）把安禄山裹起来，命宫女用彩轿抬着走，说是给他做“洗三”（古时有婴儿出生后三天洗身的习俗，称为“洗三”），自此宫中皆呼禄山为“禄儿”，让他出入宫禁。“羌浑”，指安禄山。因其系营州杂胡，故称。——此言玄宗昏聩也。有君昏聩至此，安能不败？

⑰这四句是说，玄宗对禄山赏赐无算，竭尽中原财富，结果是养虎而为北方之大患。“控弦”，拉弓的人，此处指安禄山所控制的军队。“长臂”，指善射者。《史记·李将军列传》中称，汉代李广长臂如猿，善射。

⑱“三千里”，指安禄山所镇守之范阳（治所在今北京市西南）与长安的距离。“同雕鸢（yuān）”，如同鹫和鹰（一般快速）。

⑲“换马”，《新唐书·安禄山传》谓：“（禄山体肥）每乘驿入朝，半道

必易马，号大夫换马台，不尔，马辄仆。”“开筵”，安禄山每到一地，开筵费用全是“御赐”。

⑳ 这四句极写安禄山之熏天势焰。“指顾”，手指目视。“苍旻（mín）”，指天，此处代指皇帝。“公卿”，达官显宦。“暖热”，指脸色态度之温和或严厉。动白日，颐指气使也；回苍旻，权重震主也。辱嘲叱，肆无忌惮也；如粪丸，不屑一顾也。

㉑“大朝”，盛大的朝会。“会万方”，指会见朝中显官和各地长官及外国使节。“临轩”，指皇帝接见臣属。“初旭”，初升之红日。“玉座”，皇帝的御座。“祥烟”，朝会时在铜炉中燃烧香料，香烟缭绕，故云。

㉒“障”，屏风。“褰（qiān）”，挂起，张开。“捋须”，抚摩胡须。“蹇（jiǎn）”，傲慢。“御榻”，皇帝的坐具。史载，“天宝中，安禄山每来朝，上（玄宗）特异待之。”《资治通鉴》卷二一五天宝六载（747）正月条下载，上尝宴勤政楼，百官列坐楼下，为禄山于御座东间设金鸡障（画金鸡为饰的座障），置榻使坐，其前仍命卷帘，以示荣宠。

㉓ 忤（wǔ），不听话，不顺从。“艰屦（jù）”，喻困苦。艰，艰苦。屦，古时用麻葛等制成的鞋。“顶颠”，头顶。这两句说，不顺从安禄山的人就死于其践踏之下，依附的人就会被提拔到高位。

㉔ 这两句说，那些权贵们相互夸耀豪奢，豪俊们弱肉强食，吞并不已。“矜”，自尊自大，自夸。“递”，顺次。“炫”，夸耀。

㉕ 这两句说，那些执政柄者不恤民生，于是勒索日繁。“惠养”，仁爱养护。“征求”，征收。

以上十四韵，说玄宗宠信禄山，致祸之根也；昏聩奢靡，乱政之由也。

㉖“奚寇”，指安史叛军，叛军中多为奚族人，故云。“西”，原注：“当作东。”“挥霍”，疾速貌。“天翻”，形容祸乱深重，致使天下大乱。

㉗“忘战”，指玄宗时承平日久，忘记战备。“重兵在边”，言中原空虚。

㉘“长河”，黄河。“插旗幡”，指列城被叛军轻易攻破后立即插上他们的旗帜。天宝十四载（755）十一月，安史叛乱起自范阳，十二月便渡过黄河，连陷陈留、荥阳、洛阳，沿途所至州县，往往没有唐军抵御。这四句是说，叛军进犯迅速，长驱直入，却看不见唐军设防。

㉙这两句写百姓逃难事。“攀车轓”，即乘车而逃。轓，车厢两边的遮蔽物。

㉚“点行”，按照名册顺序 抽丁入伍。

㉛“生分”句，是说虽是生离，却作死别，估计再难见面了。“誓”，誓约。

㉜“例獐怯”，与獐一样胆怯。獐胆小，遇骇即逃窜。“例”，类比。“羸”，瘦疲之羊。

㉝“贼”，指安禄山。“扫”，清扫，意即迎候。“上阳”，宫名，在洛阳，安禄山于天宝十五载（756）四月陷洛阳，在此僭称雄武皇帝，国号燕。“捉人”句，言天宝十五载六月长安沦陷后，叛军搜捕百官、宦者、宫女等送出潼关而至洛阳。

㉞“玉辇”，古代帝王的乘舆。此处代指玄宗。“南斗”，星宿名。望南斗，是说长安一带的人瞻依南斗星而想望玄宗。（其时玄宗已奔蜀，蜀在秦西南，故云。）

㉟“开辟久”，指唐玄宗在位四十馀年，使唐朝达到极盛。“遘（gòu）”，遭遇。“云雷屯”，用《易经》屯卦中所说的云雷雨电现象表示灾难，即安史乱起，玄宗奔蜀，国已不国。

㊱“送者”，指依附安禄山的叛臣。“问鼎”，《左传·宣公三年》楚子（楚庄王）伐陆浑之戎至于洛阳，周定王使人劳之，“楚子问鼎之大小轻重焉”。三代以九鼎为传国之宝，楚子问鼎，有取而代之之意。后遂称谋王位为问鼎。“存者”，指尚未附逆的官员和将领。

㊲“抢攘”，纷乱貌。“互间谍”，互相秘密侦探。“枭”（xiāo），鸟名，也作“鸮”，俗名猫头鹰，旧传枭食母，故以喻恶人，或比喻奸恶。“鸾”，凤凰之类的神鸟，喻忠臣。

㊳“城”指长安城。“豺狼”，指安史叛军。

以上十六韵，写安禄山叛军一路杀入长安，正见凶锋，帝逃国破，人民流亡。满朝官员在混乱中各谋私利。

㊴这四句写安史乱后朝廷财赋几近枯竭：吴越竭，无南资；河源失，无西资；中原乱，更无资，致使国库而成空垣。“吴越”，泛指东南地区。安史乱后，中原经济遭受严重破坏，朝廷财赋只有靠淮南江南，而严重搜刮，又使东南民力尽矣。“河源”，被吐蕃占领的河西及陇右一带。“左藏库”，国库之一。因其在左方，故云。唐时左藏库掌钱帛、杂彩、天下赋调。

㊵这四句以人身作比，言少数民族已逼近中原。“痿痹”，麻痹。“肘腋”，胳膊肘儿和胳肢窝，比喻切近之地（多用于祸患发生）。“臊膻”，猪和羊身上的秽恶气味。古时以其作为对少数民族的辱称。如安史乱后，吐蕃乘西北边防空虚之机，攻占了陇右及河湟地区，在代宗时竟攻入长安，使代宗东奔陕州，都是“肘腋生臊膻”的实例。

㊶“列圣”，指从肃宗到文宗八代皇帝。“含怀”，藏在心里。“不能宣”，不能对外宣示。“无敢先”，言大臣谁也不敢倡言收复国土。

㊷“万国”，统指全国各地。“杼轴”，织布机。《诗经·小雅·大东》：“小东大东，杼轴其空。”“内库”，皇宫的府库。困杼轴，织物缺乏，见民困也；库无钱，穷困至此，见时艰也。

㊸“健儿”，指军队的战士。“腹歉”，吃不饱肚子。“馈饷”，指军粮。“高估”，估价开高。“铜与铅”，指钱币。钱币之材本应用青铜，而德宗年间，私铸者以铅铁掺杂在青铜中，以图利。“江淮铅锡钱，以铜

荡（涂抹）外，不盈斤两，帛价益贵。”（《新唐书·食货四》）物价合成钱数就要高估。这两句说，物价高涨，军需大受影响。

㊹“山东”，华山以东。“河北”，黄河以北。“爨（cuàn）烟”，炊烟。“不暇给”，是“日不暇给”的省文，本义为事务繁多而时间不足，此处乃无暇顾及之义。“辛苦”句，写河北民众在藩镇重重剥削下，辛苦一年中竟然半年缺粮。

㊺“行人”，指行商。“搉（què）”，同“榷”，专利，专卖。“行资”，征收行商所带货物之税。“税屋椽”，即开征房屋税。此皆德宗建中年间（780—783）事。

㊻“中间”，指藩镇。“作梗”，指其抗命，使朝廷号令无法下达。“狼藉”句，德宗年间，河北诸镇朱滔、田悦、王武俊及朱泚、李希烈、李怀光等相继叛乱，天下纷纷扰扰。“狼藉”即指此。“狼藉”，纷乱不整貌。“用戈鋋（chán）”，动用武力。“鋋”，铁把短矛。戈鋋代指兵器。

㊼“节制”，指挥管辖，这里指任命官职的文书。“锡”，通“赐”，赐予。“通天班”，最高的官阶。这两句是说，朝廷将节度使的官职送上门来，如德宗兴元元年（784），复（反叛者）李希烈、田悦、王武俊、李纳官爵（《新唐书·德宗本纪》），“诏国子祭酒董晋与中人宣慰，拜（王武俊）检校工部尚书，恒、冀、深、赵节度使，又加检校司空，同中书门下平章事，兼幽州、卢龙节度使，琅琊郡王”（《新唐书·王武俊传》）。

㊽“破者”，指被朝廷打倒的藩镇，如淮西吴元济等。“以族灭”，已经将其家族全部消灭。“以”，通“已”。“迁延”，观望迁延。

㊾“礼数”句，言有的藩镇不守臣道，对皇帝傲慢无礼。“羁縻（mí）”，羁，马笼头；縻，牛引。喻联络维系。“羌零”，汉代羌族的一支，又

称“先零羌”，居于湟水流域，后渐与西北各族融合。此处泛指少数民族。

㊿“直”，即使。“输赤诚”，表示服从的赤诚之心。“大体”，大概的体统。这两句是说，对于这些藩镇的所谓效忠，不能过于指望。

51“政事堂”，唐代宰相治理政务的处所。“厌”，同“餍”，满足。“八珍”，古代八种烹饪法。后来用以泛指珍贵的食品。唐例，宰相议事，会餐于政事堂。这两句讥宰相尸位素餐。

52“敢问”，谦辞。表示冒昧地去问。“下执事”，代役使的人。“其权”，指宰相之权。当时，权知（代理）户部侍郎的李石新任宰相（同中书门下平章事）之职。

53“疮（chuāng）疽”，毒疮。“抉”，挖。这两句说，危害国家几十年的祸患，无人敢挖其根。

54“国蹙（cù）”，国家权力及控制区域减缩。因当时藩镇坐大，中央控制的区域缩小，故谓。“人稀”，因战乱则人口减少。

以上二十一韵，写国势弱而吐蕃侵矣，国势蹙而藩镇傲矣。国赋竭而民力尽矣；国政衰而吏治庸矣。

55“牛医儿”，牛医的儿子。东汉黄宪因父亲为牛医而被称作“牛医儿”。此处借以指郑注，是蔑称。郑注因以医术得宠于李愬，转由宦官王守澄推荐给文宗治病，遂被任用。作者轻视其人其行，故以“牛医儿”称之。“城社”，指城狐社鼠，即打洞在城墙里的狐狸和藏在土地神洞的老鼠，比喻君主亲信的小人。此辈不易被除，因为掘狐恐坏城垣，熏鼠恐毁社庙。郑注得到文宗的信任，始结宦官，后结朝臣，互相攀附援引，遂为城狐社鼠之徒。“扳”，通“攀”。

56“盲目”，指郑注。盖因其有眼疾，视力甚弱，故以此贬称。“把大旆”，唐时节度使被任命后，皇帝赐以双旌。大旆即指此。郑注被任命为凤翔陇右节度使，故曰“把大旆”，故曰“京西藩”。凤翔在长安西，唐肃宗后又称其为西京。

㊼“乐祸”，乐于制造祸端，指未有谋虑的欲诛宦官事。唐文宗大和九年(835)，唐文宗和宰相李训、节度使郑注谋诛宦官，以夺回皇帝丧失之权力，事败，李训、郑注等人被杀。“忘怨敌”，忘记了宦官势力的凶横。“怨敌”，指宦官。“树党”，结为阴党。“狂狷”，偏激。《新唐书·郑注传》云：“险人躁夫有所干谢，日走门。”

㊽“生为”句，言郑注握权柄时令人忌惮。“惮”，畏惧。“死非”句，言郑注死后不为人所怜念。郑注诡谲阴狡，鬻官射利，诬害正类，史称“郑注斩斩小人”。故其谋诛宦官事（即“甘露之变”），本为大快人心之举，却因其轻躁无能，大事未成而更招大祸，使得唐王朝雪上加霜，宦官专政竟至于不可收拾（直至唐亡）。作者对李训、郑注不予同情。

㊾这两句写郑注逃至凤翔被仇士良指派的凤翔监军张仲清诱杀。其首被悬于兴安门示众。(见《资治通鉴》卷二四五)

㊿这四句写左神策副使陈君奕率禁军出镇凤翔，一路祸害百姓。“三百里”，指凤翔与长安之距离。“黄巾”，东汉末张角领导的农民起义队伍头戴黄巾，曰黄巾军。封建时代农民起义军被诬蔑为“盗贼”，此处代指“盗贼”。“军牒”，调动军队的公文。

�“骇”，惊扰。“供（gōng）亿”，按需要而供给。亿，估量。“孩”，小儿笑。“无惨颜”，没有凄惨的容颜。这四句说，禁军勒索过甚，当地百姓供应不起，吓得仓皇逃窜，甚至弃掉还不会笑的婴儿。“相牵攀”，言扶老携幼，相弃逃亡也；“无惨颜”，因狼狈不堪，无暇以顾也。

62这两句写逃亡无一定目的地，但求到山里躲藏，也许难以苟活，只是

要暂避屠杀而已。

以上十韵写郑注和陈君奕虐民之行径。二人先后为凤翔节度使。

⑥③“尔来”，甘露事变以来。其时距甘露之变首尾三年。“甘泽”，及时雨。这两句说，人祸之外又加天灾，可谓雪上加霜。

⑥④“亭午”，正午。这两句说，“盗贼”光天化日之下就起来行事。若问“盗贼”是谁，其实多是穷民。

⑥⑤“节使”，节度使。“亭吏”，汉时一乡分为十亭，亭有亭长，管捕盗。此处指管捕盗的基层吏员。“捕之”句，是说饥寒生盗贼，故而民穷为盗，乃因生计所迫，根源深远，捕捉既不易，亦非捕捉所能一了百了。故曰“无因”。

⑥⑥“官健”，各州县招募的士兵。唐初府兵制，士兵自备武器资粮，后逐渐改为官给，故称官健。“自言”句说，这些士兵自称代官家巡查。

⑥⑦“荒迥”，荒凉僻远之处。“此辈”，指官健。“射人”，以弓箭射人。此句寓意官健也类似强盗。

⑥⑧“愧”，谦称回答客人问题不详尽。“因循”，延迟拖拉。无因循，劝客早离此地，不要耽搁。原因即在下两句。

⑥⑨“郿坞”，东汉初董卓筑坞于郿，故址在今陕西眉县北。“陈仓”，地名，地在今陕西省宝鸡市陈仓区。这两句说，这一带不平静，不宜夜行。此即劝客“无因循”之由。

以上八韵，是说人祸加天灾，贫民铤而走险，而官府将其作为“盗贼”捕杀，其实这些捕盗的人本身就是强盗。

⑦⓪“举一会”，《左传·宣公十六年》：“（晋后）命士会将中军，且为大傅。于是晋国之盗，逃奔于秦。”举，荐举。会，指士会（人名）。“理”，治。唐人避高宗李治讳，故以“治”为“理”。

⑦①“此事”，即上文乡民所言官吏虐民、民不聊生之事。“割心肝”，掏出

心里话。“滂沱”，雨大貌。也指流泪或流血之多。此处指流血之多。“紫宸”，殿名。

⑫“九重”，指皇帝，这里指文宗。“黯已隔”，甘露之变后，“天下事皆决于北司，宰相行文书而已。宦官气益盛，迫胁天子”（《通鉴》卷二四五）。文宗为宦官所钳制，浩叹受制于家奴，不如周赧王、汉献帝，后抑郁病死于开成五年（840）。“涕泗”句，言其只有哭泣而已。

⑬“使典”，官府中办理文书的小吏，即胥吏。“尚书”，官名。指尚书省内六部（吏、户、礼、兵、刑、工）的行政长官。这句是说，朝廷高官，才器不过如胥吏之流。“厮养”，犹仆役，指宦官（宦官本皇帝家奴，在宫廷服役）。当时禁军由宦官率领。这两句慨叹，文武大臣素质如此，如何治理国家。

⑭“此言”，指上面四句村民的诉述。这两句说不要再提起此话头，因为这些事是不忍听闻的。

以上八韵表示对昏暗政治的愤慨和对国事的忧虑。

全诗百韵，以一“乱”字发论，而一气贯注：论酿乱，则指斥聪聩智昏；论祸乱，则指斥倒行逆施；论衰乱，则痛陈时弊；论治乱，则强调得人。唐室多事之秋，怎一个乱字了得！

薛　逢

薛逢，字陶臣，河东蒲州（今山西永济）人。会昌元年（841）进士及第。授万年尉，历官侍御史、尚书郎等职。持论鲠切，以谋略自显。曾两斥为刺史，后官至秘书监。《全唐诗》编其诗一卷。

八月初一驾幸延喜楼看冠带降戎[1]

城头旭日照阑干，城下降戎彩仗攒[2]。九陌尘埃千骑合，万方臣妾一声欢[3]。楼台乍仰中天易，衣服初回左衽难[4]。清水莫教波浪浊，从今赤岭属长安[5]。

①这首诗写于宣宗大中三年（849）八月一日。该年六七月，唐收复河陇三州七关，“是岁河陇高年千馀人见阙下，天子为御延喜楼，赐冠带，皆争解辫易服”。（《新唐书·吐蕃下》）《通鉴》卷二四八又云：“河陇老幼千馀人诣阙。（八月）己丑，上御延喜门楼见之。欢呼雀跃，解胡服，袭冠带，观者皆呼万岁。”“延喜门”，在皇城东北角。《唐六典》：“皇城东面二门，北曰延喜门，南曰景风门。”“冠带降戎”，指河陇老幼们。他们皆为汉人，因其地被吐蕃掠夺，遂被迫依吐蕃风俗。冠带，宣宗所赐也。“戎”，我国古代对西方少数民族的统称。

②“城”，指皇城。“阑干”，同“栏杆”。“彩仗”，即仪仗。“攒”，聚集。

③“九陌”，汉长安城中有八街、九陌，后泛指都城大路。“万方”，犹言四方。“臣妾”，西周春秋时对奴隶的称谓，男曰臣，女曰妾。后亦作为所属臣下的称谓。这里指河陇老幼。

④“楼”，指延喜楼。“中天”，古史称尧舜时为中天之世，犹言盛世。此处亦指宣宗朝。“左衽”，衽，衣襟。我国古代少数民族的服装，前襟向左，不同于中原一带人民的右衽。后因以左衽指受外族的统治。“回”，改动，转变。这句是说，河、陇之民摆脱吐蕃的统治不容易。

⑤“清水”句，是说所收复之地不可再失。“赤岭”，见武平一《送金城公主适西蕃》注①。这句是说，河陇之地回归了大唐版图。

伏闻令公疾愈对见延英有贺诗远封投献[①]

吉语云云海外传，令公疾愈起朝天[②]。皇风再扇寰区内，人镜重开日月边[③]。光启四门通寿域，深疏万顷溉情田[④]。陪臣自讶迷津久，愿识方舟济巨川[⑤]。

①“令公”，指白敏中。敏中在懿宗朝任中书令。而唐朝凡任中书令者，习称令公。咸通二年（681），病，召入议呈，许以上搀扶上殿。“延英”，殿名，在大明宫内。“伏闻”，俯状听闻。下对上的敬辞。

②“吉语”句，言白敏中的功勋。白敏中官运亨通，在宣宗朝“自员外，凡五年十三迁”，官至中书侍郎，兼刑部尚书。党项数次犯边，敏中以司空、平章事兼邠宁节度、招抚制置使前去镇抚，次宁州，诸将已破党项兵。敏中即说谕其众，回绕千里，皆愿弃兵为业，又规萧关通灵威路，使为耕战具。逾年，加检校司徒，徙剑南西川，治蜀五年，有劳，加兼太子太师，徙荆南。“海外”，中国以外。因白敏中抚边治蜀，皆与党项吐蕃有关，故有是称。“令公”句，言白敏中疾愈而朝见懿宗。事见《新唐书·白敏中传》。

③“皇风”，皇帝的德教，仁风。“扇”，通“搧”，扇动。“寰区”，犹寰宇，指国家全境。“人镜”，以人为鉴。此指白敏中。“日月”，指懿宗。

④“四门”，四方之门。“寿域”，《汉书·礼乐志》：“驱一世之民，跻之仁寿之域。”比喻太平盛世。“深疏”句，言所谈之事甚大甚多甚广且心心相通。“情田”，《礼记·礼运》：“故圣王修义之柄，礼之序，以

治人情。故人情者，圣王之田也。”情感出于内心，后因借用为心地、心田。“溉情田”，浇灌心田。这也就是殷王武丁要贤相傅说“启乃心沃朕心”（敞开你的心泉来浇灌我的心吧）之意。

⑤“陪臣”，陪从之臣。“讶”，诧异。“迷津”，犹迷途。“方舟”，两船相并。“济巨川”，渡大河。语出《尚书·说命上》：殷王武丁命令贤相傅说：“若济巨川，用汝作舟楫，若岁大旱，用汝作霖雨。”这是对股肱大臣的器重。这两句说，陪臣听到白敏中和懿宗的谈话极得教益。

李 频

李频（？—876），字德新，睦州寿昌（今浙江建德）人。宣宗大中八年（854）擢进士，调秘书郎，为南陵主簿，迁武功令。性耿介，敢于抑制地方豪强，打击恶势力，又重视农业，深得百姓拥护，守法不阿，迁都官员外郎，后为建州（治在今福建建瓯）刺史，以礼治下，建州赖以安。卒于官。其诗风格近似刘长卿。诗集本名《建州刺史集》，又称《梨岳集》。《全唐诗》编其诗三卷。

太和公主还宫[1]

天骄发使犯边尘，汉将推功遂夺亲[2]。离乱应无初去貌，死生难有却回身[3]。禁花半老曾攀树，宫女多非旧识人[4]。重上凤楼追故事，几多愁思向青春[5]。

①唐朝出于种种原因，与回鹘（纥）、吐蕃、吐谷浑等有数度和亲。太和公主就是嫁于回鹘的唐公主。太和公主系唐宪宗第十七女，于长庆元年（821）嫁回鹘崇德可汗。崇德824年死，后嫁昭礼可汗；昭礼832年被部下所杀，后又嫁彰信可汗；彰信于834年兵败自杀，又嫁给掘罗勿萨公可汗；后回鹘内乱，自认为是李陵后人的黠戛斯将领阿势，派使者送太和公主还朝。半路上又被乌介可汗夺去，既当媳妇又做人质。至唐武宗会昌三年（843）正月，乌介可汗率军侵逼振武（唐方镇名，治所在今内蒙古和林格尔西北），刘沔、石雄率唐军迎战，当其得知太和公主亦在军中，遂使谍告之曰："公主至此，家也。"遂大败回鹘于杀胡山（即黑山），石雄迎太和公主以归京师，改封安定（《新唐书》作"定安"）大长公主。太和公主自言回鹘负恩、和蕃无状之罪，帝遣中使慰谕，然后入宫。本篇即为此事而作。

②这两句写迎太和公主之归唐。敌犯边，痛击也；夺亲事，功高也。"天骄"，汉朝称北方匈奴为"天之骄子"，简称天骄。后泛称强盛的边地民族，此处指回鹘军队。"边尘"，战士驰逐原野则风尘起，因以"边尘"指边境的战争。"汉将"，指军前迎回太和公主的刘沔和石雄等人。"推功"，尊崇功勋。"夺亲"，以战争方式迎太和公主以归。"夺"，强取。"亲"，指太和公主。

③这两句写太和公主之遭遇。离乱岁月，容貌已在暗中偷换；死生难以预料，不意二十馀年后尚能归唐。

④这两句写太和公主回宫之所见。禁中树花半老，身曾攀也；宫女不断易人，多非旧相识也。宋范仲淹《对床夜语》云："唐人称太和公主还宫诗极多，惟李频一联最佳，词云：'禁花半老曾攀树，宫女多非旧识人。'""攀"，攀折。

⑤这两句写太和公主追忆往事之慨叹。重上凤楼，追忆往事也；面对青

春，愁思多也。“青春”，双关语，既指春季，又指年青之时。

罗　邺

罗邺，馀杭（县名，今属浙江）人，累举进士不第。昭宗光化（898—901）中，以韦庄奏，追赐进士及第，赠官补阙。《全唐诗》编其诗一卷。

岁仗①

玉帛朝元万国来，鸡人晓唱五门开②。春排北极迎仙驭，日捧南山入寿杯③。歌舜薰风铿剑珮，祝尧嘉气霭楼台④。可怜四海车书共，重见萧曹佐汉材⑤。

①“岁仗”，指正月初一大朝的仪仗。

②“玉帛”，古时祭祀、会盟时用的珍贵礼品。“朝元”，朝贺元日（大年初一）。“鸡人”，古代报晓之官。“五门”，古传天子有五门，自内而外，依次为路门、应门、皋门、雉门、库门。

③“排”，疏通。“仙驭”，仙人的坐骑。“南山”，既指南山终南，又指寿高之南山。“入寿杯”，入祝福的酒杯，亦即饮酒祝福。

④这两句称颂皇帝是圣明之君。“歌舜”“祝尧”，尧、舜即唐尧和虞舜，古史相传为圣明之君，后来成为称颂帝王的套语。此处歌舜祝尧，皆指歌颂当朝皇帝。“薰风”，和风。“铿（kēng）”，撞击。“剑珮”，剑

柄上所带的玉制佩物。珮，通作“佩”。“霭”，云气。

⑤ 这两句以萧曹为喻，称颂当朝辅佐皇帝的杰出人才。“可怜”，可爱。“车书共”，指天下一统。车书，《礼记·中庸》：“今天下车同轨，书同文。”后取“车书”字，泛指国家制度。“萧”，指萧何，“曹”指曹参。二人先后为汉初丞相。萧何辅佐刘邦定天下，制《汉律》，推行与民休息之政策。曹参继萧何为丞相，悉遵萧何旧制，创造了一个相对安定的局面，故有“萧规曹随”之说。

河湟[①]

河湟何计绝烽烟，免使征人更戍边[②]。尽放农桑无一事，遣教知有太平年[③]。

①“河湟”，见杜牧《皇风》注⑤。这首诗写河湟重新纳入唐朝版图后，天涯静处无征战的太平岁月。

②“烽烟”，同“烽燧”，即烽火。古代边防报警的两种信号，白天放烟叫烽，夜间举火叫燧。

③ 这两句写河湟及全国人民享受太平。

郑　谷

郑谷，字守愚，袁州（治今江西宜春）人。僖宗光启三年（887）进士及第，官至都官郎中，人称“郑都官”。又以《鹧鸪诗》闻名，人称“郑鹧鸪”。乾宁三年（896），唐昭宗避难到华州，他也赶去，“寓居云台道舍”，因自命诗集为《云台编》。郑谷的诗属唐末轻巧清快之格调，诗名颇高。《全唐诗》编其诗四卷。

回銮①

妖星沉雨露，和气满京关②。上将忠勋立，明君法驾还③。
顺风调雅乐，夹道序群班。香泛传宣里，尘清指顾间④。
楼台新紫气，云物旧黄山⑤。晓渭行朝肃，秋郊旷望闲⑥。
庙灵安国步，日角动天颜⑦。浩浩升平曲，流歌彻百蛮⑧。

① 昭宗时，军阀割据，群凶乐祸，混战狞恶，国已不国。藩镇跋扈者大有人在，凤翔节度使李茂贞即其一也。乾宁三年（896）七月，被封为岐王的李茂贞引兵进逼京师，昭宗避难华州，至光化元年（898）春，在官军怒讨后而被赦的李茂贞，致书另一军阀李克用，乞修和好，又闻权臣朱温营洛阳宫，累表迎昭宗，他惧怕，遂请修复被其所焚之长安宫室，以使昭宗返长安。该年八月，昭宗返回长安，改元光化。“回銮”，皇帝的车驾返回。銮，皇帝之车有銮铃，因作车驾的代称。此诗写对昭宗回銮的歌颂。

②“妖星”，怪异之星，此处指李茂贞。“京关”，京城。

③“上将”，指凤翔西北行营招讨使张琏、凤翔四面行营副都统李思谏。他们奉命以讨李茂贞，灭其凶焰。“明君”，指昭宗。臣下对当朝皇帝，常称曰明君或圣上。“法驾”，皇帝的车驾。

④“香泛”，称美之辞，此处指昭宗返长安的喜讯。“传宣”，传颂宣扬。“尘清”，帝王流亡或失位遭受垢辱，谓之蒙尘。尘清，言已回到京都行皇帝事。“指顾”，一指一瞥之间，形容短暂。

⑤“紫气”，祥瑞的光气。多附会为帝王、圣贤或宝物出现的先兆。“黄山”，龙首山（原）的别名，山为土山，色呈黄，故曰黄山。东西长约六十里，在长安城北，呈东北西南走向，东高而西低。大明宫地在龙首山上，故“黄山”代指大明宫。

⑥“晓渭”句，言早朝。“旷望”，远望。

⑦“庙灵”，(依仗）祖先的威灵。庙，即宗庙，天子、诸侯祭祀祖先的处所。“国步”，国家的命运。步，时运。“日角”，额骨中央隆起，形状如日，旧时认为是大贵之相，汉朝以后用来比喻帝王。“天颜”，帝王的容颜。

⑧“浩浩”，旷远貌。“百蛮”，见李世民《正日临朝》注③。

韩　偓

韩偓（842—923），字致尧，京兆万年（今陕西西安）人。昭宗龙纪元年（889）中进士，历任翰林学士，中书舍人。黄巢起义军入长安，随昭宗奔凤翔，进兵部侍郎，翰林承旨，很受昭宗信任。以不附朱温，贬濮州司马、邓州司马。后携家南依王审知而终。其诗多写艳情，辞藻华丽，有《翰林集》及《香奁集》。《全唐诗》编其诗四卷。

辛酉岁冬十一月随驾幸岐下作[①]

曳裾谈笑殿西头，忽听征铙从冕旒[②]。凤盖行时移紫气，鸾旗驻处认皇州[③]。晓题御服颁群吏，夜发宫嫔诏列侯[④]。雨露涵濡三百载，不知谁拟杀身酬[⑤]。

①“辛酉岁”，指昭宗天复元年（901）。此是多事之秋：上年（光化三年，即公元900年）十一月，左右神策军中尉刘季述、王仲先和内枢密使王彦范、薛齐偓作乱，行废立，以皇太子李裕为皇帝。到天复元年正月，乱平，皇帝复于位。而此时，权臣朱温以清君侧之由，于十月戊戌，大举发兵大梁（今河南开封），戊申至河中，表请昭宗幸东都（洛阳），京城大骇。又率兵逼京师，欲劫昭宗去洛阳。十一月，其引四镇兵七万陷同州之第三天，大宦官、时为内枢密使的韩全诲等陈兵殿前，逼昭宗幸凤翔。韩偓时任中书舍人，随驾西行，至岐山下而作此诗。《通鉴》卷二六二：“车驾留岐山三日。”“岐下”，岐山下，即岐山县城，县在岐山之南，以山得名，属凤翔府。

②“曳裾”，曳裾王门的省语。指奔走于王侯之门。曳，拖，牵引。裾，外衣的大襟。“征铙（náo）”，铙，乐器名，出征之乐，铙响而始行。“冕旒”，皇帝的代称。

③“凤盖”，凤凰伞，帝王仪仗之用。“紫气”，祥瑞的光气。多附会为帝王、圣贤或宝物出现的先兆。“鸾旗”，天子车上之旗。代指皇帝。“皇州”，首都。这句说皇帝所驻之处就应是首都。

④“晓题”句，指昭宗早上在御服上题励志雪耻的文字。“夜发”句，言昭宗远宫嫔而勤政事。“颁”，发布，发下。“发”，使离去。“宫嫔”，

官中之嫔妃。“诏列侯”，宣诏大臣以议国事。

⑤“雨露”句，是说唐养士已历三百载，唐自公元618年开国，至写此诗时的901年，已近三百载。“雨露”，喻恩泽。“涵濡”，喻恩德润泽万物。“不知”句，设想有人准备舍命报天子，中含作者对昭宗尽忠之心。

冬至夜作[①]

中宵忽见动葭灰[②]，料得南枝有早梅。四野便应枯草绿，九重先觉冻云开[③]。阴冰莫向河源塞，阳气今从地底回[④]。不道惨舒无定分，却忧蚊响又成雷[⑤]。

① 题下原注：“天复二年（902）壬戌，随驾在凤翔作。”

②“葭灰”，葭莩之灰。古人烧葭膜成灰，置于十二律管中，放密室内，以占气候。某一节候至，某律管中的葭灰即飞，以示该节候已到。

③“九重”，指天。“冻云”，下雪前聚集的阴云。

④“河源”，黄河的发源地。

⑤“惨舒”，指心情忧郁和舒畅。也指严峻和宽舒。“定分（fèn）”，固定的名分。“蚊响”句，蚊响成雷，言小人众多。

故都[①]

故都遥想草萋萋，上帝深疑亦自迷[②]。塞雁已侵池籞宿，宫鸦犹恋女墙啼[③]。天涯烈士空垂涕，地下强魂必噬脐[④]。

掩鼻计成终不觉⑤，冯驩无路学鸣鸡⑥。

①“故都”，指京城长安。韩偓作此诗，系对长安和昭宗的怀念。昭宗时，河南宣武节度使朱温（即朱全忠）成为权臣，为达到篡权称帝之野心，于天祐元年（904），强迫唐昭宗迁都洛阳，同年八月，又弑昭宗，立哀帝，又三年，废哀帝自立，建立梁（史称后梁），唐朝亡。韩偓深得昭宗信任，任兵部侍郎，以不附朱温，在迁都前一年被贬为濮州（州治在今山东曹县）司马，再贬县尉，天祐二年，复原官，韩偓不赴召，南依王审知而卒。此诗是他听到宰相崔胤被杀、昭宗被挟迁都的消息后所作，痛故都之衰败，痛大唐之将亡。

②“草萋萋”，荒草疯长。“上帝”，天帝。这两句是说，长安竟然荒芜，就连上帝也深感怀疑和迷惑。

③“池籞”，指宫中池塘周围。“女墙”，宫城上的矮墙。塞雁侵池籞，足见宫之残破也；宫鸦恋女墙，足见城之荒寂也。这两句写故都之衰败。

④“天涯烈士”，作者自指。天涯，因其远在他州也；“烈士”，因其刚烈而忠于昭宗也。“地下强魂”，指昭宗宰相崔胤。崔胤为铲除宦官势力而引进朱温之兵，致使朱温悍然而掌朝柄，崔胤于天祐元年正月反遭杀戮。“噬脐”，比喻后悔莫及。《左传·庄公六年》：“若不早图，后君噬齐（“齐”同“脐”），其及图之乎？”杜预注：“若噬腹齐，喻不可及。”意思是咬自己的肚脐是够不着的。后来用“噬脐莫及”比喻后悔莫及。

⑤“掩鼻计成”，谓阴谋得逞。《韩非子》：相传魏王以美人遗楚王，楚王爱妃郑袖谓美人曰：大王恶（wù，厌恶）汝之鼻。美人因掩鼻见楚

王，郑袖又对楚王曰：美人恶闻王之臭。楚王怒，割美人鼻。后因以掩鼻作为因嫉妒而阴谋相害的典故。

⑥“冯驩”，一作冯谖，战国时人。曾为齐孟尝君食客，为之收债于薛，矫孟尝君之命，尽焚其券，以市义于民。后孟尝君被废，归薛，民皆迎之。终赖冯驩之力，得以复其位。（《史记·孟尝君列传》）“学鸣鸡”，孟尝君从秦国逃回，后有追兵，时孟尝君已至函谷关。关法，鸡鸣而出客，事已危急。其随从有能为鸡鸣者，一鸣而群鸡尽鸣，遂得出关。（《史记·孟尝君列传》）后以称有卑微技能者。这两句借冯驩以比崔胤，也有作者自己的影子：难以为昭宗效“鸣鸡”之力，崔胤因其被害而路已绝也；作者因被贬外州而路难行也。史载，昭宗车驾发长安，朱温部将毁长安宫室、百司及民间庐舍，长安至此则丘墟矣。

韦　庄

韦庄（约836—910），字端己，京兆杜陵（今陕西省西安市东南）人。昭宗乾宁元年（894）登进士第，授校书郎，转补阙，李洵为西川宣谕和协使，韦庄为判官，以中原黄巢起义，潜依西川藩将王建。王建辟为掌书记。唐亡，王建建立前蜀，以其为宰相。韦庄饱受乱离之苦，多伤时之作，早年作《秦妇吟》长诗，颇有名。他又是著名词人，词风秾丽柔媚，是“花间词派”的标志性人物。有《浣花集》。《全唐诗》编其诗六卷。

辛丑年[①]

九衢漂杵已成川[②]，塞上黄云战马闲[③]。但有羸兵填渭水[④]，更无奇士出商山[⑤]。田园已没红尘里，弟妹相逢白刃间[⑥]。西望翠华殊未返[⑦]，泪痕空湿剑文斑[⑧]。

①“辛丑年”，指僖宗中和元年（881）。广明元年（880）十二月，黄巢起义军攻入长安，僖宗仓皇西逃，于次年即中和元年正月至成都。其间黄巢于长安称帝，国号大齐，改元金统。故在中和元年，官军与黄巢军在关中战事频繁。作者有感于此，而作诗纪之。

②“九衢”，四通八达的道路。漂杵成川，言战争使得血流成河，血可漂杵（杵，兵器名，因其形如杵，故称）。唐诸将讨黄巢，黄巢率众从长安东走。诸将入长安，助官军击义军。黄巢见官军不整，诸军不相继，遂自灞上引兵复入长安，与官军大战于城中。黄巢“怒民之助官军，纵兵屠杀，流血成川，谓之洗城”（《资治通鉴》卷二五四）。

③“塞上”，边界，险要之处。这句是说，鏖兵在长安周围，边境无战事，故曰“战马闲”。

④“羸兵”，疲病之兵。此指官军。“填渭水”，言官军尸填渭水，用一“填”字，自见战死者众。

⑤“奇士出商山”，奇士指郭子仪。广德元年（763），吐蕃军攻占长安，代宗东逃奔陕州。他收合亡散，屯商州，威震关中，随之出商山而智复长安。商山，山名，在商州城东。

⑥“红尘”，飞扬的尘土。本指繁华热闹，此处指田园已没于战祸。“白刃间”，亦言兵祸也。

⑦“西望”句，言西望僖宗自成都返回长安。“翠华”，用翠羽饰于旗杆顶上的旗，为皇帝仪仗。诗文中多以翠华代指皇帝。“殊未返”，犹未返（回长安）。僖宗在成都避祸四年，至光启元年（885）方返回。殊，犹，尚。

⑧“剑文”，犹剑纹。剑因以钢反复加热锻打，故有纹痕。这句是说空有泪湿剑上而成斑痕，无救时计也。

徐　夤

徐夤（yín），一作徐寅，字昭梦，莆田（今属福建）人。昭宗乾宁二年（895）登进士第，授秘书省正字。依闽王王审知，因事摈弃，后蓬转客途，不知所终。《全唐诗》编其诗四卷。

闻长安庚子岁事①

羽檄交驰触冕旒，函关飞入铁兜鍪②。皇王去国未为恨，寰海失君方是忧③。五色大云凝蜀郡，几般妖气扑神州④。唐尧纵禅乾坤位，不是重华莫谩求⑤。

① 唐僖宗广明元年（880，庚子年）十二月，黄巢起义军东来，破潼关入华州，僖宗仓皇弃蜀。黄巢入长安后，即皇帝位于含元殿，国号大齐，改名金统。“庚子岁事”即指此。

②“羽檄（xí）”，即羽书。是以鸟羽插檄书，取其急速若飞鸟也。檄，

官方文书。“冕旒”，皇帝的代称。“函关”，函谷关。“兜鍪（dōu móu）”，头盔。代指黄巢军队。

③“皇王去国”，指僖宗自长安奔蜀事。国，本指国家，此处指国都。“寰海”，海内。

④“五色大云”，五彩云，系庆云、祥云。“蜀郡”，秦灭古蜀国置，汉因之，属益州。唐至德二年（757）改为成都府。僖宗奔蜀于成都，故云。“妖气”，不祥之气，多指凶灾，祸乱，此处指黄巢称帝改元诸事。可见作者对黄巢起义持反对态度。

⑤唐尧禅位，古史言陶唐氏（尧）曾向有虞氏（舜）揖让天下。“禅（shàn）”，以帝王之位传于他人。“乾坤位”，天下之位，即帝王之位。“重（chóng）华”，虞舜名。《尚书·舜典》：“曰若稽古帝舜，曰重华，协于帝。”《疏》：“舜能继尧，重其文德之光华。”“莫谩求”，莫要任意去追求。谩，通“漫”。这两句是说，纵然皇帝禅位，也不是你黄巢所能得到的。可见其对黄巢称帝的否定和反对。

崔道融

崔道融，荆州（今属湖北）人。以徵辟为永嘉令，累官右补阙。因战乱避地入闽。《全唐诗》编其诗一卷。

銮驾东回①

两川花捧御衣香，万岁山呼辇路长②。天子还从马嵬过，别无惆怅似明皇[3]。

① 唐僖宗于广明元年（880）奔蜀后，因天下不宁，唐政已衰，故在成都滞留长达四年，直到光启元年（885）三月，方返回长安。“銮驾”，天子的车驾。

②“两川”，东川、西川的合称。唐肃宗至德二载（757），剑南道置东川、西川两节度使，因有两川之称。“辇”，天子车的专称。

③ 这两句有弦外之音。僖宗过马嵬，虽无明皇失贵妃之痛，然而一因失皇帝之位，一因帝位难保，天下崩溃，惆怅之情则是共通的。

张　随

张随，世次爵里不可考。《全唐诗》编其诗二首。

河中献捷[1]

叛将忘恩久，王师不战通[2]。凯歌千里内，喜气二仪中[3]。
寇尽条山下，兵回汉苑东[4]。将军初执讯，明主欲论功[5]。
落日烟尘静，寒郊壁垒空。苍生幸无事，自此乐尧风[6]。

① 河中献捷，事在德宗贞元元年（785）八月。叛将李怀光被部下斩首河中郡，传首以献。叛军降唐。李怀光在德宗朝曾为检校刑部尚书，为宁、庆、绛、慈、隰等州节度使，建中四年（783）十月，泾原节

度使姚令言反，犯京师，德宗避走奉天（今陕西乾县），怀光率所部奔命，兴元元年（784），诏加太尉，赐铁券，怀光怒德宗疑其反叛，遂谋反。德宗逃往梁州。已被泾原变兵推为伪帝的逆臣朱泚亦进逼奉天，欲以怀光附己为臣，怀光怒，告绝，益发不安，乃引兵掠泾阳、三原、富平，遂入河中（治在今山西永济），取同、绛二州。后官军拔绛州，围河中。贞元元年八月，朔方部将牛名俊斩怀光，传首以献，叛军降。河中献捷当指此事。“河中”，府名，亦即河东郡，辖境相当于今山西永济、河津、临猗、闻喜、万荣及运城西南部分地区。

②“叛将”，指李怀光。“不战通”，不战而屈人之兵，即不战而胜。

③“千里内”，指河中到京城的距离。“二仪”，天地。

④“条山”，即中条山。“汉苑”，汉代的宫苑，此代指唐宫苑。

⑤“将军”，指河东节度使马燧。马燧被德宗任命为副元帅，与大臣浑瑊及官军拔绛州、围河中。“执讯”，对所俘敌人加以审讯。“明主”，指唐德宗。

⑥“壁垒”，军营的围墙。这四句写河中献捷，天下有庆。烟尘静，无寇氛也；壁垒空，无战事也。幸无事，不战而屈人之兵也；乐尧风，平乱而天下太平也。

跋

说起这部《唐诗陕西》五卷本，先应说它的缘起。

2015年春，由南京大学牵头的《全唐五代诗》第一函，即唐初至杜甫的十卷本，由陕西人民出版社出版，我有幸参与了该书的编辑工作。该书出版后，立即引起了社会的关注。为全唐五代诗结全集，为中华优秀文化聚原典，正见了陕西人民出版社的文化自信和历史担当。著名作家、该书的责任编辑张孔明兄以编辑家的眼光，由此而产生了对唐诗作专题选注之设想，即《唐诗陕西》。嗣后，我受命选注《唐诗秦岭》。这本选注350首诗的《唐诗秦岭》出版后，我又受命选注《唐诗陕西》。当时基于篇幅的考虑，意在结集为上、下两册，如此一来，自然不宜分类过细，遂以人系诗，予以选注。2017年冬，在陕人社例行的翌年新书选题会上，此选题幸逢支招。群贤语重心长，建议将此书分门别类，做成若干册云云。群贤皆高人，点铁成金；群贤皆智者，用意殊深。赖有此力，孔明兄择善而从，遂当即与我敲定，扩充内容，分作五册，并以唐人诗句冠以书名：《万国衣冠拜冕旒》，统大唐三百年也；《秦中自古帝王州》，统京城长安也；《秦川如画渭如丝》，统天府关中也；《太白终南地轴横》，统龙脉秦岭也；《文彩风流今尚存》，统人文纵横也。

此五册的内容，大抵涵盖了今之陕西地域。书稿送审，陕人社决定，为明了起见，直观以取书名，曰《大唐三百年》，曰《京城长安》，曰《天府关中》，曰《秦岭风情》，曰《人文纵横》。一目了然，大佳。

《唐诗陕西》，顾名思义，就是指唐诗中有关陕西的诗作。但有三点必须特别提及：其一，此处“陕西”指今日之陕西省，而在唐代和唐诗中，凡有“陕”字，均指陕州或陕县（在今河南省境内），与今之陕西并无关系。陕西作为行省，源于宋时的陕西路（周初周公、召公分陕而治，其中的“陕”，就是指陕陌或陕原），元置陕西行中书省，明改陕西布政使司，自清以来称陕西省。今日陕西的范围，大约辖唐时的京兆、凤翔、兴元三府，以及华、同、邠、陇、鄜、坊、延、绥、夏、麟、银、金、洋、商、兴、凤等州。其二，“关中”，据辞书解释，有狭义和广义两种。狭义指关中盆地，即八百里秦川，广义指今日之陕西省，书中取其广义者。其三，唐诗中凡涉“秦”字者，大多指今日之陕西，也有少量指今日甘肃东部之地。

明乎此，便可知陕西作为唐朝的中心区域，更显出特殊之地位；亦可知唐诗对陕西的一往情深，更使其成就得到了升华。唐诗陕西，陕西唐诗，在相得益彰中完成了诗化的诠释。唐代诗人以他们的生花妙笔，展现出旷代盛朝之伟，帝都王气之佳，山水形胜之美，天人合一之谐。伟佳美谐，便见了繁花似锦。然而要以有限之篇幅，兼及诗人及诗作，选注皆不易。

凡所选，以质美骨香者为是；凡所注，以洁明准确者为务。中有一二篇什，亦参稽中国社科院文学所的《唐诗选》和萧涤非先生《杜甫诗选注》等大作，他山之石，可以攻玉，在此谨致谢忱。且喜《唐诗陕西》今已成帙，采诗千首，皆杰秀特出，大具四“者”之光华——尤要者，以其影响更大也；有代表性者，以其能树高标也；脍炙人口者，以其常经人道也；富有特质者，以其各有面目也。

辉煌的唐诗，辉煌的陕西。陕西因唐诗而更加声名远播，唐诗因陕西而更加登峰造极。这就是我们的唐朝，这就是我们的唐诗，这就是我们的陕西——

华章盛代竞相隆，三百年间陕在中。
地推四塞关河壮，天定长安王气雄。
文采风流情擅美，终南太白势横空。
而今挺出唐诗里，犹带依依秦地风。

杨乾坤

2020. 7. 12